文芸社セレクション

甦えるセツ

神沢 としあき

Toshiaki Kanzawa

JN126944

文芸社

甦えるセツ

ざくっ、ざくっ……。

ふっ、ふっふ……。

「暑いな、何でこう汗が出るんだ、下を向いてると眼に入って痛いワ」

そう言いながら、節生《せつお》は捲り上げた白いワイシャツから痩せた二の腕を頬に寄せた。流れる汗を止められなかったので、スコップをおいて軍手を外し、首に巻いた手ぬぐいの端をつかんで眼鏡を外し、汗にまみれた額からまぶたの辺りをごしごしと拭いた。汗を止めて、少し歩いて畦の上に上がり、腰を下ろすと被っていた麦藁帽子を右手で掴むと、ワイシャツの中に風を送り込んだ。小さな蜂を帽子で追い払う。イテテ、こいつ。

涼しくはなかったが、胸に流れる汗はひんやりした感じがあって、あーあと声を出した、海からの風は少しべったりして帽子の風もやや重い。真上からは七月の太陽がぎらぎらとした熱い針を送り込んでくる。

ここは小高い丘のそばにある古い遺跡だ。海に向かって白い砂浜が左右に広がっている。

先日、中学の歴史研究会の子どもが三人ばかり研究所に訪ねてきて、埴輪らしきかけらが出たと言ってきたので、夏休みに入って研究所が空いていることもあり、荒木先輩とマエダという入学したばかりの小太りの男の三人で昨日から泊まりこみで来ているのだ。

かけらは馬の足のような丸い筒で、下が少し細くなっていて、欠けている上との半分ほどに細い輪が取り巻いている。

「これは、結構古いね」

二年先輩で大学講師の荒木先輩が黒いセルロイドの眼鏡を外して、何度も顔に近づけてから面白そうに言った。この辺りでは埴輪が出ることはそう珍しいことではないが、既に出土しているものに比べ色が濃いのが特徴といえば言えた。

夏休みで時間もあるし少し掘ってみませんかと、寄宿しているので退屈を避けたかったマエダが言うこともあって、三人は拾ってきた中学生と慎重に掘り返しているところだ。

しかし、今日はやけに暑い。せめてもう少し風が欲しい。節生は頭がくらっとしてきた。

昨日から徹夜で議論しながら飲んだ日本酒が、体中を駆け巡っているような気がした。

「酒なんていくら飲んでも、汗でみんな出ちまうから」

と先輩は言うし自分も好きだったが、昨日は少しペースが進んでしまったようだ。

マエダは中学・高校と剣道部に所属しながらも趣味が古代史ということで、家にも沢山の土器や埴輪のかけらを集めていた。

大学に入ってからは剣道をやめ、収集した土器の研究に没頭している。こいつも酒は強い。むしろ一晩で一升飲んだ先輩より強いかもしれない。

自分はいいとこ四合だ。少し頭も痛い感じがして、節生は木陰で横になることにした。

……

セツ、セツ。

誰かが呼んでいる。

あっと思って起き上がると、目の前に籠を背負った女が二人歩いていく姿が見えた。

「何だ気のせいか、呼ばれたような気がしたけど」

そう言ってセツは伸びをすると、むっくりと起き上がった。手には三日前から作り出した弓と三本の矢がある。

矢は細い竹を乾かしたもので、先に黒く尖った石を括りつけてある。オトウにせがんでもらったヤギの毛をよじったもので、丁寧に巻いてある自慢の作だ。

ショウが欲しがっているが、三本しかないから貸してやるわけにはいかない。

セツはまた腰を下ろすと矢を番え遠くのヤギに狙いを定めて引き絞り、また戻してヒュッと口真似をした。セツの眼にはヤギの腹にびしっと突き立つように見えた。

「よし、腕は落ちていない」

彼はそう言うと立ち上がり裸足のまま歩き出した。やや喉も渇いているようだ。

小屋に戻り暗い中で眼を慣らすと、妹のミミが母親と何かの実をより分けている。壷に手を入れて一口飲むと、ため息をつくほど旨かった。

「セツかい、今日は何か獲れたかい？」

「いや、だめだったよ」

「そうかい。オトウがウサギを獲ってきたから、今晩はご馳走だよ」

「え、ウサギ！」

「お前の弓も早く獲物を捕まえられるといいね」

「いいね」

ミミが続いて言う。そうなのだ、実のところセツはまだ獣を一度も獲ったことがない。オトウに習い、川に石を積んで魚を掴み取りすることは大分上手になったが、相手が地面を走る獣には歯が立たない。いつも簡単に逃げられている。

ケンやノブ、エイなどは銛で魚もつけるし先だってはケンが一人で狸を捕まえて大騒ぎになった。狸の肉は臭いがあるが毛皮は敷物になるし、獲物としては上等だ。

あれ以来、ケンは一段とえらそうに見えた。

オイラも、ばしっと大きな鹿なんか仕留められればなあと思った。だが、鹿となるとオトウたち大人でもなかなか捕まえることはできない。まして猪ともなると、必ず誰かが大怪我をする。

半年前にはサコがあの牙に足を抉られて命を落としたし、ここ三年で五人もやられている非常に危険な動物だ。

何といっても彼らは皆、脚が速いし敏捷だ。それにセツたちが持っている弓では厚い皮をなかなか突き抜けることができなかった。どうしても落とし穴を仕掛けるか、近くまでよって皆で槍を突き刺すことでしか大型の獲物は獲ることが難しかった。

セツはそうした狩りを何度も見て、彼らと同じくらい脚が速ければ、止まって槍を突き刺せるのにと夢見ていた。槍では重過ぎるから投げても十メートルから十五メートル飛ばすのがやっとだし、矢はウサギの皮や鳥くらいしか仕留められなかった。

いきおい、毎日の食料は麦や粟のような穀物に果実、魚や貝などに偏っていた。魚はよく獲れたが、穀物や果実は収穫までいつも永い間待たなければならなかったので、誰もが常に空腹を抱えていた。

子どもも大人も待ち遠しかったのは、暑い夏を終えるとそこかしこになる果実だった。ほとんどは小さく中の種も大きかったが、熟したものの甘みは独特な爽やかさをもたらしてくれた。特に日に干したものは長い冬に少しずつ大事に食べたが、水分が抜けた甘さがまたこたえられなかった。

秋に獲れた鹿や猪などは丁寧に皮を剥ぎ、じっくりと干してこれも冬の備えにしていた。細く切った肉は彼らの丈夫な歯でもなかなか噛み切れず、老人たちはそれを温めた湯に浸して長いことかかって食べていた。

セツはオトウに、今度は自分が三人で一晩かけてウサギを捕まえてくると言って早寝をした。

翌朝セツは腰に矢を三本挟むと隣のノブとマサのところに行き、ウサギを捕まえに行こうと呼びかけた。昨晩食ったウサギの肉が忘れられなかったのだ。小さなウサギだったが貝と麦に入れて塩で味付けした鍋は、久しぶりに腹いっぱいにしてくれた。

ノブは小さな手槍を持ち、マサは棍棒を持っていた。三人は昨日、オトウが行ったという裏の山へ入っていった。

辺りはしきりに鳥の声がするが、暑い季節なのでまだ枝の実も青く小さいものばかりだった。先頭に手槍を持ったノブが歩き、棍棒をもったマサが続いてセツは三番目を歩いていた。

道なんぞはなかったが毎日入っている山なので、道に迷うなんて心配はこれっぽっちも浮かばなかった。

突然、ビッビッという猪の鳴き声がしたので、三人は一斉に小さく屈んだ。そしてそれぞれが音のした方を眺めた。すると少し先の笹の辺りがざわざわと動き、がさがさっという音と共に茶色い毛に包まれたのが飛び出してきた。

「わっ」

と後ろへ逃げたのは手槍を持ったノブで、すぐ後ろのマサとぶつかってしまった。二人が地面に転がり、起き上がる前にセツは弓を持ったまま追いかけた。すぐに二人が起き上がって後を追う。

猪は木や笹の間をブヒブヒ鳴きながら左右に進んでいく、笹が動くのでそれを追いかける。五分近く追いかけたが、いつの間にかどこかへ消えてしまった。

三人はふうふう言って立ち止まり、「残念だった、もう少しだったのに」と悔しがった。

猪が消えた辺りは日ごろはあまり立ち入ったことのない場所だったので、三人は興味を覚えもう少し行ってみる気になった。

少し行くと笹はなくなり、紫色の小さな花が一面に咲いていた。生えている木もまばらになり、その先で何かぴちゃぴちゃいう音が聞こえる。

セツたちはそのままそこへ行くと幅三メートルほどの小さくて綺麗な川が流れていた。ぴちゃぴちゃいうのはその川の音だった。

気がつくと三人とも笹で脚を大分傷つけられていたうえ、どこかで蜂かアブに刺されたようで脚のふくらはぎが赤くて非常に痛かったので川の水に浸して、手で擦ったが痛い。傷は表面だけだったようでしばらく浸していると血も綺麗に流れ、痛みも消えていた。

「この川はどこへ行くんだろう?」

「見たことがない川だな」

「魚も見えないな」

「行ってみようか?」

「そうだな行こうぜ、なんかいるかもしれないぞ」

好奇心が溢れて冒険したくてたまらない年齢だ、それに日も高いし、何といっても獲物が何も獲れていない。それに慣れている山だと安心しきっていた。

川は曲がりくねりながら、幅も深さもほとんど変わらないまま二時間も同じような形で流れていた。

「大分歩いたなあ」

「そうだな、少し休もう」

「それにしても腹が減ってきたよ」

「オレ、これ持ってきた。野宿のときに食べようと思って」

マサが懐からアケビを出した。そのまま食べても甘くておいしいので三人はものも言わず、あっという間にそれを食べつくした、今晩のおかずはこれでなくなったが、誰も気にも留めない。甘みが一旦は食欲を抑えてくれたうえ元気をつけたので、三人はまた川を下っていった。

「あれは?!」

「鹿だ！　鹿だぞ！」

「待て、待て、そうっと行こう。気づかれたら逃げられる」

三人はお互いに唇に人差し指を当てると顔を見合わせ、しーっと言い合った。そして川からそろりそろりと外れて横に広がった。

鹿までの距離は一番近いマサから三十メートルほどで、一番遠いセツまででも五十メートルもなかった。三人はさらに身を屈め、ゆっくりゆっくり近づいていった。

鹿は耳を絶え間なく動かし、黒い目はじっと三人を見据えていた。やはり黒い鼻先の下の短い白い毛に覆われた口は、何かもぐもぐと横に動かしている。そのままじっとして、ときどき思い出したように右脚で土を掻いている。

マサが二十メートルまでどうにか近づいたところで、さっと身を翻し薮に駆け込んだ。三人は一斉にわーっと声を出して追いかけたが、薮まで来てがっくりした。薮は深いし、どこにいったか全くわからない。急にがっくりした。

わっはっは！

野太い声がして三人はびっくりして腰がすくんだ。

「どうした若いの、ここだよ、ここだ」

どこから聞こえてくるのかと辺りを見るが、誰もいない。

「ここだよ、お前たちの上だ」

そう言われて上を見ると木の上に誰かがいる。その男は立っていた木の枝にすっとしゃがむと手でその枝を掴み、くるりと輪を描いて下の草地に飛び降りた。

手をパンパンとはたくと、にこにこ笑いながら寄ってきた。随分と大きな男だ、この辺りでは見かけたことがない。

それに頭の毛も薄く真っ黒なオトウたちより大分少ない。

三人はかたまって見ていた。

「どうした、随分びっくりしているようじゃないか。何を驚いているんだ、狩人が」

そういうとまた可笑しそうに大声で笑った。セツたちもつられて笑い顔になったが、どう対応していいのかわからない。

「お前たちは、どこの村の連中だ？　毎日ここらで狩りをしているのか、いや、狩りの真似を」

「ボクらはえーと、巻向のものです、ここらには来たことがありません。今日はいつもの道から紛れて川に出たのでそのまま下ってきたんです。それであの鹿を見つけたんです」

「ふうん、巻向か。それはまた随分遠いところからきたな」

「あの、あなたは？」

「あ、オレか。おれはハナツヒトというんだ」

「ハ……ナ、ハナ……ツヒトさんでいいんですか」

「そうだ、オレもここにはたまに狩りにくるんだ。獲物は猪が多いがね、冬は熊だ」

「熊！　熊なんてどうやって獲るんですか！」

「何、熊は猪より楽だ。冬の間眠っているところを槍で刺すだけだからな」

「冬に狩りをするんですか？」

「他の季節にはやつらの活動は一人では手に負えない」

「一人でやるんですか！」

「そうだ」

セツたちはびっくりしたように顔を見合わせた。

「何を不思議そうな顔をしているんだ」

ハナツヒトと名乗った男は面白そうに聞いた。

「だって、そんなこと村の誰もしたこともないし、聞いたこともない。熊は神だって聞かされているし、そんなこと」

「何、獣は獣さ。それぞれに役割があるだけの違いだ」

「でも……」

「何かおかしなことでもあるかね」

「い、いや……」

三人はすっかり気を飲まれてしまった。同時にこのハナツヒトという大きな男にもっと話を聞きたいような気がした。村の人間と何かいろいろな点で違うような感じがぷんぷんする。

「そうだ、お前たち、朝から何も食っていないんじゃないか？」

そう言われると確かにアケビを一つしか腹に入れていない。まず、ノブの腹がぐーっと鳴り、慌てて槍を放ると手で腹を押さえた。

大男はさもうれしそうに笑って、その手槍を拾うと「ついて来い」と言って歩き出した。

三人は少しの空腹を感じながらふらふらとついていった。三十分ほど歩くと川の先から何か轟々という音が聞こえてくる。

「あれは何ですか？」

「あれか、あれは滝だ、この先に滝があるんだ」

「滝？」

「何だ、お前たち滝も知らないのか、川が崖から落ちるのを滝というんだ。その下がたいてい深い池になっていて、魚がたくさん泳いでいる。もっとも味は海の魚にはかなわないがな」

「海？　海の魚って？」

「おいおい、お前たちほんとにどこに住んでいるんだ。巻向にも海の魚は行っているはずだが」

「はあ……」

「まあいい、滝を下りればもうすぐオレの村だ。そうそう滝の上から少しだが海が見える」

「あれが海だ」

男が指差すと緑に囲まれた先に青い平らなものが見える。

「海はな、でかい、でかい湖と川を全部合わせたよりもでかい水だ。だが飲むことはできない、なにしろ塩辛いからな」

「水が塩辛い？」

「ああ、舐めてみるか、そのうち海に連れて行ってやるから」

「ふうん」

見ることも聞くことも初めての海に驚いた。どう見ても平らで歩いていけそうだが、余りにも遠すぎて目の焦点が合わなかった。

大男は器用に滝の周囲の岩を伝って下り、そこの濡れた細い道を指し示した。セツたちも海を忘れて滑らないように注意しながら同じように下りた。大男と三人は滝の横の細い道を下りきるとそこの大きな池で、何匹も太ってすばしこい魚を捕まえた。

そのときはあっちだ、そっちだ、そいつを抑えろとか四人とも子どものように騒ぎまわった。結局三十分ほどで十匹以上捕まえることができた。

男は池のいたるところに生えている熊笹を採ってくると、その魚の口から鰓まで差し入れて、ぬるぬるして持ちにくい魚をいとも簡単に吊るし、眼を丸くしているセツたちに担がせた。

カドタの村に着いた時はもう夕方で、木で作られた家々からは青白い煙が立ち昇っていた。三人はオトウに今日は野宿をすると言ってきたが、思わぬご馳走にありつくことになった。

男の家族は小柄な奥さんと女の子が二人だった。

ハナツヒトさんの家はセツたちの村の家と少し違って、地面には木の脚が立っていてそこから両手で囲んだくらいの太さの丸太が何本か横に這わされ、そこを上がっていくようになっていた。

セツたちの家はどこも周りに石を置きその内側に溝を掘って、雨が入らないようにしてあった。

なんだか木の上に住んでいるみたいで、浮き浮きしながら四段ほどの丸太を踏んで丸太が敷かれた床に座った。広さは丸太一本の長さほどで、幅はその丸太が三十本ほど敷き詰められていた。その丸太と、丸太の凹んだところには枯れ草が敷かれている。

枯れ草の上の三箇所ほどには、獣の皮が敷かれてあった。

「これが熊の皮だ」

手触りは柔らかいが全体にごわっとした感じで、三人くらいは並んで寝られそうだった。

ハナツヒトさんは奥に座り置いてあった木の台から黒い石片を取り出し、何度か打ち付けて尖った破片を作り出し、丸い棒の先を割ってそこに差し込み、木の蔓のようなものを巻いていった。ノブが聞くと、大男はこれが槍だと言いながら何度も力を入れて締めた。

長さは三メートルくらいで持ちやすそうだった。よくみると、その奥に五、六本同じような槍が置かれてあった。

「熊にはこいつが何本もいるんだ、今のうちに造っておかないとな。秋になると蔓が硬くなってよく巻けないからこの黒い石が取れてしまうんだ、石が取れてしまったら熊には敵わない、あいつは傷を受けると恐ろしく暴れるし、木の上や水の中に逃げても追いかけてくる、それに見た目よりずっと脚が速いし、あの爪は猪くらいは一発で殺してしまう力がある。だから、槍はこうして頑丈に作っておく必要があるんだ」

大男によれば、猪はこの槍二本ぐらいで仕留めることができると言う。

「猪でも熊でも一番は眠っているときなんだが、猪はなかなか眠らない。やつら川の中で草地があると結構昼寝をするんだが、いつも大勢でいるのでなかなか近寄れない。その点、熊は穴の中で半年眠っているから、穴さえ見つければたいてい仕留められるんだ」

ハナツヒトさんは昨年も二頭仕留めたと言った。

「でも、ここにある皮は一枚だけですね」

「ああ、それは塩や麦、壷なんかと交換するからな」

「交換？」

「皮の代わりにそういうものをもらうのさ」

「何で塩なんかをですか？」

セツたちの村にも毎年どこからか男たちがやってきて、いろいろなものを置いていく。なかでもその塩というものは大事にされていた。

大事にしまわれていて、子どもたちの口には入らないので一度こっそり、壷から手づかみで取り出し、隠れて思いきり口にほおばってえらい目にあったことを思い出した。

そのあとでオトウにおもいきり頬をはたかれ、辛いやら痛いやらで一日水しか口に入らなかった。なんでそんなものを命がけでとった熊の皮なんかと交換するんだろう。

「塩は大事なんだ。これがないと牛や馬は死んでしまう、人間やその他のものもそうなんだ」

「え？　なんでそんなものがないと死んじゃうんですか？」

三人はあっけにとられて聞き返した。

「さあ、オレにも何でかは知らないが昔から伝えられているし、実際にそうだからな」

「で、それはどこの人が持ってくるんですか、どこかにあるんですか？」

「ああ、たっぷりあるよ、あの海の中にな」

「海の中？」

「そうだ。そういえばお前たち海を知らないんだったな。じゃあ、明日連れて行ってやろう」

ハナツヒトさんはそう言うと、また面白そうに笑った。三人は焼いた魚とどんぐりの粉に何かの実をご馳走になった。

翌朝、冷たい川の水で顔を洗い、昨日は収穫がなかったから今日はその海とやらでウサギを狙おうと話し合った。

ハナツヒトさんは奥さんに昼までには戻るからと言った。四人は川に沿って歩いていった。

時には熱い地面を避けて川の中を進み、二十分ほどすると辺りの景色が一変した。それまでは周り中が緑一色だったが、ある場所を越えると目に入ったのは真っ青な空と、同じような青い平らな水だ。その手前には、白い砂浜が左右にずっと続いている。

昨日、滝つぼの上から見たのと違って水だ。歩けそうにはない。砂の向こうから波が打ち寄せる。

空には白い鳥がギャアギャア鳴きながら何羽も円を描いたり、急にその水に頭から突っ込んだりしている。辺りは嗅いだことのない、むっとした臭いが風に乗って押し寄せては消え、消え、消えてはまた三人の鼻腔を襲う。

「わっ、くせえ」

三人は騒ぎながら川を進む。いつの間にか川の水はくるぶしから足の指をくすぐる程度になり、砂の三分の一程度までくるとどこかに消えてしまった。

「おじさん、川がなくなっちゃったよ」

「砂ン中に吸い込まれちまったのさ」

「へえ、どっかに行っちゃったんだ」

「ここから熱いぞ、気をつけろ」

本当に、砂は熱かった。ハナツヒトさんは、熱さを感じないように歩幅を広げて海に近づいていった。三人もひょいひょいと裸足のままついていく。

岩場の中にある水に右手を差し込み、ふんふんと頷いて、

「舐めてみろ」

そう言うと、大男はそれを片手ですくって呑むまねをした。セツたちはまねをして手に載せた水に顔を寄せ臭いをかいだ。なんだか妙な臭いがする。思い切って少し舌を近づけ

ると、舌がぴりぴりする。

　マサが掌の分を呑んだ。

「グハッ、ゴホ。グッ、ペッ、ペッ」

「ワッハッハ、それが塩水だ。どうだ凄いだろう、この目に見える全てがそれなんだ」

　ハナツヒトさんはそう言いながら、槍の先で足元の砂を何度か掻くと、セツたちの掌くらいの白と茶色の模様の貝を取り上げた。

「どうだ見たことがあるだろう。こいつは貝というんだ。旨いぞ。お前たちの村にもこれを干したのがあるはずだ」

　セツはその白いのを見たことはなかったが、ハナツヒトさんが貝に石を入れて開いて中味を見せると、確かにこれに似たものを見たことがあった。

「こいつは焼いても煮ても旨いんだ。この水が塩を含んでいるからな、何もつけなくても味はこいつ自身が持っているんだ。この海には魚が沢山いるんだが、昨日の池と違って追えば、どこまでも逃げちまうから、今日は捕まえられない。だから今日はこの貝を沢山獲っていこう」

　二時間で持ってきた籠に一杯の貝と、岩場に泳いできた蛸を二匹捕まえた。蛸を見たときの三人の驚きはこの上もなかった。

　ハナツヒトさんは蛸を持つと何度も岩に叩きつけた、七、八回叩きつけるとぐんにゃりした。

「すごいですねえ、これ！　なんです？　食べられるんですか？」

「ああ、こいつは生でも食えるし煮ても焼いても旨い。今日はご馳走だな」

大男はうれしそうに何度も頷いた。

大男の家に戻ると、小屋の前の石組みの炉に火が入っていた。

昼飯には四人が取ってきた貝と蛸、それに奥さんが採ってきた野菜が焚き火の中に投げ込まれた。辺りにはなんとも言えない良い匂いが立ちこめた。

珍しい経験と労働が三人に旺盛な食欲をもたらし、蛸の足は一人三本もあり、貝も十個以上食べた。

食事が終わるとセツは二人を呼んで、今日はこれで一度村へ戻ろうと言った。オトウには今日帰ることにしていたからだ。

「だがよ、オイラたちだけこんな旨いものを食って、まだウサギを捕まえてねえぞ」

ノブが言うとマサも頷いた。

「今日はこれからウサギを狩りに行って、帰りは明日にしようや」

そう決めると、三人は大男にそれを伝えた。

ハナツヒトさんは一寸考えていたが、やはり約束は守るべきだと言い、ウサギの肉ではないが猪の肉の塩漬けがあるから、これを土産に持っていけと言った。

そして、あの滝を登って川を遡っても、お前たちが出てきた薮は目印がないだろうからどうしても道に迷う。この先の海岸をずっと東に行き、二本目の川をそのまま上がっていけば、お前たちの巻向というところに出るはずだからそちらを通っていけと教えた。

三人はその言いつけどおり海岸を長いこと東に行き、二本目の川を見つけるとそこに入っていった。

川には滝がなく、ときどき道のようなところもあったが、夕方近くにどうにか広い場所に着いた。

その広い場所は巻向の村から二キロほど離れた空き地で、そこは木がなく草が繁っているだけだった。

「やあ、着いたようだな。大分歩いたけどこの方がわかりやすいや」

「本当だ、これならあそこまで半日で行けるんだね」

セツたちはハナツヒトさんと約束をしていた。あと七日ほど寝たらまた遊びに行くことを。

そして、冬の熊狩りや秋の猪狩りなどを始めいろいろ教えてもらうことにしていた。

セツはその晩オトウから褒められた。本当はこっぴどく怒られるはずだったが、約束を守ったことを褒められたのだ。セツは自分の口から出したことはきちんと守らなければいけないことを二人から教わった。

翌日、すぐにマサとノブのところへ行き、三人で話し合った。

マサとノブは何にも言われなかったらしいが、セツの話を聞くと確かに自分たちが間違っていたことを言い合い、三人でオトウのところへ行き本当のことを話そうということになった。

「ふむ、その男がお前たちにご馳走してくれて、土産までくれたのは昨日聞いたが、そうか、約束をきちんと守れと言ったんだな」

「ハイ」

三人は小さな声で言った。

「その村はここから半日で行けるのか。なるほど、オレも海というのは二度ばかり見たことがあるだけだが、そういう男がいるのか。で、お前たちはその男に今度は何を教わる約束をしてきたんだ？　熊は冬だと昨日言っていたが」

「秋は猪狩りだよ」

「でも、秋はまだまだ先だ、はてそれまで何をやるのかな？」

そういえばまだまだ日中は暑い、ようやく夏になったばかりだ。そう言われると三人も首をかしげた。

だが今度は男との約束を守るため七日寝た翌朝、三人はケンとショウを誘い五人で男の村を訪ねる支度をしていた。

オトウは村の土産に瓜と野ブドウとどんぐりの粉に、とっときの鹿肉を持たせてくれた。

五人はまた川を下り長いこと歩いた。ようやく川が広くなってきたなと思ったら、先からザーザーという音が聞こえてきた。

「きっと海だぜ」

「海？」

「そう、でっかいんだ」

すでに見ている三人はケンとショウに自慢げに言った。

「本当だ、でっけえなあ」

「どこまで広がってるんだ？」

「あれを一寸舐めてみなよ」

三人は二人を海辺まで連れていき、自分たちも手で呑むまねをした。

「グワッ、ペッペ」

「なんだこりゃ！」

「ワッハッハ！」

三人は手を打って喜んだ。

「ごめん、ごめん、オイラたちも飲んだんだ」

「いやあ、ひどい味だなあ」

「こいつは塩が入っているんだって」

「塩？」

「塩！」

「なんだい、そりゃ」

「うーん、何だか白いものなんだ」

「でも、これは透明だぞ」

「うーん、まあいいや。ハナツヒトさんに聞こう、教えてくれるから」

五人は海岸の波打ち際を西へ向かって進んだ。足の裏が砂にめり込み、それが打ち寄せる波で綺麗に消え、また波が引くと十個の足跡が続く。いつしか五人は浮き浮きした気分が出てどうしようもなかった。

真っ青な空には雲ひとつなく、白い雲は遥か彼方の海の上にもっこりした形でいくつか浮かんでいた。この前と同じように白い鳥が海中に突っ込んだり、円を描いてはギャアギャアとけたたましく鳴いている。

歩いている砂地の上には、緑色や褐色の粒々の付いた葉っぱのようなものが打ち上げられたりしている。たまに赤い色をしたカニが、忙しなくハサミを動かしながら波をかぶって慌てながら横切ったりする。

右手には濃い緑色の森がどこまでも続き、最初の川が見えてきた。

「あの川の次が村だよ、もう少しだ」

砂浜には時々飛び出したように岩が連なり、大体その頂には松の木が何本も立っている。砂浜は濡れている限りは足も灼けることはなかったが、そうしたときに大回りをして白い焼けた砂の上を歩かなければならない時はさすがに少々熱かった。

セツたちは途中途中で遊びながら来たので、村に着いた時はもう昼を二時間も過ぎていた。遠くに海岸にいる子どもたちがいたので、五人は立ち止まった。

やがて五人に気がついた子どもらも遊びを止めてこちらを見ている。人数は大きいのや小さいのを含めて十人ほどもいる。

「おうい、お前たちは何だ、何しに来た」

その中の真っ黒に日焼けしてすばしっこそうなのが、両手を口にあてて声をあげた。

「オレたちは山から来たんだ、お前たちのところにハナツヒトさんていう人がいるだろう」

「なんだあそれは」

「ハナツヒトさんだよお」

子どもは走ってみんなのところへ戻ると輪になった。そして、何人かがときどきこちらを眺める。

セツたちは前へ進んだ。すると、彼らもその分後ろにすすむ。

会った場所から百メートルほどずれると、そのなかの一番大きいのがさっきのすばしっこそうな黒いのとやってきた。手には魚をつく銛のようなものを持っている。

二人はセツたちの手前まで来ると立ち止まり声を掛けた。

「何でお前らがハナツヒトさんを知っているんだ、どこの誰で何しに来た」

大きなのが一気に聞いた。

セツはゆっくりと出会ってからの話をした。川で会って滝つぼで魚を獲り、熊や鹿を追う話を聞いて自分たちの村からもう一度遊びに来たことを。


「ふうん、じゃあ、お前らはその山のもんか」

「そうだよ、これが土産だ」

「土産？」

大きな子はそれを見た。セツは持ってきた瓜や野ブドウなどをかざして見せた。

「来いよ」

そう言うと男の子はくるりと振り返り、帰るぞう、びくを忘れんなよおと丸くなっている子らに声をかけた。子どもらは急にがやがやと言い出して、セツたちを興味深そうに眺めながら待っていた。

「お前、なんていうんだ、オレはカツっていうんだ、こいつはテシ」

「オレはセツ、そしてこいつがマサ……こいつは……」

「お前らの村っていうのはあの山ン中なのか？　どうやってあの川へ出たんだって？」

「村からいつものように山に入ってしばらくしたら、猪が出てね、そいつを追いかけていて、花が咲く広い場所に出てそこからずっと歩いてて、川に出たんだ、あとはさっき話したとおりさ」

「へえ、あんな山ン中でどうやって暮らしてんだ？」

「そりゃあ、何でもあるさ」

「魚もか？」

「あるよ」

「ふうん、何をやって遊ぶんだ」

「大体は狩りだな」

「で、今までどんなのを獲ったんだ？」

「鹿や猪を、村の大人が捕まえた」

「え、お前たちは？」

「いや、今までケンが狸を一匹捕まえたのが最高だ」

「なんだ、お前たちはまだ結局捕まえたことはないんだ」

そう言うとカツはうれしそうに笑った。

「オレたちはおじいの手助けで、こんなでかい魚を捕まえるんだ」

「そんなでかいのがいるんか？」

「ああ、うじゃうじゃいる」

「オレたちにも獲れるかな！」

「すぐに慣れるさ、だけど、お前たち泳げるのか？」

「川では滝つぼなんかに飛び込んだけどな……」

「そんなら大丈夫だよ、明日にでもジイたちが船を出すから行こうぜ」

「いいなあ、行くよ」

「ようし、話は決まった」

「あそこが村だ」

海辺に流れ込んでいるあの幅の広い浅い川を挟んで、茶色い木の小屋がいくつも建っている。それぞれが二、三軒かたまって、少し離れてまた二、三軒という風で全部で二十軒近くにもなっていた。

西の端は一回り大きな小屋が建っている。

「あれは随分でかいね」

「ああ、あれは食料が置いてあるんだ、他にもいろいろあるんだけど、オイラたちは入っちゃいけないんだ」

「へえ、何でだ？」

「神さまがいるからだよ」

「あの中にか？」

「いや、あの奥にあるところだ、だからオイラたちはそこにはまだ入れないんだよ」

「へえ、で、何時になったら入れるんだい？」

「大人になったときと、神さまに何かをお願いするときだよ」

「何をお願いするんだ？」

「それはいろいろなことさ、狩りを安全にとか、年の初めに今年は獲物を多くくださいとか誰かが病気になったときに治してくださいとか、遠い国から戦いをされないようになんかがあるんだ、そん時には、爺さんたちといっしょにオレラもお祈りするんだ」

「そうすると、どうなるんだ、何があるんだ？」

「願い事が叶うんだよ」

「そいつは素晴らしいなあ、願い事がかなウンか！」

「オイラたちだけじゃダメだよ、神さまにはなにか違う言葉で話さなきゃ聞こえないんだって」

「そうなんかあ……」

　カツがここだよと言ったのは手前から二軒目の小屋だった。

　その手前には火が焚かれ、横に渡された枝には何枚かの麻の服が吊るされていた。その下では白い子犬と小さな子たちがキャッキャとはしゃいでいた。火には何か土器のような壷がかけられ、すでに白い泡を噴いていた。

　筵のようなものに座って泥の塊をいじっていたじいさんがこちらを振り向くと、じろりと睨んだ。黒い長い髪を紐で束ねた女のひとが、カツを呼んだ。

「どうしたんだい、その子たちは、どこの子だい？」

「東の山ン中の村からハナツヒトさんのところに来たんだって」

「ああそうかい、でも、ハナツヒトさんは出かけちゃって七日ほど帰ってこないよ」

セツたちは途方にくれた。土産を自分たちで食いつないでも二日しか持たないだろう、それなら村に戻ったほうがいいかもしれない。

黙っているセツたちに女は言った。

「じゃあ、その間、ここで遊んでいったらいいじゃないか。ちょうど、明日から漁に出るんで人も足りないし、ねえ、あんた」

根っから明るそうな話し方だったし、話しかけられた爺さんも向こうを向いたまま、あと答えた。

「さあ、そうなら、うちも広くはないけど、寝るくらいなら大丈夫だし、食べ物はあるから心配することたあないよ。さ、こっちへきな、ところであんたたちはなんて名なんだい、呼ぶときに面倒だからね」

「オレはセツです、こいつはマサ、そしてノブにケン、あれがショウです、みんな巻向から来ました」

「巻向！ ああそれじゃ遠かったねえ、朝、出たんかい」

「そうです」

「じゃあ、まあここにすわんなよ。ほらほら、お前たちも、あんた皿を少し持ってきとくれ」

カツとテシたちは持っていた銛を置くと三人が小屋の中に入って、小ぶりの碗を持ってきた。

女は大きな柄杓のようなものを壷に入れてかき回すと、小さな碗によそって口を近づけふうふう吹くと一寸舐めて、大きく頷いた。それからみんなの碗によそってくれた。茶色い汁の中になにやらたくさん入っている。

「おばさん、これ、何？」

マサが聞くと、その前にもうノブもショウも口をつけて啜っている。

「これかい、そうだなワシの味だよ、いろんなものが入ってるのさ。魚に青菜、干したキノコに貝もな」

「旨いねえ、おいしい」

「そうだろ、お代わりしな。あ、そうそう、おばさんじゃないよ、言っとくけど、ワシはジュンっていうんだ。今度からはちゃんとそう言うんだよ、じゃないと一杯もやんないからね。いいかい、あ、それにその人はカマセっていうんだ、覚えときな」

「ハーイ」

「よし」

カマセと呼ばれたじいさんは小柄に見えたが痩せているだけで、立つと意外に大きかった。

じいさんは壷の汁には手を出さず、そばにあった小さな壷から白い液体を注いでは何杯も旨そうに呑んでいた。

「明日、漁に出ている間にこいつの水気を抜かなくちゃな。こいつらに運ばせるのは危ないから、カツ、お前たち飯を食ったら、これを小屋の棚に置いてこい」

「ハイ」

「それは何ですか？」

「あれか、あれを焼くとこういう碗や皿になるんだ」

「この壷もカマセさんが焼いたんだよ」

「そうだ、こいつは焼くのに三日もかかったが、よく出来た」

「カマセさんは焼き物の神さまだからね」

「え、神さまなんですか、じゃあ、あの大きな小屋に住んでるんですか？」

「小屋？」

ジュンは首をかしげた。

「あの奥の大きな小屋の奥に神さまが住んでいるって……」

マサが言うと女は大きな声で笑い出した。

「ああ、そうだね、だけどカマセさんは人間だからね」

みんなは何だかよくわからなかった。

「神さまは普段は眼に見えないんだよ、でもちゃんといるのさ、それでみんなが必要になると、ちゃんと姿を現して助けてくれるのさ」

「じゃあ、カマセさんはいつかまたあの小屋に戻っちゃうんですか？」

「ワッハッハ、そいつはたまらんなあ」

「カマセさんは人間だから大丈夫なんだよ、死んだらあの小屋のそばに行くけどね。でも中には入れないんだよ、神さまじゃないからね」

何でも、ジュンの話によると、年の初めにその年のお願い事をすると、誰かがそれを一生懸命その年中、頑張ってそれを叶えてくれるんだそうで、年の終わりにお供えものをして感謝するそうだ。

今年は魚の豊漁と稲の収穫と土器をお願いしているそうだ。だから、毎年豊漁で稲も良く穫れているという、その収穫物を入れる土器をカマセのじいさんがこうして毎日作っているんだ。

以前には他の人が作っていたが、厚かったり、形がいびつだったり、罅《ひび》が多くて収穫物が何度もダメになってしまい、たまたま上手に出来たカマセがそれからは何度もそれに取り組んでいて、今では一人でこさえているんだって。

「他のやつらはよく水気を抜かないで焼くからすぐに罅が入っちまうんだ、だけど乾かし方を急ぐとその場で罅が入っちまうからな」

カマセのじいさんは少し自慢げに言った。

「だから、神さまなんだよ、あんたたちの村ではこんな薄いのは見たことがないだろ」

ジュンは食べ終えた碗を砂で拭うとそれを手に載せて回した。

確かに、セツたちの村では見たことがなかった。セツたちの村では木を刳《く》り貫《ぬ》いたり、木の皮や草の葉を使うことが多かった。木を刳り貫いたのを持っているのは長《おさ》くらいなものだ。

だから、汁を使うような料理はほとんどなかった。土器も古くからあるのは厚手でなかなか煮えなかったし、とても大事に扱われていた。

それが、一日も離れていないここでは、子どもですらこんな碗を一人ずつもらっている。

セツは神さまが小屋に帰らないうちにこれを教わりたいと考えていた。

翌朝、興奮した所為か、みんなは朝早くから起きだしていた。周りでは鳥の声が朝からやかましい。それに何といってもいい匂いが入口から流れ込んでくる。

「起きようか?」

「起きよう!」

セツたちはもぞもぞと起きだし、ぞろぞろと外へ出て行った。

陽射しはまだ柔らかく、湿気を含んだ風が気持ちよく全身を通り過ぎていく。青い空には雲ひとつない、これは今日も暑くなりそうだ。

「おはよう、早いねえ、もう汁ができるよ」

ジュンが太い腕で壷をかき回す。

急に腹が鳴る。昨日あれだけ食べたのにもう空腹だ。みんなは置かれていた碗を持つと壷の周りに集まろうとした。

「だめだよ、ちゃんと川で顔を洗っといで、ご飯はそれからだよ」

「はーい」

食事となるとみな素直だ、カツに連れられて一分ほど離れた川に作られた石組みの洗い場で、並んでぶくぶくと顔を洗う。

川の水は冷たいので、何度か洗うと顔がすっきりした。

マサは頭を水につけ、うーと唸っている。

それを見てケンとショウも真似をして唸っている。

焚き火に戻るとそれだけの時間で、もう辺りがさっきより暑くなってきた。

「さあ、今日は大漁だといいねえ」

ジュンはそう言いながらみんなの碗に汁をよそっていく。今日は昨日のに加えて何だか団子のようなかたまりも入っていた。

二杯頂くと、カマセのじいさんが三人の男を連れてきた。どれも褐色に日焼けして逞しい体つきをしている。男たちはそれぞれクシュ、タネ、カカと名乗った。


海辺には二艘の船が浜辺に上げられていた。幅は一メートル五十センチくらい、長さは七メートルくらいだった。

セツとケンにマサとテシ、カツが最初の船に乗りカマセとクシュが左右から押して海に浮かべ、ノブとショウ、トシとミンがタネとカカが押す船に分かれた。

海辺から五メートルも進むと、最初の打ち砕ける波が白い泡を噴き上げながら先頭にいたセツとケンにふりかかった。

二人は思いっきり塩水を顔面で受け止めた。苦い、しょっぱい、少し鼻にも入ったようで、息をどうしていいかわからなかった。

「ワッハッハ！　注意しろや、でも沖へ出りゃ波はないけどな」

カマセは可笑しそうに笑った、クシュも声は出さなかったがにやにやしている。マサはかろうじて胸から下だったたし、テシとカツは全く気にもしていない。

後ろの船では同じようにノブとショウが正面から波を浴びていた。

十メートルも離れると波は上下に大きく揺れるだけで、確かに飛沫はどこからも飛んでこない。

滝つぼと違って何となくべたっとした感じだったが、初めての経験で五人とも興奮していた。後ろは緑の森が壁のように続き、その向こうには山が続いている、あの山の中にセツたちの村があるのだ。

三十分もしたろうか、船が止まった。

カマセたちが長い木のさおを船に入れて、手元で何かを結んでいる。みると壷の中から手足が一杯ついたムカデのような虫を出してそれに曲がった針を突き刺している。虫はぐねぐねと体をひねっているが、やがてぽいと順番にへりから水の中に入れられていく。

何をしているのかわからなかったが、カマセから「はいよ」と渡されたひもをしっかり持っていろと言われた。

「いいか、ときどき上下にあげろ、こういう風にな、そしたらコンって引っ張られる、そしたら焦らず一、二度軽く指先だけ動かしてやれ、いいか、指先だけだぞ、じゃないと餌だけ持ってかれるからな。そうそう、それでもぐいぐい引っ張られるようなら、少しずつ手元に手繰り寄せろ」

そう言うとカマセもクシュもじっと水面を見つめた。セツもそのまねをして水面を見つめた。きらきらと光って眼を開けていられないくらいだ。

眼を細くして集中すると今度は自分にその気がないのに、上にいったり下にきたりする。最初はそれが面白かったが、水面を見ているうちに急に気持ちが悪くなってきた。

何だか頭が痛くなって、気持ちの悪さも増してくる。

「カマセじいさん……」と声を出そうとしたが、声の代わりにぐっと喉を押し上げてくるものがある。

あわてて呑み込もうとしたが船がぐっと持ち上がる拍子に、それが口を開けて飛び出してきそうになって、両手で口を押さえると持っていた糸がすっと手を離れた。

船べりをすべる糸を押さえようとすると喉の奥のものが飛び出しそうになる。

「グッ、ググッ」

声を聞いたカマセじいさんはセツを見ると、

「顔を海に出せ、吐いちまえ、糸はいい」と言った。

もうとてもたまらない、糸はするすると海に吸い込まれ、盛り上がってきた青い透明な波に顔を擦り付けんばかりに乗り出した。

喉のさらに奥、胃袋をこぶしで突き上げられるようにドンとした衝撃を感じると、そのまま、胃から喉と口に一直線の棍棒が通ったように思えた。

海の中にぽわっと白っぽいものが見え、眼は涙が溢れた。

「思い切り出しちまえ、遠慮すんな、出したら海水を掬ってゆすいどけ、楽になる」

セツは言われたとおりに口を漱ぐと、胃が落ち着く感じがした。

「顔を焼かないようにしてしばらく寝てろ」と場所を少し空けてくれた。

セツは情けないなあと思いながらじっとしていると、わっという喚声が何回かした。

「でかした、大きいな」

「ほう、初めてなのか」

「よし、もう一丁」


陽射しはじりじりと暑く吹いてくる風もどすんと重い感じがするが、波に体を任せていると次第に落ち着いてきた。気持ちの悪さも消えたので、頭を起こすと一メートルもある青い魚が五、六匹どたどたと船底を叩いている。

「やった！」

ケンの声だ、見ると大きくはないがまた一匹釣り上げた。

魚を外したカマセが起き上がったセツに気がついて、大丈夫かと聞いたので、何とかと答えると糸を一本渡してくれた。

先にはあの虫がくねっている。セツは慎重に糸を下ろした。

言われたとおり指先を上下していると、指先ばかり見るんじゃない、もっと遠くの雲でも見ていろ、神経を指先だけに集中していればなんともないと教えられた。

遠くの雲が白いなあ、山で見る白さとはまた違うし、何といっても周りがこんなに広いなんてと眺めていると、急に指先が下に引っ張られた。

来た！

それから一時間ばかり立つと陽が頭の上近くまで来た。

「昼だなそろそろ終わりだ、戻るぞ、もう魚も餌を食わない、やつらも昼寝だ」

カマセのじいさんはそう言い、カカたちにも大声で伝えると、木のさおを出して船の舳先を海辺に向けて力強く漕ぎ出した。

寄せる波に乗って、行きの三分の一にも満たず舳先が砂にざざっと食い込んだ。

クシュがすぐにさおを置いて水に飛び込み、腿まで使って船を押し上げた。ケンとカツもすぐに真似をして手助けをした。

獲物はシイラでそれぞれ十匹以上釣り上げていた。カマセたちは黒曜石で作った鋭いナイフで手際よく腹を開き、海水で内臓を洗った。

「これを一緒にしておくとすぐに腐ってしまうからな」

二十匹を開くには結構時間がかかり、村の干す棚に開かれたシイラがすべて並んだ時はもう三時を回っていた。

「今日は大漁だった、実を言えばあと一匹いたがな」

カマセのじいさんはそう言うとニヤッとした。

「海が初めてにしちゃみんな頑張ったな、誰でも船には酔うんだ、コツは自分で船を動かしている気になることがまず一番だ。それに乗る前にたらふく食わないことだ、あとはなるべく遠くを見ていること」

セツは三つともその逆をやっていたような気がした。

気持ち悪かったのを思い出すと船も海もこりごりだと思ったが、そういうやり方でやれば、海の上の爽快さや、何といっても大漁の魅力もあった。

それにマサもノブもみんなけろりとしている。だがショウは少し青ざめていたから気持ちが悪かったんだと思っていた。

シイラを干して次の日も海に出たが、セツたちはその日は貝拾いだった。

普通は女や子どもの仕事だが、新月と満月の翌日は男たちも手伝うことになっていた。

貝の多くは汁物に使われていたが、大量に掘り出したときは殻をむいて、これも日に干して使った。だがそれは皆手のひらほどのもので、それより小さいものは汁に入れられた。

殻はすべて村のはずれにまとめて捨てられた。

そこにはたいてい腹を空かせた犬がうろうろしていたが、これといった餌にありつくことはほとんどなかった。

カマセじいさんがみんなを連れて村の裏に行った。それぞれ両手に土器を持っている。今日から窯に火を入れて土器を焼く。石で組み合わされた上に転げぬよう小石や粘土玉を詰めて安定させていく、すべて並べ終わると今度はその上に薪を積み重ねていく。

「この木はなんですか？　べとべとしてるけど……」

「松の木を伐ったものだ、あそこにたんと生えているだろう、あれを伐って干しておいたんだが、後から伐ったのはまだやにが柔らかいのもある」

「こんなに積むんですか」

「こんなもんじゃだめだ、これから一晩中薪を放り込む、大変だぞ」

一晩中火を燃す！

これは大変そうだ。

「交代でやる。いいか、いくら熱いからといって放り投げるなよ。土器に当たったら壊れちまうからな、そうここから投げ入れる」

カマセじいさんは崖の上と手前の二箇所に人を配置した。上にも横にも薪が山のように積んである。

セツたちはカマセじいさんの言うとおり、薪をくべ続けた。山ほどあった薪がいよいよ終わるころ、夏の夜はもう東の空が明るく白みだしていた。

明るい日を浴びるとお互いに吹き出した。みんな、顔中が黒っぽく煤けている。

まるで泥人形のようだ。なかには手足に火が飛んで水ぶくれになったり、赤く腫れたりしていたが、互いに言われるまで痛みも感じなかった。

「火はこのままでいい、あとは冷え切るまでほっておく、さ、これから朝飯だ、みんな腹が減ったろう」

そう聞くと、急にみんな空腹を覚え、何でもいいから早く口にしたいと言い出した。

「さ、その前に手と顔を洗え、そんな格好じゃまるで狸が並んでいるみたいだぞ」

そういうカマセじいさんも着ている麻のいたるところが燻って穴が開いて、あのひげも片方の先が縮れていた。

窯が冷えるまで二日はかかるというので、朝飯を終えると昼寝をし、その日の午後一杯矢をこしらえた。

「それは何ですか？」

灰色っぽい薄い塊を矢の先につけて縛っているのを見てセツが聞いた。

「これか、これは鉄というものだ。硬くて丈夫だ、触ってみろ」

「石みたいですね」

「石とそいつをぶつけてみろ」

セツは手に持ったその薄いのを黒曜石の鏃《やじり》とコンコンとぶつけてみたら、黒曜石のほうは小さく欠けるがその灰色のものはびくともしない。

「これは、何なんですか？」

カマセはそれを手に取るとセツたちに説明した。

「ここよりずっと西のほうの村で大分前にやはり大量に土器を焼いたんじゃよ、そこは川のそばで土が湿っておったから、砂を大量に撒いて台にしてそれに土器を置いて薪で何日も燃し続けたんじゃ。そこでな、土器を作り終えたときに見たこともない硬い塊がいくつかできておった。それは石よりも重く最初は邪魔でな、まとめて捨てられた。しかし、何度目かのときにその塊に当たった石がパカンと割れてしまったんじゃ。それを見ていたものがその重い塊同士をぶつけてみたんだ」

セツは手に盛ったその灰色のものがスイカくらいあったら、さぞ重いだろうと思いながら聞いていた。

「驚いたことにその重いやつは割れることがなかったんじゃ」

「石も割れるんですか？」

「そりゃそうだ、同じように見えても硬いのとそうでもないのがあるんだ、だが同じ石同士でぶつかり合ううちに段々形が変わるんだが、できたこいつはどれも割れることはなかった。そもそもそれが出来たのはどうしてか、長い間誰もが不思議に思っていたんだが、あるとき、誰かがその砂を使ったとこにだけそれができることを知ったんだ。そして今度はその砂だけを集めて火を燃したんだが、そんときは砂が熱くなっただけで終わってな、結局判らずじまいだったんだが、相変わらず土器を焼く時はその鉄が少しずつまた出来てな、とうとう別の男が土器を置かずに、同じように砂だけを何日も焼いたんだ。それで、今度も同じようなものが出来てな、それ以来そこでは土器を焼かずに砂をそう焼いて鉄を造るようになった。だが、その鉄もほっておくといつの間にか真っ赤になってしまい、ぶつけるとぽろぽろ崩れるのがわかった」

「それで、出来たばかりのやつを何度も叩いて、硬いから同じようなものを造っておったんだ、その一つがこの鏃だ。これは間違って岩に当たっても曲がるだけで、叩けば元に戻るから、黒曜石よりは使いやすくてな」

「そこでは、今でもそれを造っているんですか？」

「ああ、そこは今ではそれを使って近隣を支配しているよ」

「支配？」

「ああ、ワシらの村も毎年そこにいろいろものを贈ることになっている」

「どうしてですか？」

「だって、贈らなけりゃ、彼らが来るからな、その鉄の武器を持って……」

「鉄の武器？」

「弓や槍でもそれにつけるとその骨や石とは違った強いものになる、そのほかに剣という長い武器があって、これは人の首なんかあっという間に胴体から切り離す力がある。それに彼らはその鉄の余りを繋げて腹巻や冑《かぶと》を作るから、ワシらの石の武器では傷すらつけられないし、何といっても彼らはその上、馬に乗っておる」

「馬？」

セツたちは馬というものを見たことがなかった。

「馬というのはヤギや鹿のように四本の足を持っているんだが、背中に人が乗れるようなくぼみがある。彼らはそこに鞍というものを置いて、どこまでも移動できるから、少しくらい遠くに逃げても逃げ切れないんだ」

鹿やヤギはこちらから追うと必ず、彼らは逃げるものだったから、それと同じような形をした獣が人を乗せて向かってくるといわれても一寸わからなかった。

「その国の人たちはみんながそうなんですか？」

「みんながそうなんですかって？　何が？」

「みんなが馬とかに乗って、その硬い武器を持っているんですか？」

「さあなあ、ワシらがその国のそばから離れて大分経つが、そのころではまだそんなものたちは少なかったよ、もっともその鉄自体がほとんどなかったからな、どこでも似たような国だし、生活だった」

「鉄がすべてを変えちまっただよ」

クシュが吐き捨てるように言った。

「じゃあ、ここでもそうしたらいいじゃないですか、やり方もわかっているし、砂なら海辺に使いきれないほどある」

「いや、最初はワシらもそう思った、だがな……」

「え？」

「砂が根本的に違うらしいんだ」

「ワシらもこっそりと同じように燃した。むしろ時間も温度もこちらのほうが余計手間をかけたくらいだ。だがあの砂はどうやっても熱いままで、冷めても何も起きなかったよ。一かけらも出来なかったんじゃ」

「鉄が……」

「ああ」

「それで、今後はどうなるんです？」

「彼らがほしいというものを提供するしかない」

「そういうときこそ、神さまに頼むんじゃないんですか？」

「頼んだよ、毎年、毎月、毎日……だがな神さまはここには一度も出てこなかった」

神さまって頼むと出てくるのかな。

「そう、土器や豊漁のときは誰かが先頭に立って何度もそれは叶ったんだが、あの鉄に関しては神さまはワシらを見てはおらんかった」

「だが、ここを見捨ててさらに東に行くとしても、前にも言ったがそれは無理だ、ワシらはこの土地で畑を耕し獣をとり、魚や貝を獲って暮らした。ここには冷たい川もあり土器を作る土もある、こんなところが簡単に見つかることは期待できない」

「でも、神さまは全部を見てくれたわけじゃあ……」

「そうかもしれないが、ワシたちに鉄が出来たとしても、それで戦うものもいないよ、みんな生活で手一杯だからね」

「じゃ、その鉄を作った国は生活はどうしているんですか？」

「ワシもこの眼で見たわけじゃないが、布や珍しい食べ物やそうした鉄の品なんぞを運んでくる連中の話によれば、ここより大層大きくて何をしているのかわからんものも大勢いて、そういったのが集まってよそを攻めると聞いた」


ようやく四日目に土器を囲む熱はすっかり冷め、セツたちはカマセのじいさんの後をついて出来上がりを見ることになった。

じいさんは裸足でそろっと入ると、辺りをざっと見渡し、セツたちを手招きした。

「さ、横に一列に並べ。ワシが手渡すから順番に渡して最後のヤツは三人で大きいやつをここ、次がここ、小さいやつはそこに置くようにな」

そう言うと手元にある薄茶色の皿や壷をそっと持ち上げて順番に渡していった。言われた場所に置かれた数は相当な量だった。

じいさんは腰を伸ばし手足を振って体を曲げたり伸ばしたりしたあと、一つ一つを丁寧に取り上げ、罅や欠けのないことを確認していった。分けられたものは大体三分の一くらいはそばの捨て場に放られてガシャ、パチンとさまざまな音を立てて割れた。

「よし、今回はまあ上手くできたのが多い。じゃあ小屋まで運んでもらおうか、落とすなよ」

じいさんはそう言うと、気に入ったらしい壷と皿を大事そうに持って小屋に向かった。

セツたちも大きいのは二人掛かり、小さいのは一人で何個も同じように落とさないように運んだ。

「やあ、ご苦労、ご苦労」

じいさんは首の周りの汗を拭いながら満面の笑顔で喜んだ。壷はそれぞれの小屋に一つ、小さな碗や皿はそこの人数に合わせて配られ、余ったものはあの大きな小屋に全部運ばれた。

「この壷が一杯になると今年は楽だな」

じいさんとワカがそれを擦りながらしゃべっていた。

小屋に戻るとジュンがじいさんに今度の碗は使いやすそうだと褒めた。

セツたちは自分たちの村にはそういったものがなかったので、改めてカマセのじいさんに、その作り方を教えてもらいたいと頼んだ。

「いいともさ、だがお前たちの村でこういう青い土があるかね、また、周り中に木は山ほどあるだろうがお前たちもやったとおり、一晩中燃やすんだから、その火が周りの木に燃え移ったらどうしようもないぞ、そのためには相当広い範囲で敷地をつくらにゃならんし、そうなると太い木を大分伐らにゃいかん、できるかな」

「……」

「お前たちの村には鉄もないし、何で木を伐っとるかはわからんが、そうだとすれば土器は諦めたほうがいいかもしれんな、土器ならワシんところのを分けてやる、お前の村では何か珍しいものはないのか？　交換してやってもいいぞ」

そう言われてもセツたちにはこれといったものは浮かばなかった。

セツたちが村に来て丁度七日が経ち、今日はハナツヒトさんがどこからか戻ってくる日だ。

ジュンによそってもらった碗の汁を最後まで飲み干すと、みんなは西のはずれの海岸の岩場に行って遊びながら待つことにした。もう岩の上は熱くなっていて、水溜まりは湯のようになっている。

岩に当たって砕ける白い泡や飛沫は熱くなった体にヒヤッとして、却って海水に浸っているほうが冷たさを感じなかった。

「とげに気をつけろよ、ちゃんと下を見て動けよ」

カツが絶えずみんなに声を掛ける。こぶしくらいの黒い塊のやつの周り中に生えているとげは刺さると折れて肉のなかに入り、飛び上がるほど痛いし、なかなか取り出せない。星のような形をしたきれいな黄色や赤い生き物は、じっとしているが海水から出すと死んで臭くなるので、見ているだけだ。

青い小さい魚はすばしっこいし素手では捕まえられないが、波に抛られて岩場でピチピチ跳ねている時は子どもたちの手でも十分捕まえられたし、焼くと香ばしくて遊びのおやつとしても口を楽しませた。

岩場には時として蛸が流れて、子どもたちにとっては一番の相方だった。セツたちが初めてカツたちに会った時も二匹捕まえていて、その晩ご馳走になった。

今はいないけど、春には鳥の巣にある卵がとても旨いとカツが舌なめずりした。鳥なら山には一杯いたが、その卵なんかは誰も見つけられなかったし、第一、親が掌に入ってしまう大きさだから、卵と言われてもみんなわからなかった。

「白くて少しぽちぽちがあったりしてさ、一つの巣に二、三個はあるんだ、そいつを生のままでもいいし、灰で蒸し焼きにすると実に旨いんだ」

だからそう言われても想像すらできなかった。

だがカツたちに言わせると一番取りやすいのは海老だという。

「いつも穴ん中にいて、ヒゲを出してるから掴んじまえばすぐに捕まえられるし、潜りこんだら銛を突っ込めば簡単だよ。味はあんまりないから、みんな捕まえないんでそこら中うじゃうじゃいるよ」

セツはそれを聞いてハナツヒトさんが冬に穴の中にいる熊を槍でついて獲ることを思い出し、ここの村の連中の狩りのやり方は面白いし楽そうだなと考えていた。

岩場で驚いたのは深く潜ったクシュやカカなどが獲ってくる岩のかけらのような貝だった。深いところの岩にへばりついているらしいが、普通二枚の殻が一枚しかなく、なかで大きいのがぐにゃぐにゃと動いていて、最初は見たときは飛び上がった。セツたちが見るもの触るものに眼を丸くして驚くのでカツたちは面白がった。

「あ、帰ってきた」

テシの声でみんなが頭を上げると、海辺の砂の上をこちらに向かってくる背の高い男が見えた。その後ろに不思議な獣が歩いてくる。

「おおい、小僧たち、何か捕まえたかア」

ひげに包まれた顔が笑っている、頭の毛が一際少ないのでハナツヒトさんだとわかった。

「おかえりい！」

子どもたちは岩から下りたり、海水から飛び出して砂地を駆け寄った。

「おお、なんだ、セツたちも一緒か、いつから来てたんだ、仲良くやってるか」

セツたちはハナツヒトさんが覚えていてくれたことが、なんだかうれしくて甘えたくなった。

ブルルルッ……。

わっ！

セツたちは馬の嘶きで飛び上がった。

「ワッハッハ、何をびっくりしているんだ、お前たち馬は初めてか」

ハナツヒトさんは馬の首筋をぴたぴた大きな手で叩くと、馬は首を振った。

セツたちはおっかなびっくり馬を見た。大きな生き物だ、猪なんかの数倍はある。それにやけに顔が長い、確かに足が四本なのはヤギや鹿に似ているが、その足の太さも頑丈そうだ。

　ハナツヒトさんは急にニヤッとすると、みんなに離れていろと言った。

「もっとだ、そう、そこを空けておけ」

　そう言うと、ハッと声を掛け、馬の首筋を掴んで体を馬に吸い寄せるようにした。

　ブルルルッ。

　馬が嘶くと同時にハナツヒトさんはその馬の背に乗っていた。

　みんなは思わず後ずさりした。

　それを見るともう一度ハッと声をかけ両の腕を上下にゆすり、馬の横腹に下がった足をばたばたさせた。

　馬は後ろ足で立ちあがり、前足を二、三度空中で掻くとすぐに砂に足を戻し、砂地を蹴った。馬が波打ち際を飛沫を上げて走る。

　それを見てあっけにとられたがすぐに獲物を砂地にほうって、みんなが馬の後を我先に追いかけた。走ったのは十秒ほどで、馬を止め、また砂地に下りて両手を広げた。

「ワッハッハッハ、驚いたろう」

　追いついたみんなは大きな体にむしゃぶりついた。

「凄い、凄い！」

「どうしたのこれ！」

「誰でも乗れんの？」

「これ、何ての？」

「うま？」

騒がしい。

ひとしきり興奮がすむと、ハナツヒトさんは子どもたちを連れて砂地の切れ目のところまで行き、馬をつなぐとどっかりと座った。

「そうだ、これが馬だ、西の国ではこういうのが沢山いる」

「そして、これが鉄で出来た剣というものだ」

そう言って馬の後ろに積んであった中から細長いものを取り出して見せた。抜かれた剣は昼の光を照り返し、きらきらと輝いた。

「こいつは剣と言ってな、ものの役には立たない。こいつの役目は敵の侵入を防ぐことだ、それにこういうのを先につけた槍もある。そう、カツやテシの持っている銛と同じだが、銛は魚や蛸を突くが、この槍は人を突くためのものだ」

「熊や猪も？」

「ああ、それは同じだ」

「なんでハナツヒトさんはそれを手に入れたんですか？」

「これと同じものをワシらが造ることはできないが、手に入れることはできる。そのためにワシはムギバンタの国まで行ってきたんだ」

「ムギバンタってなんですか？」

「ここから山をいくつも越えたところにあるでかい国だ、そこではこうしたものがいくつも出来ている。ワシは捕まえた熊や鹿の皮を持ってそれと交換しに行ったんだ」

「お前たちにも以前話したがこのカドタも敵に長いこと狙われて、収穫の半分以上を持っていかれている。ここの村人がなかなか増えないのもそうしたことが原因なんだ、何時までも百軒の略奪を見ているわけにはいかない」

「ひゃっけんっていうのは敵ですか？」

「そうだ、正式な名前はワシらも聞いたことがないが、攫われて逃げ帰ってきたタネが見たところ小屋が百もあった大きな国だ」

「百！」

「ああ、このカドタの十倍はある」

カマセのじいさんが言っていた、ぶらぶらしている者がいるのはそのためかと思って聞くと、それに日ごろはそうした作業をしていなくても収穫の時を狙ってカドタや近くの集落を攻撃するから、自分たちの畑などは当座しのぎのものしか作らないし、土器や壷の代わりに矢や槍を作っているといった。

そこにも馬がいるのかと聞かれたハナツヒトさんは、自分が見た限りでは馬はそう多くはないが、両手の指くらいの数はいたことを話した。

「だから、今年いきなり彼らに対抗することはできない。やはり剣や馬を整え、それに戦う男たちを探さなければならないんだ」

「彼らはどのくらいいるんですか?」

「昨年は三十人は来た、そのうち六頭の馬がいたのは確かだ」

結局その時はカドタで三人が死に、五人が大怪我をさせられたが彼らは一人も傷つかずに品物を奪っていった。


セツたちはその秋、初めて馬に乗った兵士たちを見ることになった。頭には丸く尖った先のついた甲を被り、頬までカバーしていた。

冷たい眼が覗き、薄い唇はそれ以上に冷酷さを表していた。

夏にハナツヒトさんが乗って見せたと同じようにがっしりした馬に鞍を載せ、胴体にも甲を巻いていた。彼らは長い槍を持ち、穂先は不気味な光を湛えていた。

彼らがかたまって村の西に現れたとき、それに運悪く出会ったのはキノコを採った帰りのミンとその弟だった。

ミンはすぐに背中から槍を突き刺され、籠を突き抜けてそのまま砂に倒れ伏した。弟のカネは逃げようとして馬蹄に駆けられ、三十メートルも引きずられ首の骨を折った。

兵士たちは無言でそのまま村へ一気に侵入してきた。兵士たちは三十人ほどで最初に村の真ん中に向かって突進し、その後数人ずつで村の出入りの方向を押さえた。

秋の収穫を終えて小屋に積み上げた穀類を探しに数人の男たちが小屋に駆け入り、収穫された穀類を確認すると広場に向かって槍を上げた。すると一人の男が元の方向に走り、五分もしないうちに十頭もの馬を引いてきた。

出入りのところに二人ずつを配置すると、残りの男たちは小屋に入り持ってきた袋に無言で穀類を入れ始めた。十頭の馬に二袋ずつ吊るし、三十人の男たちの馬にも一つずつ積むと、小屋の穀類の五分の四はなくなってしまった。

かろうじて隠してあったものが残っただけだった。男たちは辺りを警戒し、元来た方向へ走り去った。

ミンと弟のカネの絶叫を聞いた女と子どもは裏山に隠れていたが、カヤという老人が抵抗したために胸と背中に槍を受けた。

兵士たちは逃げる際に焚き火から燃えている薪を取り上げると手近の小屋に放り投げ、萱葺きの屋根は白い煙を上げだした。

襲撃は音も立てずに行われたので、森の中で冬のために獣や果樹を採りに来ていたカマセのじいさんやセツたち村の男たちは全く気がつかなかった。

森から海辺に出て西を見たカマセじいさんとクシュは同時に声をあげた。カドタの村のある方角から白い太い煙が上がっている。

「ひゃっけんが来た！」

カマセのじいさんは担いでいた獲物を海辺に投げ捨てると、槍を持って走り出した。ハナツヒトさんがすぐに追い抜き、走りかけたみんなを止めた。

「待て、焦るな、敵が待ちうけているところへ素手で飛び込んでどうする！」

「家族がいるんだっ！」

「そうだっ」

「待て、それはわかる、だが、待て」

ハナツヒトさんは自分がまず様子を探ってくるから獲物は砂の上におかず、あの岩陰に隠し、小さいものたちは動かずにここで待てと言い、セツたち少年とクシュ、カカなど若者に槍を持たせた。

「いいか、もし、やつらが残っていたら顔を出すな、オレが手をあげたらこうして、こうやったら、お前とお前はこうしろ……」

と、てきぱきと指示をし走り出した。

後を追うものはクシュ、カカ、タネ、ワカ、タケルの若者たち、そのあとがカツ、テシら少年の年長組、そしてセツたちは小さい子を守るためにここに残るように言われた。

一時間ほどすると、ワカが砂を蹴って走ってくるのが見えた。セツは飛び出して場所を知らせた。

「どうだった？　村は！」

「爺さんが一人と兄弟がやられてあと、稲がほとんど盗まれて五軒の家に火がかけられた」

「で、オレたちはどうしたらいい？」

「うん、クシュたちが海岸の岩場の先まで見にいったが、馬の足跡がずっと続いていて姿はどこにも見えなかったというんで、ハナツヒトさんがお前らを呼んで来いって言ったんだ。荷物はとりあえず持てるやつだけでいいって」

「わかった」

セツはそう言ったが、みんなにはなるべくたくさん運ぶように積んでやり、残りは岩の陰に隠し、雨や風を避け、狐などに攫われないよう周りに石を積んだ。

村へ入ると、土色の顔になった三人が筵の上に横にされていた。初めて見る死体は怖かったが目を背けることなく何とか頑張った。女や子どもは小屋に隠れているようで誰も出ていない。

焚き火を囲んでハナツヒトさんやカマセじいさんが槍を持ったまま立っている。二人を囲むようにクシュやカカ、タネ、ワカ、タケル、ヒコなども同様にそれぞれが手に武器を持っている。

カツやテシ、ナル、ソラたちは少し離れたところにかたまっていた。セツたちは焚き火のそばまで行った。

「みんな揃ったな、今日のことは思いがけなかった、毎年のことだからいずれは来るとわかっていたが今年は余りにも早い。今年が暑かったから畑のものが良く伸びたので、爺さんの土器に入れて床下に隠そうと思っていたんだが、それより早くて手が打てなかった、見たとおり穀物はほとんどやられた、来年までとても持たない。奪ったのは百軒のやつらだろう、ワシらはこれをまず少しでも取り返す。そんためにはどうしても戦いになるだろう。残された蹄の跡や女たちの話では三十人ほどのようだ。三十人と言ってもこの村の三十人とは違う屈強なやつらだし、その上装甲で武装して馬を使えるから、まともに戦っては勝ち目がない。カヤたちを埋葬したら小屋に集まってくれ」

そう言って、クシュやカカを呼んでみんなで筵に乗せられた三人を担いで裏の山すそまで歩いていった。そこには深い穴が掘ってあり下には貴重な板が敷いてあって、麻の布が用意されていた。

筵をなわで支え静かに下ろしていく、敷かれていた木の板に当たると、ゴトッという音がした。続いて兄弟も同様に葬られいくつかの花のついた草が投げられた。

三人の分だけ少し土が盛り上がるとカマセのじいさんが丸い石をよっこらしょと言ってその上において、頭を垂れた。それを合図にみんなが頭を垂れ、それから小屋に戻った。

小屋には女たちはいなかったが土器に入った酒が塩と干した小魚と一緒に出されていた。

ハナツヒトさんは土器を傾けて濁った酒を碗に注ぐと、指先でそれを切るような仕草をし空中に弾いた。カマセのじいさんもカカもクシュも村のものはみんなそうやった。セツたちにも少ないながら同様に注がれ、見よう見まねではあったが習いどおりに弾いた。

十三歳以上の男がすべて集められ、それを終えると三度に分けて碗を飲み干した。喉を通ったときは甘かったが、すぐに胃の辺りがカッと温かくなり、気分がほんわかとなっていくような気がして、手足も温かくなり気分がゆったりとなり始めた。

「ワシがムギバンタから運んだ鉄剣は全部で十本、槍は十五本だ。残念ながら敵は三十人はいるからそれだけで五人分はワシらは不利なんだ。しかし、それは広い場所で正面からぶつかった場合で、やり方によっては逆にワシらが有利な展開を開けないこともない。今日はカヤたちの弔いも含め、何とか食料を奪い返し、来年以降のこうした襲撃を彼らが躊躇うような方法を考えたい、どうだっ！」

「おうっ！」

すかさずカマセのじいさんが碗を上げる。みんなの暗い気持ちが明るくなった瞬間だった。それぞれが碗に濁り酒をもう一杯、二杯と傾け、それぞれの気持ちを言い合った。

ハナツヒトさんとカマセのじいさんは碗を置いて、二人で何やら地面に木の枝で何かを記している。セツはそばに寄ってみた。

「おう、セツ、すまんがお前たち五人も一緒に戦ってくれ。怪我することもあるし、死んでしまうこともある。大丈夫か？」

「大丈夫です、ボクたち頑張ります。オトウもそう言ってましたから」

「たのむぞ」

ハナツヒトさんはひげを撫で回しながらうれしそうに眼を細めた。

「それは一体なんですか？」

先ほどからの木の枝の動きが気になっていたので聞いてみると、使えそうなことを描いているんだと言われた。

「使えそうなことってなんですか？」

「そう、これなんかは面白い。相手が馬なら落とし穴を掘っておいて、そこに馬が踏み込んで転ぶ。そうしたら相手も転ぶから槍でも剣でも手から離れるだろう、そこへみんなで突っ込むとか。みんながご馳走を用意したまま村を出る。その壺の中には毒キノコを入れておく。またこんなのもある、敵が村に来る前にこちらが逆に相手の国のそばまで行って隠れている。それで相手が出て行ったら襲って穀物を取り返す」

「それなら相手より武器が少なくても大丈夫だな。百軒の連中もこちらに三十人も出てしまえば残りはそうはいまい」

「連中は残りの穀物と秋の肉を必ず盗りに来るだろう。何時来るかはわからんが、この前ワシらがいないのがわかっているから、鹿やウサギを獲りに行ったことは知っている。そしてその肉を干して持ち運びが簡単になるのを待っている」

「その時間はどれくらいあるんですか？　何時来るんでしょう」

「ここから、百軒までは七日かかる、昨日帰ったばかりだから向こうに三日いるとしても早くて十七日後だな」

「そんなに早く来るんですか？」

「そう、早ければだ。だからワシらは今残った穀物とあの肉をできるだけ持って、お前たちの村の近くまで女たちを避難させる。そしてワシらは肉だけで百軒のそばで機会を待つんだ。ワシらが隠れているのがわかってしまうとまずいから、煮炊きはできない。しばらくは山の実と干した肉だけでしのがねばならん」

「ボクらの村でもそんなものしかないですから、全く大丈夫ですよ」

「そうかね、それなら心強い。では女と七歳以下の子はすぐに支度をして東に向かうよう話してくれ。そうそう麻の袋は見つからなかったろうな」

「穀物も肉もないとわかると家は焼かれてしまうかもしれんな」

「そのときは、ここを外れて東に移るしかないかもしれない」

「せっかく畑もよく手入れしたのに」

「東には青い土はあるのかね」

「うーん、それはわからないが難しいかもしれん。だがとにかく百軒は馬を手に入れているから、ワシらにとっては七日の距離だが、彼らにとってはそれが二日か三日の距離であるということは確かだ」

「じゃあ、さっきの十七日というのは本当はもっと短くなることなんですか？」

「少なくとも彼らが馬を使って本気になればそのとおりだろう」

ハナツヒトさんはそう言うと辺りをじろっとにらむような眼で眺めた。

「ワシは今から馬で彼らの後をつける。そして彼らが百軒の国について馬を休ませる場所までつけて、その数を数えできるだけそれを野に放って、何頭かを盗んでくる。馬が少なくなれば彼らの侵入はそれだけ遅くなるはずだからな」

セツは身震いした。自分も連れて行ってくれと口に出掛かった。

馬は二頭いる。

「オレも行く」たちどころに二、三人が声をあげた。

「危険だぞ」ハナツヒトさんはそう言い返した。

「馬は二頭あるじゃないか」

「そうだ！」

カマセのじいさんが待て、待てと手を広げた。

「焦ってはならん、ワシがくじを作る。それを引いたものが一緒に行く。それでいいな」

「いい」

「わかった」

「よし、では待て」

じいさんは裏に行き、すぐに戻ってきた。

「これだ、行きたいやつはこれを一本引け。短いのが当たりだ」

ぐっと差し出されたこぶしに藁が握られていた。

「オレからでいいか？」

クシュが見回しながら言った。

次々に引き、セツの番になり、ぐっと抜くと……。

「オオ、短い！」

「当たりだッ」

「セツか！　セツが当たった」

みんなはびっくりした。

「お前、馬に乗れるのか？」

「待て、くじはセツに決まった。セツが馬に乗れるかどうかはわからんが、乗ってもらわねばならない」

そう言うとカマセのじいさんはセツに向き直った。

「お前、どうなんだ」

「馬には乗ったことはないけど……」

「よし今からまず馬に慣れろ、出発は二日後にする。これは神が決めたことだ。ワシらはこの決めに従わねばならない」

ハナツヒトさんはそう言い、立ち上がって繋いである馬に向かった、セツもすぐに追いかけた。

「じいさん、やったな」

ハナツヒトさんは二人になるとそう言ってくすっと笑った。

じいさんはにやっと笑うと頷いてセツに向かって言った。

「よし、とにかく馬を驚かせてはいけない。次に舐められてはいけない。常に馬と一体になる気持ちを持て、それだけを考えろ。今日は一晩中馬から離れるな。乗り方は明日の朝からでいい」

そばまで来ると、前は大きかった印象が可愛い眼をしているなと変わった。

馬はその長い顔を摺り寄せるように近づけた。セツはハナツヒトさんが前にやったように、首筋をなでてやった。

「藁を食わせてやれ。それと同時にいつも水は桶に一杯にしておけ。食べてる間に藁で体をさすってやれ」

そう言ってハナツヒトさんももう一頭の世話をしだした。

セツはその茶色い馬に藁を与え水をそばに置いてやり、自分はハナツヒトさんがやっているのを真似て、馬の体をごしごしと擦った。

「そのへんでいいだろう、あとは付き添ってやれ。馬はそのまま眠るから、お前も適当に休め」

だがその晩、セツは一睡もしなかった。

馬は大きな目を何度か閉じて眠っているようだったが、眠りは浅いらしく何度かその眼を開けたり、ブルブルと鼻を鳴らしたりした。

「どうだ?」

翌朝早くにハナツヒトさんとカマセのじいさんが手に碗を持ってやってきた。

「可愛いですね」

セツはもう馬の大きさにすっかり慣れていた。

「まあ、これを食え。腹も減ったろう」

貴重な残り少ない穀物に干した小さな肉が入っていた。食べ終わった後は海辺に出て、乗り方から始めた。

「鬣《たてがみ》を余り強く引くなよ、馬が驚くからな。むしろ馬の肩のほうを掴め、鬣を引かれればこいつは人が背中にのることを知っているから、少し身を低くしてくれる。こうだ」

ハナツヒトさんはそれを何度も繰り返した。

右から乗っては一度鞍の上でしゃんと背筋を伸ばし、今度は左から乗っては同じように繰り返した。

午前中は馬を走らせることをせず、乗り降りだけだった。

昼は暑かったが急いでいたので、短い時間だけ走らせ曲がり、止まった。

走る時は両足で胴体をはさんで叩き、その瞬間に体を沈め、馬と一体を念じた。

午後も汗びっしょりになったが、夕方には海水のなかも走れるようになった。

馬もセツと相性が合っているように応えた。

「ようし、いいだろう。別に戦うわけじゃないからこれで十分だ。じゃあ、川へ行って馬の体を洗ってやろう。明日は早くから出るぞ、今日は馬をゆっくり休ませてやらねばな」

カマセのじいさんもクシュもカカもみんなが時々訓練を眺めにきたが、彼らは矢を作ったり、ジュンたちを安全な東に送ったりで大忙しだった。

「ハナツヒトさん」

「なんだ?」

「あの馬、名前があるんですか？」

「名前？　馬に名前なんぞあるわけない、何でだ？」

「もっと、仲良くなりたいんですよ、つけてもいいですか？」

「へえ、驚いた、馬に名前か、こいつはいいかもしれん」

「そうだな、今まで思いもつかなかったが、これから馬を増やさなければどうにもならないから、そいつはいい考えだ、じゃあオレもこいつに名前をつけてやるか」

セツはその茶色い馬の鼻筋に白い毛が生えているので、ユキと名づけた。ハナツヒトさんは自分の馬をカゲと呼ぶようにした。

「本当はオレの馬のほうが白だがな、ふふ」

そう言われて見るとハナツヒトさんの乗る馬は全体がシロっぽくて脚に灰色の輪が幾つも模様のようにあった。

クシュたちは全員がジュンたちを送って小さな小屋を作るので四日は戻ってこない。

誰もいなくなったカドタの村はしんとしていたが、朝早くに二人はカマセのじいさんに見送られてカゲとユキに跨った。しばらくは海辺に沿って走った。

馬は飛ぶように走り、二時間毎の休憩では、脚も腰もがくがくいうようだった。

「お前、以前船で酔ったと聞いたが、馬の揺れには全く感じないようだな」

言われてみると同じように揺れているがどこにもそんな感じがない、むしろこのがくがくいう疲労が快かった。

乗る前に締めていた腹帯を緩めると全身がほぐれるようだし、乗る前にしっかりと締めると力が湧いた。

二日ほど海辺を走り、川沿いに平原を行く川は今までにないほどの大河で、幅は百メートル以上ありそうで、その両端のやや低い葦の原まで含めると優に二百メートル以上はあった。

その川のずっと先には大きな山が連なっていて、遠目には紫色で近づくにつれ青から緑に変わっていった。山はその奥にどこまでも重なっているようにいくつもの山がひだのように繋がっていた。

カマセのじいさんが言っていた鉄を作れる村はその山のさらに奥にあるそうだ。百軒はその間にあるのでカドタよりも鉄剣だけでなく、いろいろなものがあるという。

平原では村ではよく見かけた鹿や猪、ウサギなどはほとんどいなくて、遠くを走っているのはユキやカゲのような野生の馬が多かった。

百軒はその山の麓だ。ハナツヒトさんの言うより一日ほど多かったが三日半ほどで百軒が見渡せる場所に着いた。

川に出てからは平原が多かったので、見つからないように注意して森を選んで走ったためだ。彼らが攻めるときは全力では走らないが、直線の道を来るだろうからやはり三日程度だろう。

ここから見る限りではまだそうした動きはないようだが、近寄って見なければ何もわからない。

村まで二キロの地点でユキとカゲを繋ぎ、夜を待った。寝転ぶと梢の木々を通して秋の空が青く高い。

「百軒は穀物を育てないんですか？　こんなに平野があるのに」

「少しは作っているよ。だが彼らは元々は山の民で、奥の鉄を作れる国から追い出された連中なんだ。だからそういうものを育てる方法を知らないし、鹿や熊を狙って生活していたから、他人からものを奪うのは別に罪だとも思っていないらしい」

「その奥の国っていうのは百軒を追い出すほど強いんですか？」

「強いんだろうな。だが百軒も最初からそんなにいたわけじゃない。最初は二十軒もなかったらしい。彼らがいた山の木をその国がどんどん伐り倒したから、獲物がいなくなってこちらに出てきたというのが本当らしい」

「何のためにそんなに木を伐ったんですか？」

「お前、じいさんが土器を焼いた時のことを見ただろう」

「はい、ハナツヒトさんが出かけられている時に見ました」

「そん時に薪が驚くほど燃やされたはずだ」

「そうでした」

ハナツヒトさんはむくっと起き上がると遠くの山を眺めながら、鉄を作る時はあんなもんじゃない、山一つなくなるほどだと言った。そんなに木を伐ってまでしないと鉄は作れないし、そういう技を持っているあの国は凄い人たちの集団なんだと呟いた。

「その国はなんて呼ばれているンですか?」

「そこか、そこはヒイと呼ばれていたな」

「ヒイですか」

「そうだ」

セツは百軒よりそのヒイの方に強く惹かれるものを感じた。百軒との争いで怪我をしたり命を落とすより、そのヒイという国の人々に会ってみたい気がするのを抑えることができないような気がした。

ハナツヒトさんはそれがわかったように、セツのほうは見ないまましゃべりだした。

「誰でも自分が生まれた世界が大事だし、初めはそこを出ることなんか思わないものだ。だがそこへもたらされるものの珍しさが、見知らぬ世界への眼を開くきっかけとなる。きっかけがそのものの実力と合ったとき、そのものは慣れ親しんだ自分の世界を出ることになる。あるものはさらに遠くへ行き、あるものはそこに至る前に死んでしまう場合も多い、むしろそうしたものの方が多いのだ」

セツは自分は今どうなんだろうかと思いながら聞いていた。

「お前たちだって自分の村から違う山や川、そして海を見て感動しさらに見極めたいと思うものと、自分の村とを比較し、安全な自分たちの村に戻りたいというものに分かれただろう。あるいはまだそんなことすら思わず誰かの後をついているだけのやつもいる。それはそのものの理解がまだ目覚めないだけで、それをあれこれ言う必要はない。お前たち一人ひとりの考え方は強制されるものではないからな。だが、そいつらも何時までも他人の世話になっているわけにはいかない。いずれは自分の家族を養っていくんだから。だが、そのときには今までの暮らしを続けていけるだけのものはないというのがこの世の掟というか仕組みなんだな。それは仕方のないことなんだ」

確かに父さんたちだけでなく爺さんや周りの人も口癖のように、昔はこうではなかったと言っていた。

……昔は……。

だが、そう言いながらいつも明日のためにと言っていろいろな工夫や努力をしている。明日は今より良くなる、昔は今より良かった……。

何だか、不思議な言い方だったが、セツたちにとっては当たり前のように耳にしていた。

「お前があの百軒との戦いに集中することも大事だが、その戦いの後を考えることはもっと大事なことなんだ。だがな、いくらそっちのほうが大事だとわかっていても、目の前のことに全力を注がなければ、目の前の槍がお前を貫き、目の前の剣はお前を切り刻んでしまうのだ。いいか、それは十分肝に刻んでおけ」

「目の前の危機が去ったら、何時までもそれに拘っていてはダメだ。勝てばその勝利に酔って相手をさらに攻めてしまい負ければどこまでも追われる。そんなことを繰り返していてはダメなのだ」

「それではどうしたらいいんですか？　ハナツヒトさんが勝ったらどうしていき、負けたらどうするんですか？」

セツは聞いてみた。

「戦いは平和と違ってどこかでいつも線がある」

「線？」

「そうだ平和は相手が自然だから、どれほど激しくてもいつかは治まるものだ。人の心はいつもそう簡単には決着はつかない。恨みを解決するにはどうしても自分が受けた以上のものを相手に味わわせねば終わらないことになる。そのためには勝った時は相手を包むんだ。負けた時は相手が追えないところまで逃げる。だから大事なものを戦場に連れて行ってはいけない。それは忘れてはいけない」

なるほど、だからここに来る前にジュンたちを避難させていたんだ。

では、相手を包むとはどういうことなんだろう。戦って勝った相手をどうするのか？

「勝った相手を包むというのは、相手に剣や槍を持たせても、こちらに再びそれを向けるのではなく、彼らがそれを使って我々を守る意識にさせることだ」

「それまで敵で殺し合った相手がそうなるんでしょうか。それは何時からそうなるんですか。またそれがどうやってわかるんでしょう？」

「それはもちろん時も手間もかかる、それは同じものを見たときや、同じ経験をして同じ感覚を共有することなんだ。そのためには互いを信頼する為に武器は渡せない。昼間に信じ合っても夜中に首に剣を当てられては意味がないからな。だから相手から武器を全て取り上げるのは最初だ、だが同時に自分たちも武器を封印しなければならない。相手にとってみれば当然なことだ。自分たちが剣を持っておらず、今まで敵だったものが剣を持っていれば信じるわけがない」

「では、剣を置くのが最初ですね」

「そうだがそれはなかなか難しいことだ。互いに相手と殺し合ったんだからな。特に最愛のものを殺されている場合は特に困難なことは確かだ。だが、それは乗り越えなければならない。何故なら敵というものはどこにでもいて、絶えず狙い合っているからだ。勝った方だって、圧倒的に余裕があるわけじゃない、むしろ両方ともふらふらだ。もしそれを狙っているやつからみれば二つとも簡単に手に入れることだってできる。そのときは、もっと冷酷に処理されることだってある」

「戦った相手と同じ感覚を持つためには、同じ目的を持つということですね」

「そうだ、今の例えでいうと初めから共通の敵に向かえばいいのだが、どちらも自分が主導権、つまり自分の意のままになるのが小さな目的になってしまうんだ。これではダメだ」

「本当は百軒とも戦いたくはないですね」

「そうなんだ、彼らだって自分たちで米を作ったりすれば盗まれるものの気持ちが判るだろう、だがそうなるためには長い時間がかかる」

「我々が教えるにしても、この平原を田にするには大変ですね」

「そうだ、まずその点では畑で麦からだろうな。それでも山の民にとっては恐ろしい重労働に感じるだろう。なかなか納得はしないだろうな。それより手っ取り早く近くの村から取り上げるほうに走るだろうな」

「大分、暗くなってきましたね」

「うん、そろそろ動いても大丈夫だろう。まず馬の場所と数を確認しよう、できればそのまま連れて帰りたいところだが、音でわかってしまうから縄から外して逃がしてしまおう。だが馬は利口だから戻ってきてしまう、できるだけ遠くへ追い出してやる」

「穀物はどうしますか？」

「最悪の場合は個々の小屋にばら撒かれてしまうことだ。集めるのに手間がかかるしそれだけの人手がない。そうでなくてどこかの倉にしまってあれば、それが配られる前に少しでも取り返せばいい」

　ハナツヒトさんはその後もセツに注意して言った。

「気をつけて行けよ」

「大丈夫です」

「よし、じゃ行くぞ」

　秋が近かったが、まだ日は暮れてもぼわっとした暖かさは残り、緊張もあって首周りにはじっとりと汗が出てきた。

暗闇で眼を凝らすと、いるいる。村の外れに柵が作られ、中に何頭もの馬がじっとしている。

「一、二、三……」

ハナツヒトさんはゆっくり慎重に数えていく。セツはそっと柵によりそって身をかがめて誰にも見咎められないように柵の入口を探す。

柵の入口を確かめたセツはそっと手を挙げる。森のそばでも手が挙がった。数を確認した合図だ。

今度は両手が挙がった。辺りに見張りがいないから柵を開けろという指示だ。

それを見てセツは柵にそって立ち上がり、音がしないようにかんぬきを持ち上げた。

そろり、そろり。

かんぬきは重たかったが割合楽に動き、柵は簡単に開けることができた。

セツは柵の中に入り一頭ずつ軽く木の枝で馬を叩き、入口のほうへ追い出し始めた。入口にはハナツヒトさんが長い紐を渡し、入口から出た馬たちが村のほうへ行かないようにしていた。

馬たちはその紐にそって順におとなしく歩き出した。一晩でどの程度遠くまで散らばるかわからなかったが、できるだけ音を立てないよう汗びっしょりになって作業を続けた。

四十頭の馬を全て森の中に放った時には深夜に近くなっていた。

二人はそれから穀物が置いてあるような倉を探したが、どれも同じような作りだったので諦めてユキたちを繋いである場所に戻った。そして馬に跨ると川に沿って一目散に海辺に向かって走った。

朝まで走りづめで、東の空が白んでくるころ正面に青い海が見えてきた。二人はそこまでくると馬を緩めて降りた。馬も荒い息を吐き汗でびっしょりだった。

「よし、ここまでくれば少し休める。馬を休ませよう」

そう言うと馬を川に入れ、自分の麻の一部を切り取るとそれをくるくると丸めて、馬の体に水を掬いながら擦り始めた。

ユキもカゲも首を上下に振りながらじっとしていた。

そして拭き終わると首を川に突っ込み、旨そうに水を飲み始めた。

セツも急に空腹感で腹が鳴った。積んである袋から干した鹿肉を出して、水に浸し口に入れた。最初は硬かったが噛んでいるうちに独特の味が口中にじゅわっと広がった。

馬は川岸の草を食んでいる。

「あと少しで行くぞ」

「はい」

カドタの村まではそこから二日だった。

村には誰もおらず、カマセのじいさんが砂地に残した印が薄くなって残っていた。東に一日半のところだ。小屋の一つ一つは村人が出てからまだ十日も経っていないが、変にしんとして周りの林や森よりも奇妙な空白感があった。

人が住んでいただけにそれを比較してしまうのだろう。余計にわびしかった。

それでカマセのじいさんの印を丁寧に消して、さらに念のため馬の足跡を何度かかき回して、移動は海水の中を東に走った。

そうしても西から来た百軒の兵士たちにとっては、北か東かと判断すれば百%東へ行ったと判ることは仕方がないにしてもそれは二人の気持ちだった。それは急いでいたカマセのじいさんたちも同じように砂を均して、海辺を移動していったことでも明らかだった。


百軒では、朝起きて馬を見に行ったナナレとコウが眼を擦った。

「ありゃ、馬がいない」

「どこへ行ったんだ。柵を乗り越えたわけじゃないし」

そうは言いながら昨日まで四十頭近くもいた馬がどこにもいない。

「おかしいなあ。どこに行ったんだ、こりゃ」

二人は近くの森の中に逃げたのではと思ったが、途中でナナレが「お前はすぐに報告に行け、とりあえずはオレが行ってみるから」と言った。コウは判ったと村に走っていった。

「おおい大変だあ。馬がいなくなっちまった、馬が……」

「馬がいなくなっちゃったんだよう」

声に応じて何人かが小屋から出てきた。

「何だいったい、朝っぱらから」

「おおマル。大変なんだ、馬が一頭もいない」

「なにをばかな。何で馬がいなくなるもんか。お前どこに行ったんだ。馬はちゃんと柵で囲ってあるじゃないか」

「いや、そいつがいないんです、全部」

「よしお前、すぐユタさまに言ってこい。ジュウ、ヨへイすぐついてこい。手の空いてるやつはみんな来い。ああ空いてなくてもいい、とにかくみんなすぐに柵へ急げ」

「おかしいなあ。ほうい、ほうい、どこにいるんか知らんが、ほうい」

「うわっ」

「あ、こりゃ、馬糞だ！　こっちで間違いないな、よし」

ナナレは下や前を見ながら進んでいく。下草が鬱陶しい。手や顔に無遠慮にぶつかってくる。

ブルブルッという嘶《いなな》きがした。その方向へ行く。だが、馬は見えない。

「畜生め、確かにこっちで音がしているのに？」

そのとき、フウフウという粗い呻きを聞いた。

「何だ？　こっちだな」

ザザッという音がするとナナレは思わず顔を覆った。下草を飛び出してきたのは灰色の二匹の犬だった。

犬？

いや犬じゃない、もっと大きくて牙がむき出しで第一、眼が強い。敵意の塊だ。

「ワッ、山犬だ！」

慌てて噛み付かれた右腕を振る、自分の胴ほどもある灰色と茶色の混じった山犬が目の前に覆いかぶさった。捻っただけで牙が右腕の肉を抉った。

同時に左の太ももに激痛を感じナナレは立っていられなかった。倒れたナナレは痛みで意識が遠のきかけた。

山犬はさらに二度ほど噛むとまた下草のほうへ戻った。そこには数頭の山犬が倒れた馬に群がっていた。

倒れているナナレを見つけたのはそれから二十分ほど後だった。

ジュウたちは持っていた槍で草をなぎ払いながらいくと、急に血なまぐさい臭いに立ち止まった。

「何かいるぞ」

さらに下草を払うとその先に茶色い馬がいた。

その手前にはナナレが倒れている。ぴくりとも動かないが、どうやら息はあるようだ。

「おい、しっかりしろ。誰かいたのか？」
二、三度顔をはたき、肩をゆするとぼんやり目を開けて、何か声を出そうとした。
「山、山……」

「何だ？　ヤマ？」

「ヤマがどうした」

「う」

「気がついたぞ。見ろ、こいつは牙のあとだ。山犬だな」

「そうか、山犬が柵を襲ったのか」

「それで、こいつらは柵を越えたってわけか？　だが、それならどうして柵の中に一頭もいないいんだ？」

「柵の隙間から出たんじゃないか？」

「そんな隙間があったかなあ」

「よし、とにかく、山犬なら全部を食うわけにはいくまい。こいつらが追われたとしてもそう遠くへは行っていないだろう」

　彼らは山犬だけでは信じたくなかったが、実際に怪我を見て思い違いをした。

「仕方ない、村の連中を集めて捜さねばならない。一度戻ろう」

　ジュウたちは傷ついたナナレを運んで百軒に戻った。別途、すぐに兵士たちが集められ馬を捜すと同時に山犬を退治にいくことになった。

　これが、セツたちにとっては思いもかけぬ時間稼ぎになった。

　馬を襲った山犬は十頭ほどの群れだったが三箇所から四箇所で食い荒らされた馬が見つ

料金受取人払郵便

新宿局承認

2523

差出有効期間
2025年3月
31日まで

（切手不要）

郵便はがき

1 6 0-8 7 9 1

1 4 1

東京都新宿区新宿1－10－1

(株)文芸社

愛読者カード係 行

ふりがな お名前		明治　大正 昭和　平成　　年生　歳	
ふりがな ご住所	□□□-□□□□		性別 男・女
お電話 番　号	（書籍ご注文の際に必要です）	ご職業	
E-mail			
ご購読雑誌（複数可）		ご購読新聞 新聞	

最近読んでおもしろかった本や今後、とりあげてほしいテーマをお教えください。

ご自分の研究成果や経験、お考え等を出版してみたいというお気持ちはありますか。

ある　　ない　　内容・テーマ（　　　　　　　　　　）

現在完成した作品をお持ちですか。

ある　　ない　　ジャンル・原稿量（　　　　　　　　　　）

<table>
<tr><td>書　名</td><td colspan="4"></td></tr>
<tr><td rowspan="2">お買上
書　店</td><td rowspan="2">都道
府県</td><td rowspan="2">市区
郡</td><td>書店名</td><td>書店</td></tr>
<tr><td>ご購入日</td><td>年　　月　　日</td></tr>
</table>

本書をどこでお知りになりましたか?

1.書店店頭　2.知人にすすめられて　3.インターネット(サイト名　　　　　　)

4.DMハガキ　5.広告、記事を見て(新聞、雑誌名　　　　　　)

上の質問に関連して、ご購入の決め手となったのは?

1.タイトル　2.著者　3.内容　4.カバーデザイン　5.帯

その他ご自由にお書きください。

(　　　　　　)

本書についてのご意見、ご感想をお聞かせください。

①内容について

②カバー、タイトル、帯について

弊社Webサイトからもご意見、ご感想をお寄せいただけます。

ご協力ありがとうございました。

※お寄せいただいたご意見、ご感想は新聞広告等で匿名にて使わせていただくことがあります。

※お客様の個人情報は、小社からの連絡のみに使用します。社外に提供することは一切ありません。

■書籍のご注文は、お近くの書店または、ブックサービス(0120-29-9625)、セブンネットショッピング(http://7net.omni7.jp/)にお申し込み下さい。

かり、百軒の兵士たちは山犬が少なかったがゆえに、却って奥深くまで捜しに行かざるを得なかった。

　村から三十分捜しても二頭ほどしか姿を見せなかったためもあった。

「おかしいな。山犬はひょっとすると逃げた馬を狙ったんで、誰かが柵を開けたんじゃないだろうか。隙間がそれほど開いていないのに中の四十頭がすべて出て行ったのはどうみてもおかしい」

「そうすると、柵は誰かが馬を盗んだということになるのか？」

「いや、盗むのであれば食い散らかしたのが、ああバラバラではないだろう。盗むようなやつがそんな油断をするはずがない」

「しかし、こんな状態で四十頭も集めるのは大変だ。時間がかかるぞ、こりゃあ」

「やあ、あそこだ。しかし余り火を焚かないほうがいいな。ここからでもわかるくらいだ、まだ決して安心というわけじゃない」

　波打ち際から見ると砂が切れた松の林の向こうから青白い細い煙が何本も上がっている。

「おうい、帰ったぞ」

「や、ハナツヒトさんたちだ。おうい、こっちだ」

　家を造りかけていたものや、炊事をしていたものたちも走ってきた。

「おお、五頭も捕まえたんか、凄いじゃないか」

馬を見てみんなが集まってきた。

「やあ、二人じゃこれが精一杯っていうところだ。あと三十頭ほどは山にバラバラに逃げ込ませた。しばらくは時間稼ぎができるだろう、だがこちらも炊煙は気をつけないとダメだ。折角ここへ移ったのに海辺からよく見えているぞ。百軒のやつらはワシらが東へしか移れないのはよくわかっているから、できればここを通り過ぎてあきらめさせたい」

「ワシの知っている爺さんが話していた太陽の昇るところにヤマトというでかい国があるらしい。だが、そこに行くには十日や二十日では着くことができないほど遠くて、道がないところを行かねばならないとかだ」

「なんで、そんな遠い国のことを？」

「百軒が東へ東へと行けば、いずれはそのヤマトという国にぶつかって全滅するんじゃないかと思ってね」

「いくら、かれらが馬を持っているとしてもそれは無理だろう。第一、道がなければ馬は動けんし」

「そうなると、やはり村や近くを襲うことになるんだな」

「とにかく、やつらの馬と装甲は防げないからなあ」

馬を集めるのに手間がかかったのか穀物が足りたのか、その年は百軒の奇襲はそれからはなかった。

それでもセツたちはカドタの村には冬の間戻ることはなかった。

一日半の差では寒さもほとんど変わらず地味も肥えていたので、水田は無理だったが畑では冬もいくつかの作物が採れた。

穀物は五分の一だったので子どもにはおかゆが与えられたが、大人たちは粟や稗のような雑穀で過ごさねばならなかった。その分、熊や鹿、ウサギなどの狩りは何度も行われた。五頭の馬から一頭の子馬が生まれ、野生馬も数頭捕まえることができたので、村の馬は全てで二十頭ほどになっていた。

寒さがその度合いを増し、ある朝とうとう雪が降ってきた。カマセのじいさんは袖を両手で擦るとしばらくは寒い日が続くなと呟いた。

雪が積もる前にセツは一度村へ戻ってみる気になった。ここからなら村は川を遡れば一日で着く。

村へ帰ってこの三ヶ月のことをオトウに報告して、来年の戦いへの助言を求めようと思った。

熊狩りや鹿狩りはハナツヒトさんも凄いが、オトウは山のことなら何でも知っている。ムギバンタも百軒も山の部族だったらオトウのほうが詳しいかもしれない。

とりあえずカドタの村へは春に田植えに行くまでは大分時間もある、ショウはカマセのじいさんについて土器作りに夢中だし、ノブとケンはクシュたちと剣の稽古で手が離せないからというので、セツとマサがハナツヒトさんと一緒に村に行くことになった。

三頭の馬はその朝、魚を積んだ馬一頭と村を後にした。そこはいつの間にかコカドタと言い出されていた。

カマセのじいさんたちはカドタでの水田を忘れられないが、あそこは危険なので、できればここに水田を作りたいと思っていた。

幸い川が流れているので、みんなで力を合わせれば二年くらいで田は作れそうだったが森が迫っているので、どうしても狭さはどうすることもできなかった。村人は四十人ほどなので、米はいくらあっても十分という収穫はなかなか期待できない。

ことに今年のようにほとんどを収奪されては、田植えのモミにも事欠くほどだ。百軒に向かって攻め込むことはできないが、少しでも取り返すことができたらと再度方策を考えることにした。

村への険しい川沿いの難路は道がほとんどなかったが、西の滝のような急な流れはなかったので、馬にも過重を掛けずにすんだ。この辺りは全体に海沿いの森と山が続いているが、どれも広大な位置を占めておらず、丘や森、浜辺、草原などが繰り返し現れた。

セツはどれか整備すれば、互いに相手の村を尊重することに依存するが相互の村同士の交流も楽になるのではないかと思い出していた。

村同士が助け合えるには、互いの産物を認め合わなければ百軒とカドタのように一方的な略奪に繋がるが、食べ物や土器、毛皮など不足するものには助かることのほうが多い。

「だがなあ、それは無理だよ、何であいつらが強いことを放棄して、オレたちに自分のものをくれるもんか。百軒はヒイにはなにか持っていかなければ、あの鉄の剣や槍をもらえないから、そうしているんだろうが、もともとあいつらは米や麦を作るっていう気がないんだ」

「オトウの村でも二十人はいる。カドタと合わせれば六十人だ。百軒が何人いるかわからないが攻めてきたのは三十人だとすると、半分が攻めてきても全部で六十人じゃないか。二つの村で男たちを全て兵士にしたら二十人は超える、どこかの村を探して互いにそうしたら六十人まではいけるんじゃないですか？」

「そうは簡単にいかないだろうよ、第一その村がいつも百軒かあるいはまた別の部族に襲われていたとしてもだ。そこの村人がすべてそういう気になってもなかなか難しいものだよ」

「なにがそれを阻むんですか？」

「一番は、言葉じゃないかな？」

「ことば？」

当時の村は多くが個別に生活しているから、その集落のなかで互いのことが行われれば、日常生活に支障はなかった。そのため同じものを呼んでもなかなか通じ合わなかったし、物を交換したとしても、価値を認め合うには時間がかかっていた。ほしいものがなければ交換はできなかったし、惜しいと思えば村を出たあとで隙を狙って危害を加えられることも少なくはない。

土器は便利だったしどこでも重宝したが、持ち運びには重く魚や肉は日干し以外はほとんどが二日も経たないうちに腐臭を放ってしまった。米や麦なぞは互いに村の奥にしまって決して外に出すことはない。

その村がどうにか餓えずにすめば、危険な外敵にその存在を知らせることを積極的に行おうという考え自体少なかった。

ヒイほどの国であれば最初から多くのものがいるので、安全にも食料にも事欠くことがなかったが、百軒のようにやや中途半端な大きさで周りが肥沃でないところはどうしても食料自体が常に不足しがちにならざるを得なかった。

ことに馬と鉄剣が周囲への攻撃・侵入を容易にしたこともあり、西のほうでは急速に小さい村が探し出されては侵略の格好の対象となっていった。次第に村に性格が出始めてきたのも止むを得ない。

肥沃な土地に人口があり、穀物や狩猟に知識・経験の豊富な老人がいるところ、土地に恵まれないが体力のある若者が多いところ、海辺や山で獲物に事欠かない村、小さな集落でも個性が出て、それが加速されていった。

百軒はその中でも戦闘的な制度を採り兵制の拡充を急いだ。その状況はカドタだけでなく周辺の村々に静かに広まっていった。

「百軒では集め戻した馬に逃げられないよう、馬小屋を作って見張りを厳重にしているらしいぞ」

「馬小屋だけじゃない。何でも槍や剣もたくさん集めて、若い者にそれで訓練を重ねているとかだ」

「どんな訓練をしているんだって？」

「よくは判らないが、馬に乗った兵士だけで村を襲うだけじゃないらしい。一緒に歩いているやつとか、動きの鈍い馬なんかには初めから荷駄だけたくさん運べるように、背中に木で枠のようなものを括ってあるんだそうだ。だからあらゆるものを根こそぎ持っていかれるところばかりらしい」

「本当に見たんか？」

「ああ、ひどいときには見つけられた女や子どもまで連れていってしまう」

「それで、人数が増えてるんだな」

「何しろ、槍を持ったのが小屋の周りにいつも見張っているらしいから、遠くからでしか見えないんでよく判らないと言っていた」

「そうか、馬を逃がした結果が却って警戒を厳重にしてしまったのかな」

「いや、ヒイに穀物や肉を持っていって鉄剣や槍と換えてもらうときにいろいろ教わったらしい」

「そうかあ、ヒイも支援しているんじゃ益々危険だな」

「支援までしているかどうかはまだはっきりしていないが、ヒイもでかいからそうしたヤツはいるだろう」

「ヒイは味方してくれんのかのう」

「そうだなあ、そう願えればいいんだが、ヒイのほうが百軒より先にあるから、話を持っていくにもうまくいかない」

「しかし、このままでいけば百軒はより強くなって来年はすべて持っていかれかねない」

「そうしたら、オレたちには何のために米を作っているんだか……」

「だが、オレたちは馬も剣も少ないでよ」

「そうだな、田は持って逃げられないからなあ」

「前にハナツヒトさんが馬と剣を交換したでないか。あの国はどうなんだ。ヒイに負けずにある程度のでかさはあるんじゃないか？」

「ああ、ムギバンタの国だな」

「あそこも確か鉄は作れたな。ワシらは鍬に使う分を分けてもらっていたよ」

「ハナツヒトさんもそこで剣と馬を交換したって言ってましたね」

「そうだな。確かにそうだがそこも随分遠いぞ、途中で北から百軒が待ち伏せていたりすると危ない」

「百軒はそんなところまで見張っているんですか？」

「さあ、それは判らないが、そうなった場合はまず命はないな」

「何人くらいで見張っているんでしょう？」

「それもわからん」

セツはそう聞いたが百軒の馬が荷を運ぶように、自分たちもある程度の剣や槍を用意できれば、むざむざ全てを盗られることはないのではないかと思った。もちろん正面から三十人以上に戦いを挑む気持ちはなかったが、彼らが常にそんな人数で行動しているとも思えなかった。

隙をつけば何とかなるのでは……？　ではその隙とはなにか？

その隙に自分たちは何をすればいいのか？　その方法、武器、人数、時間、場所……。

セツは相手が自分たちより戦いに長け、体格も武器も上であることを念頭に置いて考えた。そうは言ってもなかなか工夫はむずかしい。

眼をつぶると馬に乗って装甲に身を固めた大きな兵士が自分に鉄で出来た剣を振り下ろす姿が浮かんで身震いした。

その晩、春の暖かい風が吹いた。

「やあ、これからは暖かくなるな。こういう熱い食べ物もしばらくお別れだ」

「じゃあ、これもみんなぶちこんじゃうか」

ワカが干からびたヒゲのようなものを土器に入れた。

「おい、気をつけろよ、キノコは危ないからな」

「ああ、これは大丈夫ですよ、ちゃんと分けてあるから」

「それは判ってるよ」

「キノコ?」

セツはふと思った。

キノコでなくてもセリでもトリカブトでも効き目がある！　問題はどうやってそれを彼らの口に入れるかだ。

「どうした？　干しキノコは旨いぞ。特にジュンの味付けは素晴らしい」

「いや、ちょっと思ったんですが、こういうのを百軒の兵士が食べれば、足腰が立たなくなると思って……」

「え？」

「まともに当たったら、ボクらに勝ち目はありませんが、相手が減ったり、弱っていればボクらでもなんとかなりませんか？」

「そりゃ、そうなるだろうよ」

「おう、そいつはいいかもしれん」

「なにもキノコの形をしていなくとも、彼らが口に入れさえすれば効果がある」

　カマセのじいさんは熱い汁を飲み込んでようやっと口を開いた。

「そうだ、そいつはワシも昔考えたことがあった。ワシがまだ若いころ間違ってセリを食ってひどい目にあった。それを食わせたやつを叩こうとしたが、頭はふらふらするし、気持ちは悪いし、第一、足はもつれて立っておれなかった。そいつも知らずに食ったからまあ、許してやったが三日は動けなかった」

「爺さんはそのセリの生えているところを知ってなさるよ」

　ジュンが笑った。

「この中だよ」

小さな壷を取り出し、蓋を開けて中身を見せた。なんだか濃い緑色の汁が入っている。

「これは？」

「昔から鏃に塗ってウサギや鹿狩りに使っていたんだ。矢の力が弱いんで毒は一番いい。傷をつけただけで彼らの逃げ足は遅くなる」

「なるほど、すでにあるわけですね」

「ああ、だが人の口に入ってはまずい。それでこうしてちゃんと別の入れ物に入れてあるんだ」

「じゃあ、これを使って彼らの口にうまく入れられれば、何とかなるわけですね」

「うまくいくかね？」

「何とか考えます」

「そんときは言っとくれ」

「ハナツヒトさん、どうですか？」

「そいつは考えたな。しかしかなり難しいぞ。まず相手に近づかなければならん。それ自体がむずかしいからな。でもそれがうまくいけば敵を減らせるのは間違いない。残念ながら今のこちらの戦力では何度戦っても勝ち目はない。よし、これを工夫してなんとかしよう」

セツもこの壷を持ったまま土器に入れることは百％不可能だったし、持ち運びが面倒すぎると思った。

では、どうしよう？

折角の思いつきも実行できなければ役に立たない。持ち運び、相手への配布、相手が口に入れる時間、気がつかれた時の状況、効果の程度。

発見するよりも何倍も大きな課題が襲ってきた。

持ち運びには麦の粉を使った、壷から平たい土器に移しそこに麦の粉を入れて固めた。

相手に食べさせるに効果的なのは一緒の土器に入れてしまうのが一番だが、自分も食べなければ疑われる。

自分のほうは同じような青い汁を使って似たような固めたものを作った。疑われないようにに甘みをつけた。

とにかく甘い味に中毒するものはなかったし、甘い味自体が滅多に手に入るものではなかった。

カマセのじいさんはジュンに蜂蜜の壷を持ってこさせた。

「これはとっときのものだ」

そう言って痩せた指を中に入れて、抜いた指先に垂れ下がる黄色の液体を口に入れた。

目を細めてじっくりと味わうと、これこれと頷いた。

「どうだ、一寸舐めてみるか」

爺さんは笑いながらその少しねばねばしそうな黄色い液体のついた指先を出した。

「蜜ですね」

「うん蜂蜜だ、なかなか探せないが一度見つけて少し残しておくとまた一年で大きくなる」

「これをまぶすんですか？」

「そうなんだ。だがそのままでは他にくっついてしまうし、むずかしいもんだ」

「あとからまぶすより、その汁に入れておいたらどうでしょうね」

どちらも量は少ないし、貴重だったから手間がかかった。

口に入れて効果があるにはどのくらいの量が必要なのかも簡単には試せなかった。なにしろ毒だから、誰かにおい食ってみろというわけにはいかない。

「いい考えだが、こうしてみると貴重なものを簡単に使ってしまうわけにはいかないな」

「そうですね……」

「百軒の兵士は大体三十人くらいで行動していましたね」

「ああ」

「するとですよ、百軒からここまで馬で来れば三日から四日でしょ。つまりどこかで彼ら自身が野営をすることになりますね」

「そりゃ、当たり前だが」

セツはカドタの村とその少し西よりのところで野営に適しそうな場所を思い描いた。

少なくとも三箇所あればどこかで休むだろう、そこにさりげなくこの壷を置いておけば彼ら自身が戦利品としてそれを食料にするのではないか。

それはわかりやすそうで自然に見えなければならない。

「そうだ、魚を獲る小屋、その獲った魚を干す小屋をさりげなく作りましょう。小屋なら半日もあればできるし、ここでその材料を調えておけば二時間くらいで作れるかもしれないじゃないですか」

「なるほど、そうだな」

「その小屋にいかにも漁をしている途中の風を装っておくんです。そこにあの壷を置いておく」

「よし、それでいこう」

セツたちは魚を獲る為の小屋とそれを干す為の葦の茎を組み合わせた板などを作った。

小屋は棒を立て、葦を立てかけたり屋根に葺いたりし、中には釣りの為の竿や糸、釣った魚を置く棚、そして干す為の葦の台などの他に、いかにもそれを運ぶ為に用意したように馬の背にそれを括りつける籠まで用意した。

百軒が何時くるかはわからないので、カドタの村の端とそこから半日の距離に小屋を作り、その間、間にそこから山側に百メートルほど入ったところに見張りのための小屋を用意した。

そこでは、百軒が通り過ぎたあと狼煙を上げて通過した合図をすることにした。その小屋は五箇所に置かれた。

最も大事な小屋は一番外れのところで、百軒の兵士たちが通り過ぎたあとに狼煙を上げる。それを見て奥の小屋から急いで壷や干した魚を運ぶ。

合図が来るまでは魚や貝を採取している。いかにも何時も使っているように見せねばならない。

手順が決まると、数人ずつが槍や竿に加えて干し芋や干し肉などを用意して小屋に散った。一月ほどはまるでそれが昔から行われていた漁村のように自然に風景に馴染んだ。

「うん、これなら囮のようには見えないだろう」

小屋の前には石で囲んだ炉も薪も置かれていた。小屋の中にも葦の台にも開いた魚が置かれてある。

一月と十日ほど経った朝、突然白い煙が西の森から上がった。

「来たか」

ワカとヒコ、タケルとショウは森の小屋から壷を抱えて走った。

合図があってから二時間で来る距離だ。小屋に入って壷や魚を確認してまた森に隠れた。

まもなくブルブルという嘶きと人声が木々をすかして聞こえてくる。四人はさらに草むらや木の陰に隠れて眼と耳を集中させた。

「一、二、三……」

馬に乗った兵士の数は二十人ほどで、その後ろに空の馬が五頭ほど続いている。

「お、こんなところに小屋があるぞ。以前はこんなところに何もなかったが」

百軒の兵士の長らしき先頭の男の声が響いた。

「魚を獲っているようですね。誰かいるのかな、チョウ、ちょっと見てこい」

チョウと呼ばれた男が馬を進めてきた。長い槍を小脇に抱え小屋のそばまで来ると辺りを見渡し、馬を降りた。

馬をそばの木に繋ぎ、槍を構えると警戒しながら小屋に入った。すぐに出てくると隊に向かって誰もいないと槍を振った。

二十人の男たちは小屋の前まで来ると一斉に馬から降りた。

「やれやれちょうどいいわい。ここで少し休もう。何かめぼしいものはあるのか？」

「あるのは魚の干物と木の実と……おや、これは？」

「なんだ？　何かあったか？」

「壷があります」

「もってこい」

「ふん、なんだこの中身は？」

「なんですかね、なんか少し臭いがしますが？」

「どれ？　ふん、こいつは安い酒だ。酒に甘みをつけているんだ」

「ここで、なんか料理しているんですかね。煮炊きできそうな壷もありますよ」

「そうだろう、そこに炉があるくらいだ。ここらだとカドタの村のやつら、米がなくなったんで、魚を獲ってるんだろう」

「で、連中はどこへ行ったんでしょう?」

「ほれ、あそこを見ろ。ウサギの皮が干してある。今は狩りに行ってるんだろう」

「じゃあ、ウサギの肉も探せばありそうですな」

「ああ、そこらじゅう引っ掻き回せばもっとなにか出てくるだろうよ。裏も見てみろ」

「わかりました」

ウサギの肉、干した魚、少量の野菜と木の実、貴重な塩、それにほだ木と薪、しつらえたように壷の中に放り込まれた。

やがて、潮風に乗って隠れているワカたちにもわかるほど調理の煮炊きの香りが漂ってきた。急に腹がぐーっと鳴ったが、四人はそれぞれ干した芋の細いのを噛んで飲み下すと胃をごまかした。

壷の中には塩と混ぜた毒セリの汁、もう一つの壷には蜂蜜で味をつけたやはりハシリドコロをすりつぶした汁が酒に混じって入っている。

「なんだ、なんだ。あいつらこんなところでこんなものを獲っては酒盛りをしてやがったのか。まだいろいろ残っていそうだな。明日はカドタにあるものは全て攫ってやろう。そのほうが連中も働き甲斐があるだろう」

「そうですよ。さ、出来たようだから皆一杯いこう。どうだ行き渡ったかな?」

ワカたちは二時間ほどじっと待っていた。先ほどまで声がしていた小屋の周辺では虫の音がやかましいほどだ。

「どうだろう、大分静かになったな。寝込んだかな？」

「どの程度効いたんだろうな。もし、寝ているだけだったら迂闊に踏み込むと危ないぞ」

「じゃあ、朝まで待ってみるか」

「うん、何といっても二十人だからな。あいつらがここを出て行ってから狼煙を上げるんで十分間に合うから、危険はとにかく避けよう」

「ふぁーああ。おっとすまん」

張り詰めていた気を明日に延ばすと決まったとき、急に眠気が襲ってきた。


チチチッ、チュチュ。

忙しない鳥の声が朝を告げる。

「おっとしまった。連中は行ってしまったか！」

ショウは眠りすぎたかと冷や汗を出して飛び起きた。

少し陽は上がり、むっとした暑さで額に汗が出ている。慌ててそばの槍を持ってそっと首を出して見た。

「……」

馬が何頭かいる。

ブルルルッ。

「良かった、まだいる」

そう思って、横で口をあいたまま眠っているワカを起こした。

「ふぁ」

「しっ！」

「ああ、どした？　連中」

小さな声でワカが聞く。

「静かだ、まだ起きていないようだ。さっき馬が鳴いたが」

「そうか、どれ、あれ本当だ、今どのくらいだ？」

そう言ってワカは東の空に手をかざした。

「少し経っているな」

「その割に静かだ。もう行ってしまったのか？」

「いや、馬が何頭かいる」

「馬が？」

「どうする、行ってみるか」

「そりゃ、行かねば」

「わっ」

「おっ！」

炉の周りに十人ほど、小屋の中に三人、馬のそばで四人、さらに砂浜で六人の兵士が倒れていた。

「眠ってんじゃないか？」

「もっとよく見ろ」

「見てるよ」

「どうだ？」

「動いてない、ほらあの腹を見てみろ、息を吸ってない」

「本当だ、ひょっとしたらみんな毒入りで？」

「そうみたいだぞ」

四人は槍を持ち直すと辺りをうかがいながら草を分けて砂浜に出た。

おっかなびっくり最初の男のそばに寄って、槍の穂先でツンツンと突く。男はびくともしない。

少し大胆に槍の穂先をほほに這わせる。切っ先から赤い血がどろっと垂れたがそのままだ。

四人は顔を見合わせた、ひょっとすると他の男たちも……？

それから二時間の間、四人は大奮闘だった。倒れている二十二人をすべて松の林に運び込んだ。

穴は掘れないのでとりあえず草をかけて隠し、残っていた馬を探し出した。

馬は十頭ほど残っており、ワカとショウは馬をカドタへ連れて行くことにし、ヒコとタケルはとりあえず壷や燃えカスなどを片付けた。

「ありゃあ、みんななくなっている」

「いや、壷の中に少し残っているぞ」

「気をつけろよ、毒のほうかもしれん」

「狼煙はどうする？」

「そうだな、上げるのはよそう」

百軒の兵士が通り過ぎたら上げる手はずになっていたが、こういう場合のことは考えていなかった。

「よし、とりあえずオレたちはここで待とう。ワカたちが戻ってくるだろう。西のカツとテシはそのままでいい、ハナツヒトさんか誰かが戻ってくるだろうから、それからだ」

ヒコとタケルは壷を小屋に戻し、西に狼煙が上がるまで魚を獲って待つことに決めた。


カツとテシは目の前をのんびり戻っていく馬を見ていた。

馬は手綱をつけたままゆっくり西へ向かっていく。なかには途中で思いついたように草を食ったり、いきなり砂浜を走ったりしているが誰もいない。

「何だありゃ？」

「野生馬じゃない、手綱をつけているし子馬もいない」

「一昨日の百軒か？」

「いやあ、半分しかいないようだしな」

「でも西へ向かっているぞ」

「ここで捕まえられたらなあ」


「なに？　馬が戻ってきた？」

「六頭ばかり戻っております。どこにも血の跡はありませんし、鞍もつけていません」

「なら、繋ぎ方が悪くて逃げ出したということか？」

「乗っていったのはコウですから、そんなことはありえませんよ」

「だが、実際に四分の一が戻ってきたのはどういうことだ？」

「よく見てみましょう」

「わかったら知らせてくれ」

「どうした？」

「変なんですよ、最初見たとおり鞍ははずしてありまして、手綱はついてましたからどこかに繋がれていたはずなんですが、どうして六頭も逃げ出しているのか……」

「よし、今何人出せる？」

「空いているのは十三人はいます」

「とりあえず全員呼べ、馬はあるな」

「あります」

「一時間後に出発する、食糧は用意しておけよ」

「何日分にしましょう?」

「カドタへ着けばいろいろあるだろうから、三日分でいいだろう」

「わかりました」

　エドを先頭に十九頭の馬が百軒の村を走り出た。


　三日目に地響きがカツとテシを驚かせた。

「おい、見たか」

「見た」

　二人はすぐに狼煙を上げた。狼煙は青い空に吸い込まれるように上がる。

「あれ、また狼煙だ!」

「また来たんだ、隠れよう」

　ワカとタケルはハナツヒトさんとセツたちを呼んだ。

「どうした?」

「ほら、狼煙が上がってます。あと遅くとも二時間で馬が来ます」

「わかった。よしみんな小屋に隠れろ」

「ハナツヒトさんは?」

「とりあえず、小屋のそばで様子を見る」

「ボクもいいですか」

ハナツヒトさんはセツを見て一寸考えたがすぐによしと言った。

二人は小屋の近くの椎の樹に登り、葉陰に潜りこんだ。

砂を噛む蹄の音が太鼓のように腹に響く。最初は耳に聞こえたのが頭で感じ、すぐに腹に響きだした。馬の数は二十頭には満たないかもしれない。

注意深く枝の上に登り、じっと木陰から小屋を眺めていると兵士たちは砂浜から向きを変えて、そのまま今度は横一列で小屋に向かってきた。

小屋の手前で二人が馬を降りる。辺りをじっとうかがうが人間の気配を感じなかったような足取りで、小屋に向かい、槍の後ろで炉を突いて、手を入れて温度を探っていた。

その手をはたくとまた槍を持ったまま小屋に入った。そして、すぐに出てくるとみんなに降りるように声をかけて、もう一度小屋に入った。

「見ろ、ここで何かがあったな。こんな小さな小屋なのに杯のかけらがほれこんなにある。それにそこの壷には何かが入っていたようだ。おそらく酒だろう。あるいは塩かもしれん。外の棚とここにも干からびた魚がある。ここはカドタの連中の漁場だな。しかし仮にそうだとしても、何故、オトたちはいないんだ？」

兵士は六頭が戻ってきたことに不審感を抱いていた。

「オトたちがここのやつらを連れてカドタに行くのはどう考えてもおかしい。六頭もの馬を村に戻してまでカドタに行くとは思えない」

「そうですね、ここで炉を使って何かやったとしても、誰か残っていてもいい。六頭が戻ってこなければ何の不思議もないんだが？」

「どうも気になる。少しこの辺りを探ってみよう。カドタにはそれからでもいいだろう」

兵士は部下に枯れ木を集めるように言った。

「さて、困ったな。連中このままここに泊まるとなると、日が暮れるまでしばらくかかりそうだ」

ハナツヒトさんはセツに静かに鳥の声を真似てしばらく動くなと伝えた。

兵士たちは二十分ほどで手に手に薪を抱えて集まってきた。たちまち焚き火が大きく燃え上がる。

西で見張っていたカツとテシはその煙を見ると首をかしげた。

「あれは、通り過ぎた合図じゃないぞ。何か大量に燃やしているみたいだな、ひょっとすると小屋に火をかけたんじゃないか？」

「だとすると、ハナツヒトさんたちは戦っているんだろうか？」

「いや、そんなことはないだろう。だって全部で五人くらいしかいないんだぜ」

カドタに馬を連れていったワカとショウは二十人もの兵士を倒したことを知らせ、そのまままた小屋に戻っていた。

村は二十人も兵士を倒したことへの報復に備え、コカドタからさらに奥へ移っていた。村には戦える力のある男は二十人ほどしかいない、後は老人や女、子どもでそれでも田植えには総出で取り組まないとすぐに季節がずれる。

田植えが終われば豚や牛の飼育に土器作り、武器の手入れや塩作り、からむしや麻からの機織り、日々の草取りなど目の回るような作業が延々と続く。

そんなところで一人でも倒れると周りに負担が掛かる、今夏は収穫したばかりの早稲や穀物、土器などを盗られたばかりか小屋もいくつか焼かれ、三人もの死者まで出した。

村の生活は秋から冬に向かって忙しいのに、ここで百軒の戦士を受けられる余裕はこれっぽっちもない。だが、そちらにかかっていると今度は本当にすべて持っていかれ、さらには村人自身の命も保証はない。

先般は上手く毒を盛って済んだため戦いをせずにすんだが、馬がその習性で百軒に戻ったのがわかった以上、その不利な戦いをこちらから仕掛けねばならなかった。

だが、その準備をするには少し時間が足りなかったようだ。

ようやく日が暮れたころ、焚き火の明かりが海辺を戻ってきたカツとテシの目に見えた。

その少し前にハナツヒトさんとセツは暗がりに乗じて椎の樹を下りて草むらでひそひそと話していた。焚き火をはさんで八つの目が十三人の男たちを見ていた。

草むらのハナツヒトたちのずっと後ろにはワカやタケルたちがじっとしていた。

「どうなんだろうか、今度の連中は非常に警戒心が強そうだ。小屋の周囲の草をあそこまで刈るとは思わなかったし、馬の番を三人もで見張っている。中の連中も酒を飲んではいないようだ」

そう、百軒は小屋の周囲の草をなぎ払い、小屋から二十メートルくらいは平らになって隠れるところがない。そこからでは小屋の中で何が話し合われているのか全くわからない。

セツたちは朝が来るのが怖かった。

このまま彼らが夜通し起きていたら、そして馬に乗ってカドタに行き、そこに残りの収穫物がなかったのを知ったら、折角刈り入れまで二週間の稲もどうなるかわからないし、今度は残った小屋全てに火をかけられるかもしれない。だが彼らは一向に期待したような行動には入らない。

「困ったなあ、これじゃどうしようもないぞ」

「じゃあ、とりあえずこっそりカドタに戻ろう。そしてそこでもう一度一か八か、毒入りの酒を用意しておこう。彼らが飲むかどうかはわからないが……」

「十三人を相手に弓を使っても、彼らの装甲は破れないかもしれない」

「仕方がない、とにかくここにいても時間ばかり経ってしまう。わかった、ではこっそり戻ろう、静かに行くぞ」

セツたちは馬に布を噛ませ、布で蹄を覆うと静かに林の中を進んだ。

カツとテシは海際の草むらからずっと眺めていたが、百軒の兵士が警戒を緩めないので、身動きがとれなかった。

朝方、カドタに入ったセツたちは残っていた十人ほどの村人たちに手伝ってもらい、砂浜に打ち込んだ丸太と木の間に何本もの縄を張った。

多くは砂で埋め、また一部はわざと海藻などを被せたりしておいた。できれば馬の脚をこれで引っ掛けられればという思惑だった。

さらには炉に土器をしつらえ鹿肉や猪、ウサギなどを放り込み、板の上には魚や野菜を置いた。

いかにも昼食の支度をしながら慌てて逃げ出した風を装った。


三時間もすると皆へとへとになったが、用意はあらかた出来た。

ここで装甲を外してくれれば、セツたちの弓でも十分効果が発揮できる。

百軒の馬が小屋を出ると様子を見てカツたちは炉に駆け寄り、昨日刈られた草を集め火をかけた。煙はもくもくと上がり、百軒が通り過ぎた合図を空に浮かべた。

そのあと二人は海辺を警戒し、林の中を走った。少しでも力になるつもりだった。

息が切れるほど走って二時間もし、脚がふらふらともつれだすころ、海辺の先で岩に腰掛けて休息している百軒の兵士たちに追いつくことができた。だが彼らはすでに大分休んでいたようで、カツたちが見られる場所まで近づくとまた馬に跨りだした。

「うわあ、こりゃもうだめだ。もう走れない、少し休まねば」

カツとテシはそこで大きく両手を広げて荒い息を継いだ。

百軒の兵士がその冷たい瞳に捉えたのは、海岸を逃げるワカの姿だった。

「お、あいつを捕まえろ」

すぐに数人が馬を駆り砂浜を駆け出した。ワカは砂の上を走る。

距離は十分あるがさすがに馬は速い、見る見る追いついてくる。ワカは一気に右へ走り海の中へ逃げ込んだ。

そのとき、先頭で追っていた男の乗った馬がその前足で何かを引っ掛けたと思った瞬間もんどりうって頭からつんのめった。二人の男は砂に頭を突っ込み、共にぐっと言う声とグキッという鈍い音をたててそのまま突っ伏した。

次の兵士は何が起きたのかわからず馬の手綱を思い切り引き絞り、馬は前足を前方に激しくかくとその兵士を振るい落とした。かろうじて四番目と五番目の兵士が砂浜で馬を止めると、ワカは抜き手を切って沖へ泳いでいく。

「くそ、忌々しいヤツだ」

兵士は槍を振るうと悔しそうにワカを眺めていたが倒れた三人に寄っていった。馬は前足を折るようにして横倒しになっている。

その前足の先に海草に絡まった縄が見えた。こんなものに引っかかったのか、だがどうしてこんなものがここに？

兵士はその縄を引っ張ったが、縄は砂を振るい落としながら草葉のほうに伸びていく。

「あいつめ、知っていてわざとやったな」

兵士は怒り、後方から追ってきた八人を招いた。

「どうした、ハルとマトは動いていないな」

エドは砂まみれになっていたノへを呼んだ。

「縄が張ってあったようです。そいつに引っかかって」

「よし、とりあえずあいつを逃がすな。どこまでも遠くへ行けるはずがない。やがてはまた戻ってくる。そこを押さえろ、あいつから目を離すなよ」

「わかりました」

百軒の兵士たちは四組に分かれ、流れに乗るワカをゆっくりと海辺に沿って追い出した。

「や、どこかに行っちまうかと思っていたら、こいつは一寸まずいぞ」

伸しで体力を落さないように流していたワカも相手の執念深さに驚いた。

これはうっかり戻れない。ゆっくり波に体を預けながら少し潜ったりしてみたが、相手は全く諦めた様子がない。

「これは、困った」

熱い陽射しは容赦なく頭を照らし、沖合の水はその割に生ぬるく体が少しずつだるさを増していく。

「えい、仕方がない。このままぶらぶら流されていくか」

泳ぎの達者なワカは仰向けになると脚だけをゆっくり上下させて浮かんでいる。時々、浜に目をやるが一向にどこにも行きそうにない。

エドはノへを呼んで、お前たち三人でしっかり見張っていろと言うと馬をカドタに向けた。エドが村に入ると燃えさしの太い薪が炉のなかで半分以上が燃えて白くなっていた。そばまで行き、辺りを見回して二人の男に周りを見てこいと言い、炉のそばに腰を下ろして冑を脱いだ。短く刈り込んだ黒い頭と赤銅色の顔がセットで浮かび上がった。

冑を傍らに置きしばらく土器の中を眺めていたが、土器を脚で蹴倒した。土器は炉の灰に中身を撒き散らして、じゅーっという音と灰に染みこむキュルキュルという音を出して白煙を上げた。

「小細工しおって」

エドは小さいころから不思議に勘が鋭く、特に毒に関しては何度も自ら体験していた。

「これならコウがやられたのも無理はない。やつらはどこでこの毒草に気づいたのだろう」

そう言うと戻ってきた兵士にこの壺を海に入れて海水で何度も洗えと命じ、一人の兵士に火を熾すように言った。やがて塩水に干し肉や野菜、魚の干物などをぶち込むと次第に辺りには料理の匂いが漂い始めた。

「まだ、戻ってこないのか?」

エドは額に癇を立てたような筋を見せて海辺を覗き込むように見た。馬は三頭で兵士を乗せて立っている。

時々、頭を海中に沈めたりして姿をくらまそうとしていたワカは、流れてきたホンダワラを見つけるとそっと手繰り寄せた。そして腰に巻いていた布を外してしっかりと巻いてそのホンダワラに載せ、離れないように何度も確かめた。

それから大きく息を吸い込むと静かに海中に潜り、ずっと潜水を続けた。ホンダワラは頭のように見える腰布を載せてぷかぷかと浮いている。

「あのやろう、魚か。いつまで入ってやがる」

「まあそのうち腹も空くさ。我慢できずにもうすぐ上がってくるだろう」

「それにしても長いぜ」

「だがああやって頭がさっきからずっと見えてるんだ、仕方がないやね」

「体がふやけちまったろう」

「そうだ、槍もふやけた体じゃ、あっという間に向こうへつきぬけるだろうな」

いくら三人で眺めていても何時までも遠くのホンダワラに載った腰布の塊はゆらゆら沖でのんびり揺れているばかりだ。

潜って二分毎に水面に体を浮かべ、鼻と口だけを出して息をついで流れに乗って東へ進む。十回ほど繰り返して海辺を見ると、大分離れたところに三頭の馬が太った塊に見えるところまで流れてきた。

それからざっと海辺を見ると白い砂が線を引いて、それに何倍かの黒い森が太い筋で伸びている。その奥は緑の濃い山が波のように続いている。その中から一本の白い煙が昇っている、三頭の馬の向こうにはやはりもう一本それより太さのある煙が昇っていた。

ワカは今度は浜辺に向けて抜き手を切った。波を立てずぐいぐいと進み、五分もしないうちに海辺の砂浜に着いた。

温いとはいえ二時間以上沖の海水に浸っていたので熱い砂が背中を温め、太陽が胸や腹を温めた。ものの二分ほどでワカは手足に力が漲ってくるのを感じると、顔を起こし西を見た。

陽が傾きかけて三頭がゆっくり動いているのが見える。

「やっと諦めたか」

ワカはそのまままっすぐに森の中に入っていった。白い煙は少し前に消えていたが、その方向を確認すると急いだ。

「おう、どうだ」

「うん、相手はカドタの手前でハナツヒトさんたちが仕掛けた縄で二人は倒したが、数はそれでもまだ十人以上いた。さっきはそこで炊煙があがっていたから、うまくいけばまたあの壷が効くかもしれない。だが、今度の連中は物凄くしぶとい、オレはやつらが砂に埋めた縄に引っかかるように、連中の前をわざとよぎったんだ。沖まで行けば諦めると思ったが……」

「そんなにしつこいのか？」

「ああ、二時間以上オレが上がるのをずっと待っていた」

「それでよく大丈夫だったな、つけられてはいないか？」

「うん、幸い海藻があってな。それに腰布を巻いてオレが浮かんでいるようにしておいた」

「なるほど」

「それから潜って東に泳いだから少し体が冷えた」

「大丈夫か？」

「砂で温めたから」

「ハナツヒトさんたちはどうしてるんだろう」

「百軒の兵士たちは十三人いた。そのほかに馬が六頭、それには兵士は乗っていなかったから荷駄かもしれない。二十人はすべて浅いが一応森の中に埋めてあるから見つけられることはないと思うが、ハナツヒトさんたちは彼らが装甲を外すまでは何もしないことにしている。上手く壷の中味を食ってくれれば楽なんだが、結果は明日わかるだろう」


エドは戻ってきたノへたちの話に少し首をかしげた。

「頭が浮いているのに何で帰ってきたんだ」

「いや頭は沈んじまいました。ワシらもずっと見ていたんですが、これが打ち寄せられてきたもんで」

それはワカの腰布だった。

「ふん、なるほど。魚でもあるまいし二時間も水に浸れるようなやつもいないか。そうかよし、これが溺れた証拠と見ていいだろう、ご苦労だった」

「へい」

「いやあ、ばかなやつだよ。どうせ逃げるなら森へ逃げれば生き延びられるかもしれないのに、海へ飛び込むとはな」

「結局、魚のえさか」

「惜しい働き手を一人逃したな」

「なあに、まだいるだろう、十分」

「そうだなここまで魚や鹿、猪を狩りに来るくらいだから、男も少し余ってきているんじゃないかな」

「あそこはガキもいたしな」

「せいぜい爺さんを二十人も残せばいいだろう。よし、今度は残りのやつらを全部捕まえようぜ。さ、食おうか、まず酒だ」

「コウさんたちはもうカドタで一杯やっているんじゃないですか」

「馬を置いてか、コウたちはオレはもういないと思うよ」

「え、じゃ何かあったんでしょうか、全員にですよ？」

「だからすぐにここへ来たんだ。考えてもみろ、何で馬が六頭も戻ってくるんだ、戻ってくるならせいぜい一、二頭だろう。それになどうも気になっているんだが、どうしてまだ漁の時期なのにここに誰も戻ってこないんだ、何かくさいと思わんか」

「そうですね。確かにここにこうして土器や食べ物もあるのに、何かおかしいですね」

「そうだ、だからオレはここにおいてある食い物を蹴散らかせたんだ。誰か犬でも鳥でもいたら捕まえてそいつに食わしてみろ」

「え、ということは毒？」

「そうとしか考えられん。カドタのやつらは武器は余りいいものを持っていないが昔から狩猟と採集をしていた、当然その中には毒を持つものの見分け方に優れたやつが出てくる。オレの親たちはよくそれを言っていた、綺麗な色をしているものは口に入れるなってな」

エドはここに誰もいないのにわざわざ壷が火にかけられるようになっていたことと、馬が鞍もなく六頭も戻ってきたこと、そしてなによりも二十人全員の行き先がはっきりしていないことが頭を一杯にしていた。

そして、エドがたどり着いたのが毒だった。

「何の毒を使ったのかはわからないが、二十人が気がつかなくてそれを口に入れたというのはこの壷から分けて呑んだに違いないだろう。しかもそれはすぐに効いたのではない。そんなに効いたら誰かはまだ口にしていないこともある。こいつはゆっくりと確実に効いたに違いない、だとすると……」

「なら、コウたちはどこに行ったんでしょう？　馬は？」

「どこかはわからんが、すでに森の中に埋められているかもしれん。馬は持っていかれたんだろう」

「ふうむ。よし、じゃあやつらを見つけたらその毒というものを呑ませましょうぜ」

「そしたら、捕まえた甲斐がない。やつらは働かせるんだ」

「槍で貫いても同じことです。それに見せしめに三人くらいは」

「ま、ここですぐ決めることもない。どうせやつらはここにはいないだろう。カドタから も何人かはさらにどこかに隠れているさ」

エドたちは置かれていた壷の酒には誰も手をつけなかった。


「おいやっと寝たようだ。見張りも二人になったぞ」

「えらく永くて待ちくたびれた。しかしあの二人は朝まで粘るつもりかな」

「そうだろう。しかし、酒を飲んだような声がしなかったのはやはり甘かったかな」

「それでも、もう眠っているから」

「酒を飲んでいないと眠りが浅いから十分気をつけろよ。物音を立てたら十人が飛び起き てくることを忘れないようにな」

「わかりました」

ハナツヒトさんを先頭にセツたちは二手に分かれ、そろそろと見張りをしている二人に 近寄っていった。空は晴れているが幸い月が細い。

小屋の周りは草が刈られているがそこから手前は樹や草が身を隠してくれる。小屋から 三十メートルほど離れた場所に立っている四、五本の杭に縄を張り、そこに馬が十四、五頭静かに繋がれている。

見張りの二人は少し離れたところに座っている。だがよく見ると時々頭がぐらっと動く、どうやら居眠りしているようだ。

セツとショウは奥の男に狙いをつけ、タケルとハナツヒトが手前の男に狙いをつけた。

二人とも装甲しているので矢がつきぬけるかわからないので、セツとタケルは槍を握り締めた。十メートルほどまで近づくともうそこは草がなくなり、それ以上は近づけない。

ショウとハナツヒトさんはそーっと立ち上がり、矢を引き絞った。セツとタケルは槍を両手で握った。

シュッ、シュッ。

二つの矢音が響き、狙いは二人の胴に当たった。ぐっという声で一人はそのまま前のめりに倒れたが、手前の一人は起き上がって声をあげた。

「ワーッ」

タケルが無言で一気に走り寄ってその胴体に槍を突き立てた。

「グワッ！」

男の口からボワッと何かが飛び出た。黒っぽい液体のようだ。

四人はそのまま二人を越えて森に飛び込む。あとはそのまま北へ走り大きく回って馬のそばへ行き、東へ向かった。二十秒ほど沈黙のあと小屋から三、四人が飛び出してきた、口々に叫んでいる。

「何だ！」

「やつらだ」

「大丈夫か」

口々に馬と見張りのところへ走る。一分も経たないうちに、倒れている二人を八人が囲んだ。

「二人ともダメです」

「みろ、これを」

残されていた貧弱な槍と刺さった矢を引き抜くとノへがみんなに見せた。

「よほど腕のいいやつだな、よし、すぐに支度をしてカドタを襲う。やつらは何人か知らないがここにいるんだろう。そいつらにかまうことはない。カドタではその分、男の数も少なくなっている。それに寝込みを襲えば、彼らは逃げることすらできまい。いくぞ」

エドたちはすぐに小屋に戻り装甲を当てると馬に戻り、馬腹を蹴った。

森の中を馬で走っていたハナツヒトたちは後ろから地響きを立てる馬の足音を聞いた。

馬は海辺の砂を蹴散らしながら近づいてくるのがわかった。

手をあげて手綱を絞るとハナツヒトさんは追いついたみんなを集めた。

「カドタには誰もいないが、おそらくそれと気がついたら家はすべて燃やされるだろう。

コカドタからそれが見えたときに、カカたちが身を潜めていられるかが心配だ」

「今、我々がカドタに入っても武装した百軒の十人には勝てない。家を焼かれてしまうのは悔しいが、カカたちも危険はすぐにわかるだろう。問題は百軒がコカドタに気づくかどうかだ。気がつかなければ生命の危険はないが……」

「じゃ、これからどうするんですか？」

「百軒を先にやろう。もっとも、あの音を聞けばそうしなくても追い越されるのは時間の問題だがな」

そう言っている合間にも百軒の兵士たちの乗った馬はドドドッと地響きを立てて、少し離れた海岸を走り抜けていった。

「森へ入らずあのまま走っていたら、間もなく追いつかれたでしょうね」

「彼らの馬の扱いはワシらと違うからな」

そう言うとハナツヒトさんは馬を砂浜に乗り入れて、遥か先を走る百軒の後を追った。セツたちも今までより緊張をほどいて後を追った。

カツとテシが小屋に着いたときはすっかり夜が明けていた。炉には壷がかかっていたがすっかり火は消えて、中身も熱を失っていた。

炉の左手前の柵には二人の兵士が倒れていた。装甲した胸と背中を黒っぽくなった血が染めていた。まだ若い顔をしている。

二人は辺りをうかがい、小屋にそっと入ると中を見回した。

「食べ物がある」

カツは肉と穀物を持っていたが、テシはそんな煮炊きをしている時間はないぞと言った。

「こいつでも食うしかない。食ったらすぐに行くからな」

カツは肉と穀物を棚に戻し炉の上の壷を覗き込んだ。

おっかなびっくり指先で中のものをつまみ上げ、臭いを嗅ぐとそっと舌に載せた。煮炊きしたいい匂いが口に広がり、呑み込んだ。

二人は黙ってその残りを食べ、落ちていた槍を一本拾って東へ向かった。ここには誰もいないのが明白だったからだ。


エドはカドタの村の近くまで来ると馬を止めさせた。馬は激しくあえいでいる。

「油断するな。夜が明けているから、朝の早いやつらのことだ、すでに田に出ているやつもいるだろう。少し馬を休ませよう」

そう言いながら馬を降り、川があるはずだとその辺りを探させた。細い流れだったので海までは届かなかったが草むらからじくじくとした湿り気があり、少し入ると細くて浅い水が流れている。

兵士たちも両手でその冷たい水を飲み、馬も顔を寄せた。

「よし、あと少しでカドタへ入るぞ。馬に乗れ」

八人の男たちは装甲を締めなおして馬に跨った。今までのような速度でなく今度はゆっくりと進んだ。それでも十五分もしないうちにカドタの小屋や漁具などが散らばっているところまで来たが、不思議にしんとしている。

「変だな、ここにもいないのか？」

エドは今度は自分が先頭になって村に馬を乗り入れていく。突然、けたたましい羽音がして白い鳥が騒いだ、雄鶏だった。

「何だ、鶏か」

しかし、生きて動いているものはその雄鶏だけだったようだ。

「おかしいな？」

馬を降りて槍を持ち、手近な小屋に入る。中には何もない。

「やつら村を棄てたのか？」

だが、近くの田には黄色味を帯びた稲もあるし、土器や壷には底のほうではあるが食物などもあり、生活の匂いが完全に抜けてはいない。一時は小屋を焼いてしまおうと思ったが、少し様子を見ることにした。

「馬を一箇所に集めておけ。チョジは見張りに立て。ノヘ、お前は三人で小屋にある壷や食べ物を集めてここへもってこい。アダ、お前たちはここで火を熾せ」

その間、エドは甲をつけたまま丸太に腰掛けた。

「やつら、気づいているんだな。女や子どもをどこかに移して、男のうちの何人かがあの狩場で漁をしていたのだろう。残りが田に出ていないのが気にかかるが、いずれにしろバラバラに行動しているようだ。そのほうがこっちにとっても都合がいいことだ」

やや遅い朝飯を詰め込むと、壷などを持ち出した小屋に火をつけて回った。火を放たれた小屋は白い煙に覆われ、真っ赤な炎が葦で組まれた小屋を一瞬にして崩れさせた。

小屋は三つを残して焼け落ちた。


「くそ、やはり火をつけたな」

ハナツヒトさんは村が見渡せるところでセツたちと燃え落ちる村の小屋を眺めていた。

「小屋は残念ですが、やはりコカドタに避難していてよかったですね」

「うん、これで田に火を放たれたら厳しいが、多分そこまではすまい。あと二週間で刈り入れだから二、三日様子を見て百軒から人を回して刈りに来させるだろう。その間、彼らの何人がここに残るかだ。せめて四人以下になってくれるといいんだが」

「あの八人以外に馬がいますよね。おそらくあの馬にいろいろ積むとしても、残りは四人くらいになるんじゃないでしょうか？」

「半々ということだね」

「そうすると思います」

「よし、どうせここに長居はしないだろう。だがここを全て去ることは考えにくい。問題は見張りをどのくらい残すかだな。セツの言うとおり、せめて四人になってほしいな」

「四人だったら、装甲していても勝てますか？」

「四人なら勝てるだろう。だが正面切ってではワシらにも犠牲は出ることを覚悟しなければばならないかもしれん」

「仮にうまくいって四人倒しても、彼らが何人連れてくるかはわからないんですよ。もしまた十人以上で来たら、いよいよ危ないと……」

「確かに、百軒の兵士は何人いるのかわからないし」

「それでもすでに二十五人は倒していますよ」

「だが戦って倒したわけじゃないからな。それに百軒の過去から思えば少なくともその倍はいただろう。となると戻った連中をいれれば五十人から六十人は力があるということになる」

「……」

ハナツヒトさんは言った。

「ワシらだけではどうやっても百軒には勝てない。今、これをどうにかするにはムギバンタか、出来ればヒイに応援を頼むことだが、果たしてそれが可能かどうかもわからない」

「応援を頼むんですか？」

「うん。だがそれにはムギバンタにしろ、ヒイにしろ、それが彼らの国にとって、利がなければ、おいそれとは助けてはくれない」

「彼らがうんと言うにはどうしたらいいんでしょうか？」

「第一は、彼らが持っていなくて、我々が持っているものとの交換だが」

「そういうものがあるんでしょうか？　だって彼らはどちらも鉄器を作れるんですから、

ほしいものは何でも手に入れられるんじゃないですか？」

「そうなんだ。だが、彼らが欲しがるものを何とかして調べられればそれが近道じゃないか？」

「でも、誰がそれを？」

「ボク行ってみたいんですが……」

遠慮がちに声を出したのはショウだった。続いてノブとマサも小さく手を挙げた。

セツはそれを見て自分も行きたいという気が突き上げてきた。自然に体が震え、甲高い声を出した。

「なんだ、随分いるじゃないか。しかし、こいつは大変なことだぞ。これからワシの言うことを一晩考えてそれでもとなれば行ってもらうが、どうかね？」

ハナツヒトさんは大きな眼をさらに大きく開いて見渡した。

「まず、自分たちの一番の売り物、これを考えること。次にまだ見たことのないムギバンタとヒイの国の人がそれを喜ぶかどうかということ。そしてもし喜んだとすれば、それを何時までにどうやって運ぶかだ。いいかね？　もちろん相談してかまわないことだよ」

セツたちは集まった。

「ムギバンタは、ハナツヒトさんが持っていった鹿や猪の皮や肉で喜んで鉄器に換えてくれた。だが、それで彼らが兵士まで出してくれるかだが？」

「オイラもそう思う。皮や肉は彼らにとっては大事なものだろうが、そのために命は張らないだろう」

「土器はどうかな？　カマセのじいさんの焼き方は硬くて薄いが……」

「持っていくのか？　途中で割れちまうだろうし、第一、数を揃えられない」

「弓はどうです」

「弓や槍は彼らのほうが良いものを作れるだろうな。剣と同じ武器だから」

「じゃ、馬」

「おいおい、馬はオイラたちより百軒の兵士連中のほうが数も多いし、操るのに慣れているんだぜ」

「どうしたらいいんだろう。ムギバンタやヒイの人たちに会ったこともないのに。何が好きなのかなんて全くわからないよ」

「それじゃあ、ダメだ、何の為にお前は行くって言ったんだ」

「……カドタを守りたかったんだけど……」

「じゃあ、もっと考えろ。その気持ちを生かせ」

セツたち七人は一晩中考えた。いつしか誰からともなくこっくりし始め、朝の鳥がさえずるころにはぐっすりと眠り込んでいた。

チュンチュン　チッチと、やかましい鳴き声がセツたちを目覚めさせた。

平和な朝だ。

セツが起き上がると、ケンもショウも六人はそれぞれに目をつぶっていたが、どんな夢を見ているのか笑っているような顔、少し眉を寄せているもの、大きな口を開けているもの、それぞれが夜遅くまでしゃべっていた所為か、少しくらいのことでは起きそうにもない。

セツはじっとその寝顔を見ながら、ふと、ムギバンタやヒイの人たちも自分たちの仲間のこういう寝顔をいつも見たいんだろうなと思った。セツはどちらかというと寝坊のほうだったから、目覚めるとほとんどの人が起きて働いている顔しか知らなかったから、改めて寝ている顔を飽きずに見ていた。

ファーッ……。

大きな声を出してノブが短い太い手で伸びをし、丸い腹の横を何度か掻くと向こう側に体を動かしてまた眠り込んだ。

セツはみんなを起こすまいとそっと起き上がり、川へ顔を洗いに行った。冷たい水がすきっとし、鳥の鳴き声もいつもどおり樹の間から忙しなく聞こえる。

小屋では煙を立てないように少しずつ煮炊きをしていた。セツはそちらへ向かい、起きている人たちを見ていた。

カドタに比べると狭く小さい場所にひっそりと隠れるようだが、煙さえ見つけられなければ安心だ。

海まで少し離れているのが貝や海藻を採るのには不便だが安全には代えられない。その分、山に近いからキノコや山菜は小屋の周りにたくさん見つけられる。

だが田が出来ないから畑で代行しなければならないし、カドタの田も手入れの時期は終わったが、そのままでは何にもならない。百軒の兵士が残っていたら手も足もでないのだ。

セツは何故百軒はその武力でムギバンタやヒイには攻め込まず、東のカドタやその周辺にばかり攻撃をしかけてくるのかと考えていた。おそらく、ムギバンタやヒイは百軒が攻撃を諦めるだけの力を持っているのだろう。

その一つは百軒が欲しがる鉄器を製造できるからだ。もう一つは百軒より国が大きいことだろう。したがって百軒にとっては攻めて獲るより、交易で譲ってもらうしかないのは判る。

ではヒイやムギバンタは百軒の何と換えているんだろうか、ああ、そうかハナツヒトさんが、ムギバンタに行ったときは鹿や猪と交換したんだった。おそらく百軒の産物もそんなものだろう。

だが、そうなるとムギバンタやヒイの国は、なんにもそうしたものを持たないカドタの我々が行っても相手にもしてくれないのではないだろうか。セツは昨日の晩からの疑問に答えが出なかった。

「ほいよ」

不意に目の前に食べ物が出された。

「あ」

セツが見上げるとカマセのじいさんが二本ほど隙間のある歯を見せて笑っている。

「なんだか、深刻な顔をしているな。まだ答えが出ないんかい？」

「そうなんです。ボクら昨夜ずっと話してたんですけど、もともと何にもない村が助けてくれといってもダメなんじゃないかと……」

「何を交換したいと考えていたんだね」

「鹿や猪の肉や皮、米……あ、もう米は百軒にほとんど持っていかれてしまいましたが。弓矢、馬……そしたらそういうものは百軒やムギバンタの方が優れているって」

「確かにそうだな」

カマセのじいさんもそばに座り込んだ。

「ここにあるもので羨ましがられるのはこの景色ぐらいなもんだろうな。だが、こいつは持っていくわけにはいかないものだ」

セツはカマセのじいさんに言われて一緒に辺りを見回した。

山が迫り深い緑の木々に覆われ、人々が暮らしている、田や畑の仕事はきついし、収穫の季節になると敵の襲来に怯える、それでもその時は逃げるが、命があればまた同じように繰り返して子どもたちを育てている。おかげでセツたちも食べ物には事欠くこともあるが木々や動物に囲まれ、何とか明るい日々を過ごしている、こんな幸せな村はない。

セツは百軒の村は知らないし、ヒイやムギバンタの国の想像も出来なかったが、彼らも同じなんだろうな、そして自分たちより安全な国で、時には腹一杯詰め込んだりできるのだろうかとぼんやり思った。

「そうだ、カマセさんはどちらかの国に行ったことがあるんですか？」

「ヒイは知らんが、ムギバンタは何度か行ったな」

「どうでした？　ここと違っているんでしょう」

「そうだな、国はここより何倍も何十倍も大きい。だから人々は余り他人のことをかまっていられないんだ」

「どうしてですか？」

「余りに人が多いから、いちいち名前なんぞ覚えられんからな。それに田や畑も自分たちのものじゃないから、作るときに毎年人が代わったりすることがあるしな」

「何で、代わっちゃうんですか？」

「いろいろあるんだろうが、持ち主にとって一番安く働くのを使うのが得だからさ」

「え？」

「ああそうそう、ここでも田は村のものだし同じようだが、ここは狭いからみんなで助け合うが、同じように見えてもあそこはもっと広いから、東と西、あるいは南と北の端で働く人同士は顔を合わせることもないくらいだから、それは当たり前のことなんだ」

「じゃあ、誰がそれの合図や指図をどうやってするんですか？」

「ワシが見た時は太鼓を使っておったな」

「太鼓？」

「最初のころは木を叩いていたんだよ。そのうち木に獣の皮を張り付けたのを叩いていたもんだ。今でもそうやっているんだろう。あれはなかなか遠くまで響くからな」

「そうなんですか」

「そうだよ、トンと叩くと植え始めたり、トントンと叩いて終わりを知らせたり……」

セツはその太鼓の響きに合わせて見も知らない人同士が同じような行動をとることに不思議な面白さを感じた。

村ではそれが全部誰かの声で行われていたものだ。

やや沖でシイラを釣ったときのことを思い出すと、浜辺から出て行った船には手振りや狼煙で合図していたものだが、相手が見てくれなければなかなか伝えられなかった。もっともさらに沖に出てしまい、風の向きが逆ではそれほど効果があるのかは判らなかったが、ここではどこまでも聞こえるように思えた。

小さな村ではなかなか見られないようなことが沢山ありそうで、交換するものがなくてもその国自体を見てみたいという気が猛烈に湧き起こってきた。

「カマセさん、ボク、その国へ行きたいなあ」

「ふん、何にも持たないで行くってことかい。案外そんなほうが相手も安心するかもしれんなあ。そんなら鹿や猪の肉でも皮でも十分喜ばれるよ。仲良くなれれば何かいろいろ教えてもらえることもあるだろう。百軒を一緒に攻めようなんてことを言っちゃいけんがね」

セツはまずムギバンタの人たちと仲良くする為にはどうしたらよいかを六人と相談しよ

うと思った。自分たちが出来て喜ばれること。

それは有り余る若さを使うしかないような気がした。

「何だって？　普通の肉や皮で仲良くなる？　そんなことができるのか？」

「それに仲良くなって何かを教えてもらうといっても、まさか百軒を攻めるからとはいえないぞ」

「それに、肉や皮が余っているわけじゃない」

「うんいいんだ、どうせ百軒はカドタの米を狙うのもあと一回で、あとは来年まで来ないだろう。だからこれから鹿や猪を捕まえる時間はある。それから山すそを回ってムギバンタへ入ろう。時間に余裕があればヒイにも行ってみたいが、おそらく無理かもしれない」

ケンもショウも考えてもいい案が出なかったし、自分たちの若さを使うという考えには少し自分をくすぐられた気がしてうれしかった、ことによると却ってそのほうがいいかもしれない。

七人はそう決めるとハナツヒトさんたちのところへ行った。

「おう、考えたか？」

そこにはカマセのじいさんをはじめ、カカ、クシュ、ワカ、タケル、タネ、ヒコ、カツ、テシ、ソラなどみんなが座っていた。

カカたちは獣狩り、タネたちはキノコや山菜、雑穀探しで、カツとテシたちはカマセのじいさんに習って土器作りを予定していた。

「ふん、なるほど。それはそのほうがいいかもしれないな。国にはいろいろなヤツがいる。運が悪ければお前たちが相談した相手が百軒から来ていたんだったら、その晩にもお前たちの命は危ういだろう。確かに少し時間はかかるが、信用ということは大事なことだ、よくそこに気がついたな。それを忘れずにしっかりやってこい。三ヶ月ぐらいで成果が出せれば、十分春の田植えに間に合うからな」

ここで七人もいなくなったことがわかれば危険度は増すが、仮に田を焼かれてもコカドタが発見されなければ、かすかすでもどうにか持つだろう。春の田植えに間に合えば後は何とでもなる。

それから二週間の間に三度ほどカドタを探りに行った。稲は刈られていなかったし兵士の姿もはっきりとはわからなかったが、馬の嘶きが何度も聞こえ、二週間経ったある日に稲はすべて刈られていた。

残った小屋も三軒とも焼かれていた。

「ひどいやつらだ。いつか同じ目にあわせてやる」

カマセのじいさんは壊された壷のかけらを手に取っていた。

「セツたちはもうムギバンタに入ったかな？」

「まだ鹿を追いかけているころじゃないか？」

カカが辺りを見回しながら言った。

「田の畦を壊されていないのが救いだな」

そのころセツたちはやっと三頭目の鹿を仕留めたころだった。

肉は生では持ち運べなかったので捕まえる都度一日がかりで燻製にしていた。皮もきれいに剥ぎ、角は別に袋に入れておいた。

今度のオスも角が立派だった。肉は少し硬そうだったので薄く切り燻製に時間をかけた。

「量は大したことはないが何も全員に配るものではない。それよりも出来るだけ長く話をしたいから、もうこの辺でいいんじゃないか」

ケンが言うとみんなもそう考えていたようで、すんなりと決まった。再度、肉と皮や角などをきちんと袋に入れると、火の始末を終えて馬に跨った。

「さあ、行くぞ、出発だ」

どこまで行っても道はないが森がそう深いわけではなく、常に山が見えているので迷う心配はなかった。

特に昼は背に太陽を受けて歩き、夜になるとハナツヒトさんに教わった北の星を探した。

「いいかな、お前たちには最初すべて同じに見えるかもしれないが、そろそろ地平線近くに十分注意してみると、こういう形が見えるはずだ。それは一日や二日ではわからないだろうが、七日、十日と経つにつれて少しずつ上に上がって見える。いいかい、それがこう見えなければどこかで方角を間違えたことになるんだ。朝は東から陽が昇る。そしてその星たちが上がる方向が北なんだ。注意してみんなでよく見るんだ」

その星々は慣れてくると四角い形に棒がついたように大きな白い星が見えた。

「面白いものだね。ハナツヒトさんの言うとおり確かに同じ形に見えるね。他の星も見方によってはそういう形があるのかもしれないなあ」

「ほんと、あれなんか三つ並んで見えるよ」

「どれ？」

「ああ、あっちのほう東のほうだね」

「おう、本当だ確かにそう見えるよ。面白いなあ」

「だけど、いろいろ繋げるとあの四つがわからなくなっちゃっても困るよ」

「大丈夫だよ、北のほうで光ってるのはあれぐらいだからね」

「あのぼうっとしているのはなんだい？」

「どれだい？」

「ほら、あの真上にあるぼうっとしたやつさ」

「ああ、雲じゃないかな」

「でも昨日もその前もずっとおんなじ感じに見えたよ」

　視力が良いからじっと見ているとどんどん数が増えてくるのがわかる。いつしか北のほうも数え切れないほどの星で一杯になった。

　さっと白い光がよぎる。

「あれはなんだ？」

「あれって？」

「いや、消えちゃった。すぐ消えちゃうんだ。ほら、今度はあっち」

「わあ、見えないよ」

「どこから光るかわからないけど、何なんだろうな」

「オレも見たい。どこを見てるといいんだ？」

「わからないけど、見てればそのうち光るだろうよ」

「あ、ほんとだ、ほんとだ。見たぞ、でもほんの一瞬だね」

「どうして、あの月だけはあんなに大きいのに、他のはみんな点のようにしか見えないんだろう？」

「さあ、全然わからないな、何でだ？」

「ハナツヒトさんに帰ってから聞いてみよう」

「大体、夜空は子どものころには何だか知らないが、よく見上げていたんだ。でも大きくなるといつの間にか見なくなっちまうもんだね」

「ああ、意識したことはないなあ。意識しても別にどうにもならない」

「第一、あの光っているのが何なのかもわからないよ」

「そうだ、どうして同じように光っているんだ。昼間はみんなどこに消えちまうんだ？」

セツたち七人の若者が粗末ななりながらも、馬に乗ってムギバンタの国のそばまで行くと、畑仕事をしているものたちは顔や腰をあげて眺めていたが、誰も気にせずまた自分たちの仕事に打ち込んでいた。

それを見てセツは次第に羨ましさが募った。

「この国では、外からの集団にも余り警戒心がないようだね」

「うんオイラもそう思ったよ。カドタと百軒の間ではこんなことはありえない」

「なんで、ここの人たちは、オイラたちを見ても平気なのかなあ」

「装甲していないことが第一じゃないか？」

「ああ、そうかもしれない。じゃあ、それが本当かどうか、今度会った人に聞いてみよう」

だが、畑仕事のようなことをしている人たちは遠すぎたし、近くに人も見かけなかった。

やがて、盛大に炊煙が立ち昇る大きな村が見えてきた。刈り取られた稲がいくつかぶら下げられている。

その空いた土地に大きな白い鳥や茶色い小型の鳥がしきりに頭を土に上下させている。ときどき小さなすずめかムクドリのような集団が一斉に舞い上がったり、上空を回っているのがやかましい。

村の入口まで行くと数人の屈強な男たちが槍を構えていた。

「止まれ！」

「お前たちはなんだ。どこのものだ。何をしに来たんだ」

中の浅黒い男が太い声を出した。目は鋭いが敵意はなさそうだ。

何から言っていいかわからなかったので、セツは先頭に立っていた所為もあって、一度後ろを振り返ると、ケンやショウが話せといわんばかりに頭を上下に振った。

　セツは男たちに向き直ると、自分たちがここから七日ほど離れた海岸からさらに東へ五日ほどかかるカドタという小さな村から来たので、肉や皮を交換したいと言った。

　男はそれを聞いてとりあえず持っていた槍を小脇に抱えると、後ろの馬のそばまで行き、この積んでいる袋がそれかと尋ねた。

「荷物の割にお前たちの数が多いな。本当の目的は何だ」

　セツは、決して迷ったわけではないし、まして危害を加える気はなくできればカドタのことを知ってほしいと言った。

「なんで、そんな遠くの村のことをオレたちが知らなければならないんだ？」

「助けてほしいからです」

「何？　何を誰が助けるんだって？」

「私たちの村、小さな村なんですが、助けてほしいんです。そのためにボクら来たんです」

「ホウサン、何だか判らないが特に武器を持っているようでもないし、持っている武器は取り上げて村に連れて行こう」

「ミヤの言うとおりかもしれんな。こいつらはまだ若いし、何か事情もありそうだ」

　ホウサンと呼ばれた男はセツたちに馬から降りて、素手のままついてくるように言った。

「馬と槍はここにおいていけ。コイ、ヌキ、お前たち馬を小屋のほうに連れて行け」

　セツたちは相手が話を聞いてくれる素振りを見せたので、内心ほっとしながらホウサンという男についていくことになった。

村は思ったより大きく、萱で葺いた家の造りはカドタと似ていたが、数は十倍かそれ以上あった。なかでもところどころに建つ二階建てのような高い小屋は特に目を惹いた。

「あれは何ですか？　どうして空中に浮いているんですか？」

「あれ？　どれのことだ」

「あの小屋です」

「ああ、あれは穀物や、村で必要ないろいろなものを入れてあるんだ」

「どうして、あれだけ空中に浮いているんですか？」

「ネズミにやられないようにさ」

ホウサンは見かけより気さくに答えてくれた。

「何で、ネズミが入れないんです？」

「あの柱の真ん中の上のほうに丸い板があるだろう。下から柱を伝ってきたネズミは、あれがあると上に行けないんだ」

「はあ、そうなんですか」

「ネズミ返しといってな、ここらでは当たり前のものだ」

セツにはそう言われてもすぐに理解しにくかった。

村では穀物は壷に入れてあるのがほとんどで、そんな大きな小屋に貯蔵するほど収穫が翌年まで残ることはなかったからだ。見つかり次第百軒に持ち去られるから、家々の土間やあるいは森の中などに隠しているほうが安全であった。

その小屋一つ見てもこの国がカドタなどとは大分暮らし方が違うと思わざるを得なかった。そんな国だから、百軒も何か品物を持って交易するしかないのだろうと、だが百軒が武力を以て攻撃してこない以上、ここの国の人々にとって見も知らない東のちっぽけな村のために何かしてくれるとは到底思えなかった。

攻撃を期待してきた七人にとっては、やや拍子抜けに近かった。そう感じ始めたセツは少なくともこのムギバンタやさらに強国のヒイが、百軒にこれ以上鉄器やそのほかの武器、あるいはなにかしらの攻撃的材料を与えることだけは防ぎたい。

ムギバンタは少なくとも近在では一番裕福で大きい、そうした国がカドタのような貧しく小さい村にどういう興味を持ってくれるのかを考えると気が重くなった。ホウサンについて歩きながらセツは次第に寡黙になっていった。

二階建てに見える大きな小屋の先にもう二つまた大きな小屋があった。

「さ、入れ」

そう言うとホウサンは三段ほど丸太を積んで、地面より少し高くなった手前の小屋に入っていった。明るい外からでは中は真っ暗に見えたが、目が慣れると中に随分多くの人が座っている。

「どうした、何だ、その連中は？」

手前の右手からやや野太い声が聞こえた。

「ここから十二日ほど東に離れた、海沿いの村から来た者たちです」

「ほう、そんなところから何をしに来たんだ。今は、狩りの季節で人がほしいだろうに」

「見たところ数がいそうだが何人いるんだ？」

「七人です」

「そこに座れ」

セツたちはホウサンの指示通り真ん中よりやや入口寄りのところに座った。

座ったところは何か敷いてあった。座った感じでは丸太の隙間に藁や何かを敷き詰めている。地面を硬く突き固めたセツたちの竪穴と違って、暖かく柔らかい感じがした。

セツたちは順番に名を名乗り、男たちの問いかけに答えた。

裕福な国のものたち特有のおおらかさが小屋全体を覆い、遠い地からの若者の訪問に興味を持っているような接し方で、時々は笑い声もあがった。

セツは一番気になっていた百軒がこの国に対してどういう接触をしているのかと聞くと、アカボと呼ばれた眉毛も顔も長い老人が、何か百軒と諍いでもあるのかと問いかけた。

「実は、私たちがここに伺ったのはそれなんです。私たちの村は東のカドタという小さい村ですが、本当はそのさらに奥の名もない森に住んでいるのです。猪を追って狩りをしているうちに道に迷い、カドタに出ました。私たちはそこである人に出会い、その人からいろいろ教わる為に村から二年ほどの予定でカドタに移ったのでした。ですが、そのカドタでは土器作りや、田、畑、弓、矢など生活に役に立つことを教わっている時に、百軒からの攻撃を受けて、生活が破壊されてしまいました」

「この攻撃は収穫の時期に必ず行われてきました。そして彼らの槍や剣が鉄という非常に硬くて恐ろしいもので出来ていて、私たちの何人かは殺され、あるいはそのまま毎年何人も連れ去られていたんです。小さな村では子どもすらなかなか育ちにくいのに、そうされては村は遠からず滅びてしまうことがわかります」

「ふむ」

「私たちはその人が鹿や猪の肉や皮を持ってくれれば、ここで鉄器を手に入れることができると言ったので、当初はそうして私たちも鉄器を得たいと思ったのです。ですが、百軒にはさらに馬と装甲というものがあり、少人数の私たちが鉄器を得たとしても彼らを防ぐことは難しいと思いました。それで、彼らが怖れるここの人に助けてもらおうと思ったのです」

「ふむ、だが、ここは百軒とは諍いがないし、すまんがお前たちの希望に沿うことは現在では考えられないのが答えだ」

「私もここへ来るまでの道でわかりました」

「ほう、なにがだ？」

「この国は大きいだけではなく、何かがあると感じたからです。何か私たちのところに似たようで、遥かに大きく深いものが。今それが何かを掴み取れればと思っているのですが……」

セツはそう言って唇を噛みました。

アカボはじっとそれを見ていました。

「お前、セツと言ったな。お前が探しているのは掟のことではないかな。人が集まれば互いに相手を知りたがり、自分の思うようにしたいと思うのが当たり前のことなんだ。だが、何を以て相手を屈服させるかは昔も今も力だ」

「力？」

「力というのは強い、乱暴なものとは違う、その簡単なものが老人と赤ん坊だ」

「は？」

「お前は自分の年老いた父親をどう思う、また自分の小さな弟や妹を見てどう感じる？」

「……」

「力ではお前のほうが上だ。しかしお前はその二つを攻めるのではなく、守ろうとする心があるだろう」

「はい」

「と、いうことはお前より老人や赤ん坊のほうが力があるということになる」

「え？」

「わかりにくいか？　力はお前の腕や脚に満ちている。だが同時に心もお前の体の中にある。腕や脚をどう動かすかは、お前の中の気持ち次第だ」

セツはアカボが何か大切なことを言っているとわかった。

「老人であっても、お前の父親でなく敵であった場合はどうかね。赤ん坊もお前の弟や妹でなかったらお前はどうする？　見捨てるか？」

「自分の知っているものであれば、助けます」

「知らなかった場合は？」

「わかりません」

「はっきり敵だった場合は？」

「……」

「それが老人や赤ん坊でないときにお前はどういう行動をとるのかね、その行動はどういう気持ちがお前を納得させるのかね？　単純に言えば一番簡単なのはお前の大事なものを獲ろうとお前を攻撃してくる見知らぬ大人が相手の場合だ。しかもそいつが差し迫った飢えに襲われていたのではなく、そいつの快楽のためだったら？」

「たとえ、自分より強くても戦います」

「そのときの力は腕力だな。つまり肉体的な力だ。お前がわかる形の力だ」

「お前が百軒と戦うときはその力しか見ていない」

「でも、そうするよりほかに……」

「そう、だが、お前はこの国で違う力をいくつか感じ始めたのじゃないかな？」

セツは力を使う前に何かあるのかもしれないと思った。

「まず、お前はここでワシから何かのもの、たとえばその鉄器だ。それを獲ろうと思ったとき、どうする？　ワシは見ての通りの老人だ。本当に必要なら有無を言わさずそれを獲りにくるだろう」

「……」

「だが、その若い力を持ったお前を押さえつけているものはなんだ？　それをお前は考えたことはあるか？」

　そう言われるとセツはその老人の言うとおり、その鉄器が欲しくてもいきなりそれだけを奪うことはしないと答えた。

「そう、お前にそれをとどめさせたものの一つが、ワシの周りにおるものたちの力だ。その次にその数もある。お前が自分のためだけなら一本の剣でたいていのことが出来るだろう。だが一本で多くのものたちに挑むことはできない。つまりお前の心の中で、お前の欲望を抑える怜悧な判断が湧いたのだ。得るものと失うものの加減だな、これが第二の制御、力だ。さらにお前はもし奪えないなら、何か自分の持っているものと交換できないかと考えるだろう。それは交渉という力だ。そのほかにもお前の前からの経験やこれからのことを推測する力、またお前だけでなくお前の仲間にもそうしたほうが良いという伝達の力など、腕や脚といった肉体以外に多くのお前の心の中にある力が、それを抑える。これを誰にもわかるような形にしたものが掟だ」

「掟……？」

「そうだ。誰しも自分を可愛がりたい気を持っているのが当たり前なのだ。そして自分の欲望だけ通すことは難しい。先ほど多くのものが集まって暮らす場合の基本が掟だとワシは言った」

「はい、自分がそうしたければ相手にもそうしてもらいたい。自分だけで腕力を使うことはみんな、村全体の役には立たないと、こう考えてよいのでしょうか？」

「まあ、ほぼ合っている。だが武器を持った餓えた相手にそれで対抗できるか？」

「できません」

「そうだ。ではその時はどうする？」

「自分たちをより強くします」

「だが、そう思ったお前たちの村は、そうはいかなかった」

「はい」

「それで、お前たちは百軒と話し合う前にワシらにそれをさせようと思った」

「そうです」

「だが、お前たちがここで見たこと聞いたことはお前たちの村に帰っても何の役にも立たないぞ。今のままではな」

「そう思いました」

「で、お前たちはこれからどうするのだ。さらに北の大きなヒイへ行くか？」

「いえ、行きません」

アカボの爺さんは笑った。

「少しわかってきたようだな。お前の友だちはどうかな？」

そう言うとショウたちを順番に眺めた。

「私も、ここにおいてください」

「私も」

七人はすべてそう言った。

アカボは真面目な顔になり、ホウサンに国のいろいろな基本を教えてやれと言った。

翌朝、ホウサンは二人の男と一緒にあの高い床のある小屋の下で待っていた。

セツたちは少し眠かったが朝の冷たい水を浴びると身がしまった、この小屋に入る前は必ず沐浴をしなければならなかった。

この小屋は丸太の段数も十段ほどあり同じような小屋の中でも特に高かった。中は昨日の小屋のように薄暗かったが正面に何かの棚がしつらえてあって、左右に何かの葉が飾られていた。

ホウサンはその前で頭を下げると両手をパンパンと勢いよくはたいた。セツたちも見よう見真似で同じようにした。

十人が終わると少し離れたところに車座に座るとホウサンが話し出した。

「まず、この国でもお前たちの村でもどこでもそこの神に敬意を持たねばならない。神は目に見える形はしていないが、その意志は行動に表れるものなのだ。動こうと思えば風になり、声を出せば雷鳴や地鳴りともなり、また犬や鶏の形でもその意志を伝えることができる。それを神の意志として受け取れるかどうかはお前たちの心がけ次第なのだ」

「心がけ？」

「その心がけがなければそれはただの風になり、鹿の声で終わってしまうのだ。それを自分の耳で聞く前に、自分の心で聞く為に、こうして毎朝、身を清めることが最初だ」

ホウサンはただ形式的に自分の真似をするのではこれからのすべてにおいて意味がないと言った。

「お前たちが心底なにかを掴まない限り、ここで得たことはどこにいても、何時であっても、何に対しても何の効果もないことをよく考えることだ」

それは無心という形を取れということだったが、それがわかっても逆にそうなれないことが難しかった。

「無心……」

ホウサンは小屋の中に入ると奥に行き、両手に何かを抱えてきた。彼は立っているセッたちにそれを渡し、着てみろと言った。

白い麻でできた上着は膝の下まで覆い腹のところを同じ麻の紐で軽く結んだ。軽く風通しの良い肌触りとともに、何かすきっとしたものを感じた。

ホウサンはそれぞれが異なる体格をしているのをニコニコしながら眺めていたが、全員が着替えると両手を広げた四角い木の桶のようなものの横に招いた。

そこには白い砂が敷かれて木の棒と平たい板があった。そこの周りにセッたちを座らせると、その長い棒を持って砂に線を描いていった。

セツたちはホウサンが描き終わっても黙っていた。

「これが字というものだ。今はまだ数も少ないし、わかるものも少ない。だが、これほど役に立つものはない。何故だかわかるか？」

「いえ？」

「お前は、誰かに出来事を話すときにどうする？　たとえば、明日、鹿狩りに行くといったようなことだ」

促されたショウは当然といった風に明日鹿狩りに行くと答えた。

「ふむ、では、そのとき一緒に行くべき相手、そうケンがそこにいなかったときはどうする？」

「ケンが戻ってくるまで待ちます」

「ではそのとき、誰かがお前を呼びにきて、そちらに行かなければならない場合は？」

「誰かに頼みます」

「頼むものがいなかったら？」

「戻ってきて言います」

「戻ってこられない場合は？」

「鹿狩りの日にちを改めます」

「日にちを改めた結果、鹿がさらに遠くへ行ってしまったら？」

「いろいろ言ったのは、何もお前を困らせる為に言ったのではない。そこに誰もいなくてもそこにお前がいるのと同じ役目を果たしてくれるのが、この文字というものなんだ。いいかな、これが鹿だ。で、これが明日。そしてこれが狩りを意味する。これをみんなが知っていれば、いちいち触れ回らなくても済むのだ」

セツたちはその砂に描かれた模様を再度眺めた。

「これが鹿ですか？」

「そうだ。それを鹿とみんなが思えば、それは鹿ということを表すのだ」

「では、これは？」

ノブが指で砂に何か描いた。

「？」

「これは？」

「こいつはウサギだよ。ほらこれは耳だ」

「そう、それでいいんだ。だがみんなが同じように、そんなにうまく描けるかどうかが大事なんだ」

「そうだよ」

あまり絵のうまくないマサが口を尖らせた。

「こうやって耳をうんと伸ばせば、誰が見たってウサギだろ」

「丸いのが三つも四つもあって、なんでこれがウサギなんだ？」

「一応、ウサギはこうなっているんだ。出来ているものはそれを覚えなくちゃいけないが、まだのものはなるほどと思えて描きやすければ、最初に創ったものが強いかな」

いくつか描いて見せたが一番判ったのが蛇で、馬と牛はなかなか判別できなかった。

三日目にはホウサンは砂を均し、今度はマルをいくつか描いた。

「これは？」

「これはこの辺りのものを表したものだ。このマルが一つ一つの村や国を表している。つまり、このマルがここムギバンタだ。これがお前たちのいう百軒だな。そしてこれがヒイ、これは栢山で、これがカゲ。大きなところでは大体こんなところだ」

「大きいというと、どのくらいを言うんですか？」

「そうだな、ここが二百だし、ヒイは五百ともそれ以上超えるとも言われている」

「百軒は大きな国なんでしょうか？」

「いや、あそこは大きくはない。それにこれらと違って、あそこは田を作るには不適な場所だからな。だから戸数は百軒と称しているが、実際には移動を繰り返しているから、もっと少ないところだ。おそらく七十軒程度ではないかな」

「この線はなんですか？」

「これは道だな。これを伝っていけばそれぞれの村や国に出る。これは同じ線のように見えるが河を表している。これは山、そしてこれが森だ。これぐらい知っておけば道に迷うことはない」

「どうやって持っていくんですか?」

「こうしたものに写していくんだ。だが、たいてい一回の旅でみんな薄くなってしまうがね」

四日目にホウサンは少し難しい顔をしていた。

「いいかね、みんな。昨日までは字や地図を見てきた。これらはこれからドンドン新しいことが補充されて使いよくなってくる。だが、今日は村や国の掟を知っていかなければならない。そう、四日前にお前たちがアカボの爺さんと話したことだ。目に見えないものをどうやってみんなの目に見えるようにするかの大切なことだ。その代わりそれを知っておけば役に立つことなのだ」

ホウサンは続けた。

「掟、簡単にいえばみんなが守らなくてはいけないことを言う。これはそう難しいことではないが、もし誰かがこれを破った場合そのものだけではなく、その家族や村全体、ひいては国に被害が及ぶこともある、恐ろしいものなのだ。だが、それは多くが目に見えないのだ。何故ならそれはお前たちすべてのものの心の中を表しているからなのだ」

心の中を表していて目には見えないが大事なもの、もしそれを破ったら自分だけでなく他のものにも被害が及ぶという。

「国にいる以上、お前たちもその掟に従わねばならない。たとえそれを知らなかったとしてもだ。それを破ったとき、お前たち自身でそれを償わなければならない。極端な場合はその命でそれを返さねばならないこともある。だが、掟を守っている以上、他の多くのもの全てがお前を守る」

　セツはホウサンが言いかけたことこそ、アカボの爺さんが持って帰れば役に立つと言ったことだと思った。

「いいか、どんなことでもみんながわかって作ったものだから、それは基本的には正しい取り決めなのだ。そしてそれを守ることは、お前たち自身をみんなで守るということにほかならない」

「それはどんなものなのですか？」

　ホウサンはそれからいくつかのことを話して聞かせた。

「一つ、人を傷つけてはいけない。一つ、他人のものを盗んではいけない。一つ、ウソをついてはいけない。一つ、怠けてはいけない。一つ、……」

「どうだね、これらのことにお前たちもそれぞれ思い当たるだろう。それは多くの人が暮らす最低守らなければならない考え方なのだ。その上にお前たちの村で考えた大事なことを加えていけばいいのだ。そして、それを守らないものがいたときはどうするのか、これをきちんと守れば、次はそれを守らないものたちが来た時に、どうやって守っていくかがわかることになる」

「一番はそうした相手と同じ気持ちになることだが、所詮離れて暮らしているものが相手を知ることは難しい。どうしても欲望のほうが先に出てくるものだ。欲しいものをみたらすぐにでも自分のものにしたいと思うのが当たり前だ」

　みんなは頷いた。

「では相手がそれを守らなかった場合はどうするか。ショウ、お前ならどうする？」

「ボクですか……？　えーとよくわかりません」

　突然、名指しされたショウは少しどぎまぎしながら答えた。

「お前は？　ケン」

「ぼくは戦います」

「一人でか？」

「一人でもです」

「そうか、ではそうしたケンが戦っているのを見て、お前はどうだ、ショウ」

「ケンを助けます」

「どうやって？」

「相手が素手なら素手で、武器を持っていれば武器で戦います」

「そうだな、たいていはそうする。それが普通の気持ちだ」

「そうした二人や三人の諍いならいずれ終わる。だが負けたほうはさんざんな目に遭うだろうし、その場合は恨みも長くなるだろう」

「そうしたわだかまりは、いずれ恨みとなって心の中に重苦しい塊となって残る。いつかはそれ以上の仕返しをしたいと思うはずだ。もし、周りのすべての村とそうなったら、田や畑どころではなくなる。お互いの村が滅びていく。働く男たちが怪我や死んでいなくなれば、残されたものたちもいずれ後を追うか、悪くすればその前に相手の村へ連れ去られてしまう」

セツはその通りのことが行われたのだと言いたかった。

「村や国のものが協力するのはどこでも見られる。だが相手はそうしたこと、略奪や殺戮を初めから目論んでいるものなのだ。だから最初から武器を持って攻め込んでくるし、それを簡単に防ぐことはどこでも難しい。そうしたことにだけ力を注げば当然、収穫は以前より減ることは致し方がない。さらに的確な訓練を受けていなければ、戦いというのは仕掛けたほうが必死なんだ。一方守るほうは様々なことに気をとられてしまう。それはその生活している村そのものが戦場になってしまうからだ」

ホウサンはそこまで言うとぐるりとみんなを見渡した。

そして今度はセツに向かって言った。

「お前ならそれをどうやって防ぐ?」

セツはホウサンの強いまなざしを跳ね返すように見ながら言った、ゆっくりと。

「まず、そうした敵を味方に出来るようにしたいと思います。ですがそれは、ほぼ不可能だと思います。ですから村の安全のためには、敵が何時来ても最低限の被害で済むよう村を分けておきたいと思います。そして一方の拠点では強い若者たちを集めて、油断して戻る相手を襲います」

「ふむ、なるほどそれも効果はある。ただしある一定のな、彼らが二度三度攻めてきたらどうする？　それで大丈夫か？　本当に隠れ家を見つけられることはないのか？　どうやって若者たちがいない村で田や畑、あるいは狩りや漁が可能なのか？」

セツはまだ当面のその場だけでの対応に拘っている自分を実感した、だがこれ以上何か良い考え方があるのだろうか？

「まず、若者たちを使って戦う集団を作る考え方は間違っていない。だが、常に彼らがそれをやっていては田や畑、そのほか彼らの力が必要な時に間に合わない。ではそのためにはどうしたらよいか、敵が来てからでは遅い。まず、相手がどこにあってどういう行動をどんな時にどう起こすかをよく調べておくのだ。それには常に今回お前たちがやったように、何か物産を持って定期的にそういった村や国を訪ねておくことだ。そして、村から離れたところに目立たないような見張台を用意しておかねばならない。そこからの知らせによって、敵より早く武装を整えなければ勝ち目はない。すなわちそれは時間だ。敵の攻撃の特徴を実際に捉まえておくことだ。これはなかなか難しいが、相手が馬に乗っているのか徒歩で来るのかで、大体その攻撃方法は推定できる。馬が主ならできるだけ村の周りに溝や柵を作っておくと役に立つ。徒歩なら弓矢に毒を使用すると効果が高いものだ」

ホウサンはそう言いながら本当はこうした戦い方よりもっと別の方法もあると言った。

「その一つは村同士、国同士の連携だ。これは戦力が簡単に倍にも三倍にもなる。だが……」

「だが？」

「難しいのはその連携した村や国が信用できるかだ。信用できるなら良いが、そうでないと今度は敵より簡単に村や国を乗っ取られてしまう恐れがあるのだ。さらには、敵が欲しがるようなものを持たないことになるが、それではだめだな。むしろ敵を味方にする工夫をするほうが良い。それは……」

「それは？」

「アカボの古老が言われるように、相手の心の中を変えてしまうことだ。だが、これは非常に難しい。お前たちが味方同士であっても、全てのことに同じ気持ちを持つことができないように、いくら一緒にいようが自然にそういう感情が起きてくるのは限界がある、狭い狭い範囲なのだ。だから、お前たちも狩りや畑といった共通の利益のために、相手と共同して時間や力を割いているだろう」

「はい」

「それはそうすることが一番目的に近づくことが判っているからだ。だが、少し離れた違う村や国のものたちと、そうした作業をする機会もなければ、そうする気すら起きるものではない。そう共通の目的、利益がないと思っているからだ」

「はい」

「だがな、もう一度これを見てみろ」

みんなはまた砂の上を見た。

「いいかね、ここがムギバンタで、これがヒイ。四つの国があるが、何か気づいたことはあるかな？」

「あの……」

「なんだ、わかったか？」

「ここには百軒もぼくらの村もないんですが」

「そう、そこが大事なところだ。だが、なぜ大事なところなのか判るか？」

みんなは黙った。

「こうすれば、わかるかな」

ホウサンはさらに小さな、小さなマルをいくつか描いた。

セツはあっと思った。

「ボクらの村……ですか？」

「ふふ」

続いてショウが聞いた。

「じゃあ、この中のどれかが百軒ですか？」

「そうだ、ワシの言う意味が少しわかってきたようだな」

ホウサンは長い棒を置くとみんなにもう一度この中を見て考えてみろと言った。

「お前たちは百軒の襲撃に対し、ムギバンタに応援を頼みに来たわけだ。それはお前たちにとっては当然そう思うだろう。だが百軒にとっては攻撃する村はお前たち以外にもこれだけあるわけだ。みたところ百軒は孤立している村を順次襲っているのがわかる。ではどうするかだ。お前たちが考えたとおり、他の村と手を組むかだ。それには先ほど言ったとおり、その村と共通の利害がなければならないし、それを説得して信頼させねばならない。さらに説得に成功しても、その村にそれだけの戦力があるか、手助けに行くのか、それとも来てもらうのか、はたまたそうした際の場所や人数、さらにはどちらの村の命令に従うのか、簡単に協力といってもいろいろ解決しなければならないし、それがもめた場合、百軒にそれを伝えるような動きもあるだろう、さてそれでもそうした連携をするかね？」

セツはこうした場合、ハナツヒトさんならどうするだろうかと考えてみた。

ハナツヒトさんはすでに何回かこの国へ来て、鹿や猪と交換に鉄器をいくつか村に持ち帰っている。そのとき、何か話をしているだろう、どんな話をしたんだろうか、ひょっとして、このホウサンを知っているのか？

「あの、ホウサンは、ボクらの村の人と話をされたことはありますか？」

「お前たちの村、カドタのか？」

「はい」

「いろいろな村からよく人がここには来るが、カドタのなんていう人だ？」

「ハナツヒトさんといいます」

「うーん、一寸思い出せないな」

「体が大きくてよく笑う人です」

「あ、そうそう。それで頭の毛が薄くて茶色っぽいんです」

「体が大きくて頭が茶色で薄くて、それでよく笑う？」

「あの人じゃないですか」

ヌキが言った。

「ほら半年ほど前、今年の春に一人で熊の皮を何枚も持ってきた人がそうじゃないかな」

「熊の皮？　ああ、そういえば陽気な話し方をする大きな男か。そういえば頭が薄かったな。思い出した、思い出した。ああ、あの人がハナツヒトさんというのか、頭のいい男だった。残っていればこの国でも主のプウチさまやポポに次ぐまではいくだろう人だ。そうか、あの人がお前たちの村の長か」

ホウサンはハナツヒトさんのことに話が及ぶと、戦いの種類とその考え方をさらに進んで教えてくれた。

「先ほどまでの戦い方や見方は村同士と言っても、個人のけんかのようなものだ、どっちが勝っても何度か繰り返す。つまりそこにある大元を互いに理解できないからだ、まあ犬のけんかに近いといえば判るだろう。互いに腹を空かせた犬が小さな肉を前にしているようなものだ、その肉が十日に一度目の前に出されたときは互いに腹がぺこぺこだ、それを取り合うしか考えない」

だがな、とホウサンは言った。

「相手の犬と戦って勝つか、肉そのものを増やすというのもある。さらにはその相手の犬ころがだ、自分が犬のままではそれをどう解決できるかわからない。犬の気持ちのままではな」

「自分たちの村の気持ちの中からそれを取り除いて考えなければダメだ。その気持ちという意味が判るだろう。相手と同じ目線ではものごとは肉体的力には勝てないということだ。何故、ワシがこうくどくど同じようなことを繰り返しているのかは、つまりこうやってお前たちが話を聞くことによって、自分たちで解決しなければと思うことを願っているからなんだ」

昼飯を食べながらセッたちはいろいろ話したが、肉の代わりや肉そのものを嫌うようにする具体的な方法や手順を繰り返し考えた。だがそう簡単には良い思いつきなんぞ出てくるものではない。

食後はそれぞれ気に入った木陰や床の下でうとうとしていた。

「毒を盛ったことは戦い方としてはどうなんだろう。やはり不意討ちという悪いやり方なんだろうか。それとも、槍で突き刺すのとどっちが良いんだろう。どちらも相手が苦しむわけだし、力では逆にこちらがやられるんだからな」

ケンがショウと話しているのがうつらうつらと聞こえる、腹も一杯になり風も心地良い。眠さが体を取り巻いていく、いつしかセツはぐっすり寝入ってしまった。夢の中で自分の好物を探してやるのもあるだろうし、相手が肉自体を好まないようにする手もある。とが何か咥えている。

呑み込もうとするが口に溢れて噛むこともできない、それは次第に大きくなり見ている眼を覆うように広がってきた、吐き出そうと思ったが今度はのどに引っかかったようで息が苦しい、手を使おうとしたが手は空を切るばかりだ。

何とかなるかと頭を振った。頭の周りにそれがぴたんぴたんと音を立てて当たる、痛くはないがそれは今度は体に巻きついてくる。

いつの間にか身動きもままならない、このままでは意識がどこかへいきそうだ、なんとかしてくれ、誰か助けてくれ。不意に肩からそれが落ちた、息が出来たと同時に息を吸おうか吐こうかわからなくなり、思わず噎せた。

「おいおい、いい夢を見てよだれなんかたらして、まあ」

どこかで聞いた声がする、誰だろうか眼の周りにへばりついていたのが剥がれると同時に、まぶたを恐る恐る開けてみた。

「ふふふ、起きたか」

マサが指先で額を弾く。セツはゆっくり起き上がるとマサの言うよだれをぬぐった。

「いい気持ちそうで、起こして悪かったな」

「あ、いや、いや、やあ……」

セツは照れくさげに眼を擦った。

「何を見てたんだ？　さっきから見てたら面白かったぜ、口をぱくぱくした後、手をこう振るんだ。誰にもやらないぞってね、それでつい起こしちまったよ」

人の夢の話では大して面白くないが、仕草が見物だったよとくすくす笑う。

セツは覚えている夢を思い出そうとした。何かを咥えたらそれが段々大きくなって体に巻きついて身動きがとれなくなりそうだったことを言い、決してよい夢ではなかったと話した。

「何だ、夢ン中でもさっきの肉の話か。それで夢の中では肉が逆にお前を食いにかかったってわけだ」

「そうなんだよ、どうなるかと思った助かったよ。でも咥えたのが肉じゃなかったようだ、第一味も何もしないし」

「夢には色も味もないからな」

セツは肉と思ったのが実は違うものなのかなと思った。そう思うほうがいいような気がした。

では、それはなんだろう？　肉が自分にまとわりつくのはおかしい、確かに生きているように何かの意志を持って覆ってきたようだった。

「まるで敵みたいだったな、怖かったし」

敵であったら小さくてもいきなり仕掛かっては危険だって？

そう、ホウサンも言っていた、相手を見極めよってね、相手がどのくらいの力を持っているかを常に交流しながら調べておけって、うん、これはそういうこともあるかな。

自分だけではなかなか取れなかったけど、誰かが一寸触っただけで取れたのも、協力することと同じだな。

大体、その咥えてみたものの中身すら知らないで咥えたことも反省だったよ。どうもそういう点がまだまだ不足しているな、自分の周りのこともよくわからないのに、いきなり若いのだけで百軒を一緒に攻めたいなんて言ったのは随分恥ずかしいことだ。でもアカボの爺さん、古老で一番えらいとかホウサンが言ってたがその人も誰もボクらの無知を笑わなかった。

セツはそんなことをマサに話した。マサもその通りだと言った。

さあてそれから七人は頭を寄せ合った。

まず百軒をどう見るか、今までのことから見ると敵だし現在でも味方ではない、ではこれから先はどうか、敵のままかずっと先はどうなるのか？

百軒以外にもそうした村や国が出てくる恐れはないものなのだろうか。カドタやコカドタ、さらには小さな巻向などはそれに対してどうしていったらいいのか、第一今でも七十軒くらいじゃないかとホウサンは軽く言ったがそれでもカドタの三倍以上だ、今後カドタに子どもが出来てもその差は縮まることはない。戦うには人の数だけでなく馬や鉄器、さらには個人同士の力の差が思っていた以上の開きがあった。

「それでも、戦うか？」

「仕方ないだろう。でないといつかは飢え死にしてしまう」

「だが、正面きって戦う力はないぞ」

「前にやった毒は効き目があった。オレたちは誰も傷つかなくて二十人を一晩で倒した」

「あれは偶然だったと思う。何故なら彼らにとっても初めてのことだ。現に、二度目には誰も飲まなかったじゃないか」

「それに、オレたちが獲れる鹿や熊の数はたかが知れているから、簡単に鉄器や馬は手に入りにくい」

「そうだ、それに入ったとしてもどうやってオレたちが百軒の兵士に立ち向かえるんだ？」

ひとしきり戦いの背景を言い尽くすと何分かの間、周囲のざわめきだけが耳に聞こえた。

「百軒の連中でも、自分の子どもや老人は大事にしていると、アカボの爺さんもホウサンも同じように言っていたなあ。自分の味方は襲わない」

「それは当たり前だろ」

「うん、その当たり前の策を我々が考えたらうまくいくんじゃないか？」

「どういうことかな？」

「前にあの砂の上でいくつかマルがあった、大きなのが四つ小さいのがいくつか」

「ああ、あったな、百軒もカドタも入っていなかったけど」

「そう、百軒にとって、あれを見たときにどう思うか」

「え？　どう思う？」

「うん、そういう村が辺りに多ければ、そこで何かが取れるころを狙って攻撃を繰り返すか、辺りを集めてより大きくなるか、どっちを考えるんだろう？」

「どうだろうね、大きくなることは望んでいるんだろう」

「だが、あの描かれていた四つの国は大きいぞ、それに比べると百軒はまだ小さくて、稲すら作れない村だ。それが周りを集めて大きくなったら、その前に四つのうちのどれかは百軒をそのままにしてはおかないだろうな」

「じゃあ、逆にケンの考えとしては百軒と組むってことかい？　オレたちと組むとはまだ言ってないけど、いろいろ教えてくれたのはこのムギバンタだぜ。少なくともムギバンタだけは敵には回せない国だ」

「もちろんさ、オレだってこの国が大きくて素晴らしい。だからどうしてもここと一緒になるのが一番だ」

「なら、どうして百軒と組むような考えが出るんだ？」

「オレが思うに、小さいか大きいかどちらかに傾くと、その一つだけでなんとか暮らしているように見える。もちろん小さいほうがやることも多いしその割に楽はできない」

「それで？」

「うん、百軒のような中途半端な大きさの村では、自分のところで出来る穀物や獲物では多分いつも足りないんだ」

「それは、カドタだって同じだ」

「でも、カドタでは百軒に襲われなければ、なんとか出来ている」

「そうだな、そうだ」

「百軒はそうして相手を攻撃するために、奪った獲物をこのムギバンタやヒイに運んで鉄器やその他を得ているんだよ。それは我々を襲うためにね。つまり、彼らは得た獲物を活用するすべを知らない。田や畑の耕作も知らないし、その辛さが我慢できないような性質になってしまっているんだよ」

「そんなことわからないよ」

「じゃあ、どうして彼らはそうしたことをしないんだ？　彼らだって、カドタやここと同じように、老人や女、子どももいるって言ってたじゃないか。何時までも他の村や国を襲って掠め取っているばかりでは、いずれ行き詰まるんじゃないか？」

「で、ケンはどうしたいんだって？」

「オレはね、百軒に田や畑の方法や、熊や鹿の獲り方を教えればなんとかなるんじゃないかって気がするんだ」

「その前に頭と胴体が分かれてしまうだろうな」

「どうだろうか。百軒の兵士を捕まえて、そういったことを聞いてみたいと思うんだが」

「誰が捕まえるんだ、どうやって？」

「そうさ、第一、オレたちに捕まるような連中じゃないさ」

「ムダだよ。そんなこと、命がいくつあっても足りそうもない」

「でも、もし捕まえられたらなあ」

おういとヌキの呼ぶ声がした。みんなは話をやめて、ぞろぞろと木陰や高床の下から出てきた。

「これから馬に乗るから、みんなを呼んでこいって言われてね」

「馬！」

セツたちもハナツヒトさんに教わったので、馬を操ることはできるが戦闘に使ったり意のままに操る技は持っていなかった。

みんなは小走りに草に覆われた空き地へ走った。

そこにはすでに十頭ほどの馬がいた。近寄ると馬は大きいがみなやさしい眼をしている。

「やあ、話は進んでるかい。少しは体も鍛えないとな。今日はこれから馬の扱い方を教えてやるから」

ホウサンは一頭の馬の長い顔につけた紐を持っていた。手綱だ、よく見ると見慣れた紐ではなく何か鈍く光っている。

「お前たちの乗ってきた馬にもこれがついていたが、これは馬の皮で作ってある。馬の力は強いから、ただゆっくり乗るにはそうした紐でもいいが」

実際に戦闘に使う時はこういう丈夫な皮を使わないといけないと言った。

「それとこの鞍だ。これもお前たちは布を載せているが走るときには不安定だ。下手すると右か左に傾いただけで滑り落ちてしまう。これも皮で作ってある」

そう言うとその馬の背中に突き出ているように見える鞍の先を持って小さな台に足を掛

けて、えいっと声を出して馬の背に跨った。

これで槍を持てば百軒の兵士と同じような格好だ。

「鞍はどうして落ちないんですか？」

「腹を見てみろ。それで馬の腹をしっかりと巻いてあるから大丈夫なんだ」

みんなは近寄って馬の腹に巻いてある幅広の茶色の皮を見た。それは馬の茶色より少し濃く、つるつるしていた。

「少し離れろ、危ないぞ」

ホウサンはそう言うとセッたちを離れさせ、やっと声を出して馬の腹を蹴った。馬はやや軽く前足を上げると走り出した。三十メートルくらい走ると右へ大きく曲がりそこから一直線に走った。

ホウサンは体を前に倒し、馬の頭と同じくらいの高さに身を縮めた。その間も両手と両足を馬の上で上下に揺する。

百メートルほど走り、さらにまた右に円を描き今度は体を起こしてゆっくり戻ってきた。

そしてヌキにそいつに乗れと言うと、自分の動きを真似て後に続くように言った。

今度は二頭が同じように走る。草地を二周し今度はコイとケンに同じように走れと言った。

四頭が走り出すと、草が飛び砂地は砂が弾けた。蹄の音は轟くように響き、腹の底から耳を突き上げるように聞こえた。

三人にはそれぞれあと三周するように言い、自分はひらりと降りると今度はセツたちに順番に続けと言った。セツたちもそれぞれ跨ると、意識しないでもみんなと走ると同じように走り、曲がることが自然にできた。

午前中はみんな代わり代わりに降りては乗り、乗っては走った。

そのうち、馬の大きさにも動じることはなくなっていった。

「ようし、午後はそれぞれ今の馬をそのまま使って遠出をするから、川で馬の汗を流してやれ。今の馬が自分の馬だと思え。大事にするように」

セツが乗った馬は牝で優しい眼をした茶色い馬だった、ユキに似ている。カドタのなかで牡に乗ったのはケンとマサの二人だけだった。

「戦いの時は牡のほうがいいんだが、今はまだ気の荒いままなので少し落ち着かせてから慣れるようにする。それまで馬の扱い方をよく呑み込んでおけ」

ホウサンは空を仰ぐと頷いて少し休んだらまた集まれと言った。セツたちは竹筒の水筒と干し肉を腰につけて、手には短い槍を持たされた。

「いいか、最後は足と腰だけで馬を操れるようにならなければだめだ。両手は弓を射たり、槍や剣のためにあけておかねばならないからな。下手すると自分の槍や剣で馬や足を切ってしまうものもいるから、十分注意しなければダメだ。しかもそれを走りながら、複数の相手に立ち向かわねばならないときがある」

セツもマサもみんな緊張した、これは遊戯ではないのだ。

確かに手綱を放すと何度も落ちそうになったり、実際に落馬もした。落ちる時はあえてそのまま自然に落ちろ、下手に避けようとしたりすると却って危ないと言われたが、最初はそれを忘れて手首や足を打ったり、捻挫までした。それでも怪我をすることがなかったのは緊張していた所為だろう。

どうにか乗りこなせたのはショウとコイにマサだけだった。ヌキですら二度ほど落ちて腰を打った。

夕方近くまで練習を繰り返した。

「一日や二日で馬をこなすなんてことはできないもんだ。だから少しくらい落馬したって気にすることはない。だがな、馬に舐められてはいかんぞ、適切に手綱を操ったり足で腹を上手く締めるなどして、こいつは上手いと馬に思わせなければダメだ。そのためには乗っているんじゃなくて、いつも自然に乗りこなしているんだと自分に言い聞かせろ」

捻挫でぷっくり膨れた足首を水で冷やしながら、痛みも忘れて話を聞いた。

翌日は痛い足首を構わずに膝で腹を押さえつけるようにしたのが思わぬ効果を上げて、セツはその日一度も落馬することはなかった。

自然に馬と一体になったような動きができた。

そしてそのやり方を教えると、翌日から手綱を放しても落馬するものはいなくなった。

手綱から手を放して膝の力の入れ方で馬は右にも左にも思うように曲がり、速さも上手くこなせるようになっていった。

馬を個人的にこなし、その後は集団で同じような行動を行った。声をあげたり無言で行ったり二、三人から十人全員などで共同したり敵味方に分かれたり、その人数も位置もいろいろ変えて全員が同じような技に達するまで、ゆっくりとしかし着実に覚えていった。騎馬同士で槍を使う場合はなるべく自分を低く小さくし、逆に地上の兵士との場合は馬の背にさらに立つような大きさで威圧したり、弓矢や剣を使うときなども同様に繰り返した。

秋も少し深まるころ、馴らされた牡に乗り換えることになり、セツたちは慣れた馬に感謝を込めてより丁寧に体を拭いてやり藁を与えた。

牡は少し大きく重く力もあったので乗りこなすには一週間ほど必要だったが、彼らは誰も後れをとるものはいなかった。牡は力があるので装甲をつけても自在に動ける点が利点だった。

ホウサンはその日、セツたちを集め明日から二日は休んでしっかり体をほぐしておくようにと言った。

「ヒイの国に連れて行ってやる」

ヒイはムギバンタよりさらに北に五日行かねばならないし、近隣で最も大きく強い国だ。鉄器はムギバンタでも作っているが、話によるとヒイで作る鉄器は質も量も全く違うという。

「それにな、ヒイではここより倍以上家があり、船も何十人も乗れるほどのものを持っている」

　船と聞いてセツはかつて初めて海に乗り出して酔ったことを思い出した。変に胸が重苦しくなり上下動にどうしていいかわからなくてひどく苦しかったが、治るとそれからは苦しくなることが次第に消えたこともあった。

　そう思うとヒイの大きな船はどのくらいなのか想像もできなかったが、少なくとも倍はあるだろうと期待した。

　秋晴れの爽やかな朝、十人に交易の品を積んだ馬に乗った村人が十人加わり、二十人の集団は長い列を引いて北へ向かった。

「こういうことはいつもあるんですか？」

「一年に二度だな。主に今の季節は秋に収穫したものだし、春は仔牛やヤギが多いんだ。ヒイからは魚や塩に布や珠などの珍しいものが多いかな」

「戦いはあるんですか？」

「戦いなんて一度もなかったし、もちろんこれからもない。お互いがそれぞれ必要としているからね」

「最初は、どちらから訪問があったんですか？」

「さあてね。どちらかはオレも知らないほど前からあった」

「その大きな船に乗ったことはあるんですか？」

「いやオレはないなあ。別に乗りたいとも思わなかったし、第一、水は苦手なんだ」

「でも、みんな川では泳いでたじゃないですか」

「川はしょっぱくないからね」

「そうですね、そのまま飲めますからね」

「ああ、あの苦さは閉口だ」

「でも、そっから塩が取れるんですから、しかたないですね」

「うん、どうしてもムギバンタでは塩が取れないからな。塩がないと牛も育たないから大変だ」

山道は時折草に覆われたりしながらも眼をやると、どこということはなく道が見えていた。

「歩いていると道ですが、一人だと迷いますね」

「うん、滅多に通る道ではないからな。でも一度通るとどういうわけか、余りいろいろな道を通らずに、大体似たようなところを通るから、いつの間にかは見えるようになっているもんだ。ほら、あそこの先では何となく右に曲がる草のほうが丈が短くなっているだろう。そこの先は草自体がないし、通りやすくなったりしている」

「何かもっとはっきりした目印があると楽ですね」

「まあな、だけど知っているものしか通らないから、あえてそんなことをする必要もない」

「そうなんですか」

「そうだよ、それに山の形や木が大きな目印になっているし、半日ほどで大体必ず休息のための空き地に出るから、間違うことはないんだ」

そう言っているうちに前方に茶色い空き地が見えてきた。石に囲まれたいくつか黒いものも見える。焚き火の跡のようだ。

空き地に入ると左右に分かれ、それぞれ馬から荷を下ろした。今日はここで泊まりだ。

「どうだ、疲れたか？　初めてのところは最初に気のほうが疲れるからな。今晩はよく寝ておいたほうがいい」

そう言いながらホウサンは男たちに薪を集めるように言い、セツたちにはその先に川があるから水を汲んでくるように頼んだ。

馬に積んだ布を空き地に敷くと枯れた草から細い薪に火を熾して、集められた枯れ木に火が回るころ、石に載せた土器の水はぼこぼことゆっくり温まり始めた。

ヌキは木の枝で湯をかき回して腰から袋を出すと塩をつかみ出し、中に入れた。さらに摘んできた青菜を入れ、干したキノコ、肉、最後に米を入れた。しばらくぐつぐついうのを黙って見ていると、辺りにいい匂いが漂ってきた。

ヌキが小さな椀を出して掌に開けて舐めると頷いた。

「さ、みんな椀を順番に出してくれ」

銘々近いものから順に椀に注いでもらうと、その場から離れたり炉の周りに座り込んで啜ったりと、しばらく無言で食事が進んだ。

「まだあるぞ」とヌキが言い、何人かがさらに分けてもらっていた。椀は木を刳り貫いたもので、それぞれの両手で持つほどの大きさだったから、たいていは一杯でもお腹がくちくなった。

セツはお腹が落ち着くと、水を飲もうと川まで行って竹筒の水を冷たいのに換えてまた炉のそばに座った。

敷き布に横になって頭の上で腕を組むと、もう空には随分な星が出ていた。ハナツヒトさんに教わった四つの星はよく判らないほどたくさん出ていたが、あの並んだ三つの星はすぐに眼に入った。

いつしか辺りは虫の鳴き声が絶え間なく響き、それに合わせるかのように男たちのいびきが高く低く調和していった。

ハックション！

自分のくしゃみで思わず跳ね起きると、眼を擦った。続けて二度ほどくしゃみをすると、そばにいたマサが寝返りを打った拍子に眼が覚めたようにきょとんとした眼を向けた。

悪い悪い、起こしちゃってとセツはあやまると川へ顔を洗いに行った。そこにはすでに三人ほどが顔や口を冷たい水で漱いでいた。

二日、三日と川に沿って下り、四日目には川幅がそれまでの三倍くらいに広がった。試しに中に入ると馬の腹近くまで水が溢れ、流れもゆったりしているようだが、馬が横向きになると横倒しになりそうな力があった。

そうしたことで無闇に川には近づかないようにと伝えられた。四日目の晩に北の空が何時もより少し明るく見えた。

「さあ、いよいよだ。見ろ、あれが鉄器を作っている炉の光だ」

ぼんやりと明るさがあって、上空にゆっくりよぎる雲があると雲の下面が赤く見えた。

朝のうちは周囲に木が繁っていたが、昼ころには大きな木が少なくなっている。やがて低い山が見えてきたが、すべて茶色い土がむき出しになっていた。そうした木の一本も生えていない丘をいくつか通り過ぎていくと、小屋が見えた、道も急に広く平らになっていた。

目の前に多くの人が歩いている。

道の先には太い大きな二本の木の柱が立っている。その周囲には槍を持った兵士が何人もかたまっていた。

彼らは少し長めの髪を真ん中辺りで縛って耳に垂らしていた。背はそう高くはないが、みながっしりとした体格だ。中には装甲をまとっているものもいた。

ここもムギバンタと同じような感じだなとセツは見た。大きな国では誰が来ようと誰も身を隠したり、槍で身構えることもない。

誰がそうやっているのかわからないが、これが、眼に見えない力だと感じていた、何しろ装甲して槍や弓を持っているものもいるが、彼らは特に何かをやっているわけではない。

セツはホウサンが言っていた互いが守る国の掟を思い出していた。よく判らないがみんながが何か安心して動いているようだ。そう思って人々を見ていると自分たちに関心を持つものも、知らずに何か仕事をしているものも、遊んでいる子どもたちですら生き生きとしている。

中に進むにつれ人の話し声が活気に変わり、広場では様々なことが行われていた。石や砂を運ぶもの、出来た鉄の何かを重たそうに持っていくもの、土器に何かを入れたり出したりしている男たち、頭の上に野菜とおぼしき青い葉を載せて運ぶ男、それを並べている雄鶏やアヒルを忙しなく追っては怒られている子どもたち。薪が運ばれる、馬が何頭も通り過ぎるその背にはいろいろなものが載せられている。

小屋もどれも一回りは大きいし、そこから出入りしている人の数も多い。入口から百五十メートルほどのさらに大きな広場では周囲に馬や牛が繋がれ、それから下ろしたものが筵の上にどんどん並べられている。

「おい、お前たち、馬を繋ぐんならもう奥は一杯だぞ、こっちから入ってあそこへ回れ」

ヒゲの生えた大きな男が手に何か棒を持ったままセツたちを止めた。

「何を運んできたんだ？」

「干し肉と皮ですが」

「ああ、そんなならあそこで下ろして、後は手で運んでくれ。肉の場所はあそこだ。順に並べればいい。あいつの指示に従え。さ、次は何だ、何を運んできた」

大男の言うとおり馬を繋ぎマサとノブが馬の見張りをし、全員で荷を下ろした。量は大したことがなかったのでものの三十分もすると、筵の上には干し肉と皮が綺麗に並べられ、品定めに来たらしい男たちが次第に集まってきた。

　男たちはどこから来たとも言わず品をひっくり返したり、手で持ったり、匂いを嗅いだりと忙しなかったが、やがて懐から何かを出すと手に持った棒の先で、その出した布に何か印をつけた。棒の先は黒く焦がされていたので布に模様が描かれた。

「何をしているんですか？」

「それぞれが欲しいものを選んでいるんだよ。それで自分の持ってきたものと、交換するんだ。そのためにあの布に自分の印と場所を描いていくんだ。軽いものならそれを持ってくるから、気に入れば何もそんな面倒なことはしない」

「ボクらはどうするんですか？　やはり同じように交換してもらうには、あれと同じことをすればいいんですか？」

「オレたちが欲しいのは鉄器、それも剣と農具だ。だからこうして何が欲しくて何があるかということを一応確認したら、今度はオレたちがそうしたものを置いてあるところへ行って、干し肉と皮を知らせなきゃならない」

「もし、その人たちが肉も皮もいらないって言ったら？」

「その時は何が欲しいのかそこで聞けばいい。そしたら戻ってきて、それを持っていて肉や皮が欲しいやつと先に交換するんだ。そうすればみんな欲しいものが手に入るだろう？」

「そうなんですか。じゃあまず鉄器を置いてあるところへ行きましょう」

「よし、じゃあ行こうか」

「これは誰が番をするんですか？」

「一緒に来たモロやコイズがちゃんと見ているから心配ない。ほら見てみろ、これは土器だ。壷と換えてくれという印だ。これは野菜だな。ほう、これは酒じゃないか。いろいろ豊富だから、鉄器は意外と簡単に手に入れられそうだ」

セツたちはホウサンと一緒にぞろぞろ並んで歩いた。

広場は活気に満ちてはいたが、荷物を持っているものは意外に少なかった。鉄器が並んでいる場所に来た。

そこでは体の逞しい男やひげがいかめしい老人などで一杯だった。抜かれた剣が白い光を跳ね返したり、槍の穂先が磨きこまれてぴかぴか光っていた。すぐそばでは太さ四センチくらいの生木が何本も置かれ、何本かは綺麗な切り口を見せていくつも地面に転がっていた。

その向こうには三センチくらいの厚みの板に槍が穂先を貫いて飾ってあったり、少し離れては弓と矢が飾られていた。弓には弦が張ってないものがほとんどで、半月形の弓は重なって置かれていた。矢も二十本ほどが一つに束ねられていくつも立てかけられてあった。

「一寸その弓を見せてくれ」

ホウサンは店番をしていた子どもに声をかけた。その子どもは眼をくりくりさせて敏捷に動いた。

手渡された弓と三本の矢を受け取るとホウサンはお前の家族が作ったのかと聞いた。

「そうだよ、父さんが作るんだ。矢もそうだよ、だから評判がいいんだ。的はあれだよ」

向こうに葦で組んだついたてのようなものにいくつかの板が吊るされていた。

ホウサンは二十メートルほど離れた的に眼を据えて、ゆっくりと引き絞ると最初の矢を放った。シュッという鋭い音がして板の真ん中に矢が突き立ってブルブルッと震えた。

「いい弓だな、矢もまっすぐでブレがない」

そう言うともう一本を引いて放った。矢は二本ともほぼ同じところに当たり、ホウサンは今度はセツに残りの矢と共に渡した。

セツは黙って受け取ると同じように引き絞った。

大して力はいらないが引き絞ると握った左手がぐっと重さを増し、矢も重くなった。ビッという音と同時に板の端っこに矢が刺さった。

「うまいじゃないか、大したものだ」

ホウサンは褒めてくれたが、セツは自分の腕ではなく弓と矢が勝手に動いて当たったように感じた。カドタで持っていたのと全く違う。

それから七人は矢を二束交換することにしてそれぞれ三本を射た。ホウサンは子どもに肉と皮で交換できるかと聞くといいよと答えた。

「お前が勝手に決めていいのか？」

「うん、父さんはそんなことは気にしない。喜んでくれる人になら何でもいいんだ」

ホウサンは干し肉を二抱えと熊の毛皮を一枚出して弓四つに矢を十束交換できた。

「もっと欲しいけど、剣や槍に、鍬と鎌が必要だからな」

幸いにそこでは干し肉と毛皮で交換してもらうことができ、馬二頭に積んだ。干し肉と毛皮四枚が残った。

「これじゃ百軒の連中とあんまり変わらんな」

ホウサンはセツたちがもっと弓矢や鉄剣を欲しそうな顔をしているのを制して笑った。

「村のために役立つのは剣だけじゃないから、慌ててはいかんぞ。明日は少し落ち着いて眺めてみよう。肉と毛皮がそのまま欲しがるのが多いから助かるよ。間に多くの品が入ると、最初の価値が判らなくなってしまう場合があるからな」


翌日は朝早くからゆっくりと広場を回った、今度は午前中は二組に分かれて、昼に休んだあと相談して、みんなでまとまって行くことにした。

セツは村で困っていることは何かと思い出しながら広場を回った。

簡単に火が熾せるもの、塩、穀物や肉、皮を削ぎ取る小型の包丁や剣、釣り針や針、糸などは自分たちでは考え付かなかったものだ、足を包む獣の皮を縛る紐などは村では作ることがなかった。

ある場所で最初に見た布が積まれてあった。横には先を黒く焼いた棒があり小柄な老人が居眠りをしていた。

セツがそれを見ていると老人は急に噎せこみ何度も咳をした。

セツは老人の背を擦ってやり、腰にぶら下げていた竹筒から温くなった水を口に入れてやった。老人の咳は治まり、うれしそうにセツを見た。

「ありがとうよ若いの。助かったよ」

「いつも、こんな風になるんですか？」

「何、そうしょっちゅうじゃない。用心してはいるがね」

「水は置いておいたほうがいいですよ」

セツは辺りを見回した。

「ああ、何時もは置いておくんだがね。今日はあいにくともう飲んじまったんだ」

「じゃあ、ボク汲んできてあげますよ」

「そうかい、すまんな。竹筒はそれだ、井戸はこの裏にある」

竹筒に冷たい水を入れて戻ってくると老人はしっかりと座っていた。目の前には若い男がしゃがんで話をしている。

その男はちらりとセツを見たが、すぐに積まれてある布をいくつか手に取り、老人と何か話をしだした。聞いたこともない言葉が何回か交わされたあと、若い男はその布を両手にぶら下げて持っていった。

「やあ、すまんな。客が来てたもんで」

「いえ。はい、これが水です」

「ありがとうよ、まあよかったら座んなさい」

セツはまだ昼まで時間もあるので、老人の横に並んで腰を下ろした。

「この布は目印に使うんですか？」

「目印？」

「はい、持ってきたものをこれでいろいろやり取りするとか……」

「ああ、そうも使うが、これは取り決めをいろいろ確認しておくために使うことが多いよ」

「どういう風に使うんですか？」

セツは老人に何にも渡さずに布だけを持ち去った若い男のことを気にしながら聞いた。

「普通はこの焼けた木の先で炭が黒く付くんだが、揉むとすぐに消えて黒くなってしまうんで、希望の品がある時などよく使われるが、翌日に跨るような場合や、数が多い時にはなかなか使いにくいもんだ」

「では、さっきの人は若いのにいろいろ交換できるんですね。何を持っているんだろう」

セツは若いだけで何も持っていなさそうな男のことを思い浮かべた。

「あれは役人だよ、彼らは布も使うが同じ黒くなるのでも墨を使うからね」

「墨ってなんですか？」

「それはな土器で油を燃したりする時に出る黒い煙を、獣の脂やなにかで溶かしたものを使うんだよ、貴重だし作るのは難しい」

「だけど、役人はいろいろ記録せにゃならないから、木の板や竹をへずって、それにしることが多いな。もっともワシらにはほとんど意味はわからんがね。何か模様のようなものを描いているから、彼らにはわかるんだろうな」

「役人っていうのはなんですか?」

「お前、どこから来た? どうも見かけない顔だし、聞きなれないしゃべり方をすると思ってた」

「ここから半月ばかり東に離れた、カドタという村から来たんです。そこに来る前はもっと東の巻向というところで生まれました」

「そうか、やはりな。この辺で国といえばここととムギバンタに栢山くらいのもんだからな。それ以外の村の連中は、役人なんぞ見たこともあるまい」

「何をする人なんですか、やはり兵士なんですか?」

「ある面では兵士とも言えるが、ほとんどは国の決めを作っているんだ」

「決めっていうのは掟のことですか?」

「ほう、なんだ、知ってるのか」

「聞いたんです」

老人はセツに水をもらった恩と暇だったこともあって、いろいろ教えてくれた。

「いいかね、お前たちのところでは朝から晩まで忙しいだろうが、毎日やることはほとんど決まっているだろう。そしてなかなか忙しい割には獲物が少ないし、時には盗賊が略奪しにくるだろう」

「そうです、それで困ってるんです」

「それはお前たちの人数が少ないだけじゃなく、そうした役割をする決めもなければ人もいないからだよ」

「でも、そうした敵が来た時はみんな武器を持って戦いますよ」

「本当か、本当に戦うのか？」

「はい」

「だがな、それでお前たち勝ったことがあるのか？」

「ありますよ」

「ほう、それで何か敵から手に入れたものがあったかね」

セツはそう言えば追い散らしたことはあるが、何か得たものはないことに気がついた。

「そうだろ、お前たちは勝ってはおらんのだ。ただ相手が適当に引いているにすぎないんだ、何の為にお前たちを少し残しているかわかってるかね」

「いえ？」

「お前たちは、お前たちの村は相手の餌にされているんだよ」

「餌ですか？」

「そう、お前たちが作るものや、獲ってきたものは、一定の量を残してみんな持っていかれてるだろ?」

「はい」

「おそらくお前たちの周りの村でも同じことだろうが、お前たちはそうした村がどこにいくつあるかも知らんだろう、どんな人がどんな暮らしをしているかもな」

「でもカドタのそばにはコカドタを作りましたし、百軒やムギバンタも知りました」

「フフフ、そこどういう取引をしているんだ? ただ、そばにあるから知っているというだけじゃないかな」

「……」

セツは老人に言われるたびに、自分たちがどれほど小さくびくびくしながら生きてきたことを感じた。

だがそれをどうすることもできないではないか、セツは聞いた。

「そうなんです、だからボクらは干し肉や毛皮の代わりに、弓矢や剣を持って帰って、百軒と戦うんです。もっとも向こうのほうが兵士も強いし数も多いし、馬の乗り方も上手いんで、それが……」

「それはお前たちに指揮官もいなければ掟もないからな。何時までたってもそれは無理だ」

「指揮官?」

「村を導くものだ」

「それはいますよ」

セツはハナツヒトさんのことを言った。

「ふん、なるほど。では帰ったらその人に村の生活をどう変えていくのかしっかり聞いてみると良い。その人がムギバンタでそうしたことを知って交易したことがあるのなら、村を束ねる基本を身につけているかもしれないからな。だが、もしその男がそうしたことを知らなかった場合は、今度はお前たちの村は生き残れないぞ。敵は侵略する村に指導者がいるのを知ったら、必ずそいつを殺しにくる。そしてその指導者に触れたものたちも生かしてはおかない。それが他国同士の掟だからな」

また、掟が出てきた。

「その掟というのは、どうしたらボクらも手に入れることができるんですか？」

「掟は村や国の気持ちを一つに纏めたものだ。みんなの気持ちのなかにいい加減なものがある時は、その掟を自分の都合のいいように使うものが出てくる。それをさせないで村や国自体をみんなで守るという気概と熱意がなければ、持っていても何の役にも立たない」

「お前たちでそれを実行できるか？　その熱意があれば、ワシのところに来たあの男を紹介してやろう」

セツはあの若い男にそんな力があるとは思えなかったが、老人の言うことは自分を頷かせることばかりだったので、もう一度会って話を聞いてみたいと思った。

老人は明日の今頃、ここへ来いと言った。

朝起きるともう待ちきれなかったので、セツとショウは二人で先に老人のところへ行った。

「おう、早いな」

老人は何か口から煙を吐きながら顔を向けた。

「ナカツモトはもうすぐ来るから、水でも飲んで待っていろ」

「ナカツモトというんですか？」

「そうだ。そうそう、お前の名は？」

「セツです」

「私はショウ、カドタから来ました」

「カドタは昨日聞いたよ。お前もそうか」

「はい」

若い男は今度は少し年長の男とやってきた。年長の男は日に焼けてがっしりしていたので兵士のように見えた。

アベチュと名乗った男はナカツモトに命令する立場のもののようだったが、老人には丁寧な態度で接していた。

二人が再度、昨日のように老人と布のやり取りをしているのを見終わると、老人がセツたちを招いた。

老人は筵の上の布を片付けると、男の子に見張っていろと言いつけて四人をすぐ裏手に案内した。

そこは葦で囲まれた小屋と違い板張りになっていた。

四人をそれぞれ座らせるとアベチュとナカツモトに向かい、セツたちの村が百軒に毎年苦しめられていることを手短に語った。その間、黙って聞いていた二人は老人の話が終わると、アベチュが向き直って聞いた。

「お前たちの村に制度を入れたいというんだな」

「制度？　掟じゃないんですか？」

「掟というのは単なる取り決めのことだ。制度というのはそうしたことをきちんと決めた形をそう呼んでいる」

「わかりました」

質問はナカツモトがほとんど発した。

村の位置、人数、男女や年の構成、主な生産物、活動の範囲、使用する武器、飼育している牛や馬、井戸があるのか、土器や必要な品は作るのか、それともどこかと交換するのか交換するときのこちらからの提供できる品、それらの保管場所や方法、祭りごとがあるのか、あるとするとどういうときにどういう形で行い、誰がそれを仕切るのか、収穫物の選定や収穫の時期の判断、そのときの人々の役割、日ごろの食物や、子どもの育て方、病人や老人が動けなくなったとき、海の近くだとすると船の扱いや安全性、武器の使い方や馬の乗り方、いろいろなことを聞いていった。

「大体わかった。お前たちの村を助けてやろう。だが、ここの兵士がお前たちを襲う百軒の兵士と戦うのを期待してはならない。まず、お前たちの村が他の村や国ときちんと話ができるようになり、定期的な交易をすることができるようになってからだ。そのためにお前たちの村で制度を作り、それを円滑に実施することが必要だ。それはこのナカツモトが一緒に行って教えてくれるだろう。お前たちが心配するその間に百軒が攻めてくると思うのは、ムギバンタの長に頼んでやる、それもナカツモトがやってくれる。だが百軒とかいう村は、そうした略奪で生計を為しているようだから、中にはそうしたことを守らずに無茶をするものもいるだろう。そうしたものを抑えるために、当初三年間は自らその生産物を半分ムギバンタに直接渡せ。ムギバンタはそれを百軒に渡して攻撃しないよう言い聞かせるだろう。その三年の間にお前たちの村でそうした制度をきちんと作れば、百軒もそう簡単には攻めてこられなくなるだろう」

アベチュの自信に満ちた言葉をセツは何度も飲み込んだ。

カドタの村を助けてくれる大きな国がある。そこは遥かに遠いのだが、近くのムギバンタが支援するように頼んでくれるということだ。

セツたちは三時間ほどそこで話をし、ナカツモトを連れて小屋に戻った。話を聞くとホウサンは鉄剣と槍の半分を農機具に換えようと言った。

ナカツモトはそれを聞くと農機具は来年でよいだろうと答えた。その鉄剣と槍の半分はムギバンタに渡すのが策だと説明した。

その剣にはヒイの印がついており、ムギバンタのものたちにヒイがカドタを支援していることを直接に判らせるよい証拠だと言った。

ナカツモトは一つ一つのことをわからないままに進めることは時間がない今、無駄なことだと言った。それよりもムギバンタや百軒、そしてカドタの村人たちに、これからヒイがカドタを支援するのだということをまず、ある強い意志を持って知らせることだと教えた。

そのためにもムギバンタにはヒイの印のある鉄器、特に鉄剣は効き目があり、さらに百軒が交易を望んでいるムギバンタからの影響を使うことだと。

それをマツリゴトだとナカツモトは言った。

「マツリゴト？」

「そうだ、古くはお前たちの村でも似たようなことはやっているだろう。収穫を感謝したり死者を黄泉に送るなど、村人が全て参加することの取り決めを言うんだ。ただお前たちの村のように小さければ自然に仕切られていくものだが、少し大きな村になるとどうしても日ごろ付き合いのない家族などがあって、いろいろ勝手な言い分でうまくいかないことがある。そうしたことのないよう、初めにいろいろ決めておくのだ」

「掟ですね」

「そうだ。ただし、掟とはもっと個別の仕切られた行いの決め事だ。マツリゴトは村全体がこれからどうしていこうかということを決める大きなことを言っている。そこを分けておいたほうが混乱しなくてよいはずだ」

ナカツモトはまずセツたちにカドタの村をこれからどうしたいのかを考えろと言った。

それでもセツたちはすぐにはどうしていいのかわからなかった。

「カドタの村のこれからって、どういうことなんでしょう？」

「そうだな。まず百軒に脅されないこと。子どもをうんと増やすこと。村人が安心してたくさん食べられることかな？」

ホウサンは薄くなった頭を何度もこすりながらしゃべった。

「村の生活を安全で豊かにするってことですね」

「そうだな、そういうことなんだろう」

「熊や鹿がもっと獲れるように」

「魚も！」

「米が蔵に一杯」

「仔牛が欲しいな」

「広い田があるといいんじゃないか」

「百軒が来ないとできそうだな」

「そうそう、百軒を滅ぼせればなあ」

それぞれが言いたいことを言うと急にみな黙り込んでしまった。百軒が大きく自分たちにかぶさってくるのを感じた。

いくらムギバンタが百軒を抑えてくれるとしても毎年半分もの収穫物を渡さねばならない。それでも完全に安全だという保証はどこにもないのだ。半分も渡せば来年は一年の大半を餓えて過ごさねばならない。

「ここは、やはりナカツモトさんの言うとおり、まず我々自身を変えなくちゃダメだ。今のままでは何をしても良い結果にはならないだろうよ。言うとおり三年間やってみよう、腹が空いても生きていられれば何とかなるから」

すぐに賛成の声はなかったが、誰の心にも三年間は何とか村をしっかりさせねばならないと思った。

それはナカツモトが言った言葉がみんなをそう思わせた。

「お前たち、今のままでも村を棄てて人の眼につかないところで何とかなると思っているんじゃないか？　そんなことは無理だ。百軒といったな、そこでは馬をよく操ると、しかも彼らはその馬を使ってさらに遠くまで侵略してくるぞ。どこまで行ってもムダだ。それが仮に海の中に浮かぶ島に逃げてもだ。狙う側とすれば獲物がある以上、どこまでも追ってくる。お前たちはそうした考えを持っていないから、隠れれば何とかなると思っているんだ。だが、狙うほうはどんな手を使ってもお前たちを諦めることはない。諦めさせる方法はお前たちの村を襲ってもダメだと思わせるしかないのだ」

ナカツモトはどうして自分がここにいるかをもう一度考えろといわんばかりだった。

「お前たちが村として強くなるには、指導者が必要だと言った」

「指導者」

「そうだ、しかし考え違いをするな。指導者を一人選んだからといって、それでどうなるものでもない。その指導者の考えが村の将来に正しいこと、そしてそれを成し遂げるものたちの協力があり、それが誰の目にも見えるような形を取らなければならない。いいか、まずお前たち自身が強く生きることを考えろ。どこかでこそこそ隠れるような怯えた生活をこれからもしたくはないだろう」

セツたちは二日後に馬に跨った。帰りにはナカツモトが加わり、馬の背にはムギバンタへの鉄剣の他に農具や交換できた品々を載せた、その中にはあの布と墨もあった。

ムギバンタではアカボやミヤさんが待っていた。ホウサンがアカボ老人たちにナカツモトを紹介し、少ししたら自分も一緒にカドタへ行って村を助けてやろうと思うと説明した。

ミヤさんたちは鉄剣と槍の印を見て、ヒイが支援していることとならたとえ最初は小さくともいずれは頑張れるだろう。それまでムギバンタも百軒には馬や武器が渡らないよう抑えてやろうと応えた。

「百軒は一週間ほど前にオヤマの部落を襲って、馬を何頭か手に入れたらしい」

アカボの爺さんが言った。

「百軒は聞くところによると、兵士は六十人くらいじゃないかということでしたが？」

ショウが聞いた。

「何、そんなものじゃない。馬に乗った兵士だけでも四十人はいた」

「馬の数は、多分その三倍近くは飼育しているような口ぶりだったな」

「百軒が言ったんですか？」

「うん。彼らがオヤマを襲う二週間ほど前に、四、五人がやってきて脂を持っていくときにそう言っていたよ」

「脂？」

「脂は傷の治療で血止めによく彼らが使うから、またどこかを攻めるのかって聞いたら自慢そうにオヤマの布を獲ると言っていた。冬を越す為だろう」

「それで、オヤマは狙われたんですね」

「あそこもカドタほどではないが小さな村だからな。それに男が多くないんで、何も抵抗できないから仕方ない。布くらいで済んでよかったのかもしれん」

「それにみんな年寄りばかりですからね。馬の飼育はせいぜい十頭がやっとというところらしいが、そのうち八頭持っていかれたらしい」

　セツたちはその晩ともう一晩語り明かし、ムギバンタを後にした。ホウサンは一緒に行くつもりだったが冬の支度が忙しく、春に訪ねることでムギバンタに残った。

「大丈夫だ。オレたちが百軒を抑えておくから安心しろ。だが油断はするなよ、頑張って強い村に早くなることだ」

　ナカツモトはそのやりとりをニコニコ笑って見ていた。

いつの間にか馬に乗りなれたためもあって、行きは七日もかかったところを五日で懐かしいカドタの村が見えてきた。

海辺では数人が海藻を運んでいるが炊煙はどこからも上がっていない。そう、今では皆さらに離れたコカドタに移っていたからだ。

海藻を採る小屋は粗末に建て直されていたが、獲物は中途半端な量だった。後からわかったのだが馬三頭分くらいを適当に残し、残りは毎日コカドタへ運ぶと言った。

「残念だよ、折角採ったのをそのまま残しておくのはな。でもこれくらいの量が一番いいんだ。少ないとさらに東に探しに来るし、それ以上多いとこちらの分が足りなくなる」

ワカは手を休めないでそう説明した。

「田はどうしている？」

ナカツモトが聞くと、ワカは訝しそうに見た。

「ああごめん、この人はナカツモトさんだ。ヒイの国からカドタの村を助けに来てくれた人なんだ。ナカツモトさん、これはワカといいます。それからカツ、テシ、クシュ、ソラです」

みんなは頭を下げた。

「田は、そういったことなんで、収穫時期より三日から七日早く刈らざるを得ないんです。だから最後に粒が大きくなるのが少し弱くて、大丈夫だとは思うんですが、余り早いと来年の種まきに影響が出るんじゃないかと心配です」

「そうだな。できるだけ大きくしておいたほうがいいが、三日くらいなら早くてもそう心配はいるまい。彼らはそれを知っているから熟したのを狙っている、その貴重な時間をうまく使えばいい。だが田の広さにもよるぞ。手早くできればいいが、遅れた場合はもうその分は諦めろ」

「わかりました。今年は七日前からやりだしたんで、あと少しです。危なければもうそれを残してもいいです」

「ま、明日一日くらいは十分だろう。できる限り諦めることはゆっくりでいい」

ナカツモトはそれから小屋や田、収穫の状況や残すものなどを見ては指示を出していった。

そのときも、馬の背から例の布を出して木の棒で墨を使って何やら判らぬ印をつけていった。その晩は満天の星の下で魚と貝を中心とした食事を済ませた。

出発は明日の夕方と決まった。昼前に残った分を刈り、残すものを土器に入れておけば破壊されることはないし、家に火をかけられる恐れも少ない。

セツたちがコカドタに入るとすでに炊煙がいくつも上がり、活気が見えた。

ナカツモトは炊煙が見られるところまで来ると村に入る前にセツたち三人を連れて、村の手前から馬に乗ったまま左の林に入っていった。ところどころで立ち止まると辺りを見渡し、布にまた何か印をつけていく。

結局セツたちがコカドタに入ったのは二時間以上経ってからだった。

ナカツモトはコカドタに入る前にもう一度西へ行き、しばらくして戻ってきた。

その晩は酒も出たがナカツモトは一杯だけ呷ると後は土器の中の煮物を旨そうに食べた。量は大したことはなかったが歓迎の気持ちが十分伝わり、ハナツヒトさんはナカツモトに何度も頭を下げていた。

ハナツヒトさんはヒイの役人が助けに来るとは千人力だと言った。

食事が終わるとナカツモトは焚き火に薪を入れて明るくなった光の中で顔をてらてらさせながら、コカドタに来た目的を話した。

「いいかね、今まで話したことを簡単に言うと、ここを単なる生活の場、その日暮らしの感覚から、明日、いわゆるここにいる子どもたちが大人になる遠い先のことまできちんと自分たちで決められるようにするためだ。それをマツリゴトという。それは掟という決まりを持ち、やるべきことやってはいけないことをお互いにきちんと理解することから始めなければならない。次にそうした決まりごとが通用しない相手と出会ったときに、自分に不利にならないよう、一定の力が必要だ。それも個人個人ではなく村のみんなが同様に力を合わせなければいけない。ただし、そうは言っても急にでは何が何だか判りにくいだろう。だからこれを見ろ」

そう言って何枚かの布を出した。

「いいか、これは何だと思う？」

ナカツモトは両手でそれを持ち、みんなの前に広げた。

「これは図だ。この村の周囲を表している。一つ一つは後でゆっくり覚えればいい。今はこの役割をしっかり覚えることだ。つまりこの村はどういう土地にあって、どういう木や林、丘に囲まれ、どこを行くとどこに出るか、そしてそこで何が採れるかを表している。さらにはそこまでどのくらいで行けるかもわかるのだ。これがあれば道に迷うこともないし、どこでどのくらいのものが、何時収穫に行けばよいかがわかるのだ」

続いて三枚目を出した。

「次にこれだ。これは先ほど言った掟を表している。そう多くはないが、肝心なことはすべて描いてある。もしこれにないもので困ったことが起きたら、お前たち同士で話し合って決めていけばよい。決め方がわからなかったら、それもお前たちが決めていい。ここにいるハナツヒトさんや誰かが決めてもいいし、お前たちがすべて聞いてみて決めてもいい。だが、急ぎで決めなければいけないことや、村にとって大切なことなどは、いちいちみんなで相談しあう時間はない。そういうものは、年のいった経験のあるものの言葉を尊重することで、間違いは少ないだろう」

「最後に、お前たちもそれぞれ槍や弓の上手なものも見ている。だが戦というものはお前たち一人ひとりのけんかと違う恐ろしいものだ。だから相手に負けないよう、集団の力を最大限強く早く集中しなければならない。たとえばお前たちは馬には乗れるが騎馬戦を経験したものはいないだろう。百軒の騎馬隊が来た時に徒歩や弓ではあっという間に攻め込まれて馬の蹄にかけられておしまいだ。軽くて大怪我、普通は死ぬだろう、それが騎馬戦の恐ろしさだ。仮に騎馬隊でなくとも槍を持った集団が並んできたら、それを倒す自信は誰かあるか?」

セツたちは顔を見合わせるばかりだった。ナカツモトはゆっくりと見渡した。

翌日ナカツモトは村の外れに砂を均し、いくつかの石を置いた。そしてハナツヒトさんに板を用意してもらった。

ナカツモトは持っている何本かの棒の先を火に炙ると黒くなるまで待ち、その穂先で板に何か描いていった。よく見ると昨日見た布に描いてあった模様に似ている。

「いいか、まず言葉を共通で覚えることだ。これは柵だ。これが穴。これは隠れ家。これが兵士。そしてこれが数を数える印だ」

ナカツモトはそうやって図に描かれた記号を解説していった。

それによると村は南側が海で、村の大きさも家の数も人もすべて数えられ、村を囲む名称も確認されていった。

セツたちは一つ一つは毎日使うもので支障はなかったが、こうしてみると実に多くのものに囲まれていることが判った。

言葉は三日以上同じことを繰り返して習うと、ほとんどのものが自分たちでも描いたり、意味をちゃんと理解できるようになった。

その翌日からは兵士としての戦いのやり方だった。まず、整列という形で自分たちが一体となって動くことを繰り返した。

最初は何歩か進み、回り、横や斜めに移動し、次に一斉にバラバラに散らばり、また同じ位置に戻ったり別の位置で同じ形に集まったりした。

初めての経験でそれを行う合図の掛け声も最初は全部声を出し、次第に簡単な短い言葉を使って、同じようにこなしていった。最後は声を出さず、命令するものの手や眼などを見ることで同じような行動を取れるようにまでなった。

セツもテシもカツ、ショウ、みんな初めての団体行動に面白さを感じていた。今までも集団で遊んだり狩りや田植えをしたが、それぞれはみな勝手に動いていることに何の疑いも持たなかった。

今度の集団は一つ一つの目的に対し、誰が何をどうするかが教えられ、そのとおりにすると面白いように最初の説明どおりの結果となった。

これがマツリゴトの中の一つだと木陰の下の車座でナカツモトは話した。

「百軒も同じようにやっているんでしょうか？」

「おそらく、似たようなことは当然やっている。だがそれは自然と強い男が自分に全てを従わせているにすぎないだろう。それはどの村でもそうしているが、いつまでもそれでは立ち行かなくなるのが当たり前だ。いずれはその強い男がいなくなるからな」

　百軒には今でもそうした男がいるんだろう、どんな男なのだろうか。そしてその男はいつまでいるのだろうか、果たしてその男を倒せるのだろうか、どうやって、誰が……。

「そうしたときに残されたものたちは、最初は見よう見真似で似たようなことはするが、仮にそこで失敗すると、それがどういう理由でうまくいかなかったかを理解できないことが多い。そうなると、あとは個人個人の力任せということになりがちだ。個人がいくら力が強くても集団には勝てないのは、今までの経験でよくわかっただろう」

「そうすると、相手のそういう男をまず倒す、ということが肝心なのですね」

「相手がそういう村だった場合はそうだ。だが、そういう村でもその男と同じような男がいた場合は簡単にはいかない」

「そうですね」

「村同士、あるいは国との戦いというのは、初めからその危険を考えておくのが必要なんだ。そのために、平素は交易をしながら、そこの兵士たちがどういうものに支配され、常々どういう訓練を受けているかを見届けておかねばならないんだ」

　ナカツモトはまた図を出して自分の守る村の周囲をよく観察し、掟にしたがってそれぞれが素早く一緒の行動をとることが村を守る最低の基本だと言った。そして百軒など外からの攻撃で不意を突かれないよう、いつも見張りを出しておき、さらには相手の兵士の力をできるだけ知っておくことはそれにも増して重要なことだと教えてくれた。

「一番安全なのは、できるだけ早く敵を見つけて逃げることだ」

「でも、そしたらみんな持ってかれてしまいますよ」

「それは、そこにみんな貯めておくからだ。そんなことをして喜んでいてはだめだ。ヒイのように兵士が百倍もいればそれでもいい。だが盗まれるために積んでおくのは見て満足するだけで何の役にも立たない。安全なのはきちんと隠しておくことだ。何も戦うためにいろいろ教えているわけじゃない。戦いなんてものは最後の最後だということをよく覚えておくことだ。中途半端に戦をするなよ。お前たちが考えているような気楽なものじゃないってことを忘れるな。相手はウサギや鹿じゃない。お前たちが追うのを止めれば事が済むと思うのは大違いだからな」

整列や集合が終わると攻撃もいくつか習い、最後は如何にしてうまく逃げるかだった。鉄則は戦っている最中に逃げることは絶対にダメだということだ。

逃げるときは相手に気づかれないことが第一で、そのためには朝や夜が時間帯としては多く選ばれた。逃げるときの合図、逃げる場所の周知、時間、逃げ方、相手との駆け引きや自らの行動などを敵味方に分かれて会得していった。

「何だかかくれんぼみたいだな」

セツたちはこれも面白がりながらも、図やお互いの合図などを使っていろいろこなしていった。

「うんうん、なかなかいいじゃないか。隠れ方も、見つけ方もそれぞれうまくなった。短い割にはなかなかいいよ」

ナカツモトはセツたちが意外に早くやり方をこなしていくのを見て喜んだ。

次に人数をそれまでの半分ずつから片方を大きく減らし、騎馬戦、徒歩戦、夜襲、待ち伏せ、弓矢、槍、白兵戦、船を使う戦いなどを会得していった。

言われたことは二つ。決して相手を舐めない油断しないことと、孤立したときに自暴自棄にならないことだった。

我慢するために三日も水を絶ったり七日も食を絶つようなこと。簡単に火を熾し、味方にだけわかる狼煙の立て方や山野の毒草の見分け方やその使用法などが加わった。砂の上で馬と競走したり、以前ワカがやったような海中に潜むこともセツたちに自信を与えていった。


いつしか冬になり、珍しく雪が降った。

セツはユキを自分の体のようにうまく乗りこなせるようになった。みんなもそれぞれの馬と一体になれた。

今日はセツたちは徒歩で鹿狩りをすることになった。

普通に今までのような狩りではなく相手を兵士だと想定して狩るように決め、互いに図を用意して日没までと夜襲の二つに分けて捕まえることにした。いつもと違って声を出したり、無闇に鹿を追いかけてはいけない。

ナカツモトはこれは忍び込んできた敵を本陣に返してはいけないやりかたと考えて追ってみるように言った。

まず、鹿を見つける。見つけた鹿にこちらが見つかってはダメだ。見つけた鹿を声を出さずに仲間に知らせる。追い詰める。

今までのどこまでも追いかける力任せの狩りではなく、頭を思い切り使う狩りだった。

昼間は二頭の鹿を発見し、気づかれることなく二頭ともすぐそばまで行って捕まえることができた。怪我を負わさずに捕まえることができたので二頭は村で飼うことにした。

夜はなかなか難しかった。鹿は夜でも眼が利き、耳もいいらしくなかなか近寄れない。すぐに気がつかれて逃げられてしまう。

夜の追跡は鹿でも難しい。まして相手が敵では何か工夫がないと捕まえることは難しいことだ。

「せめて音でもすればな」

「でも相手はそんな馬鹿なことはしないよ。自分の居場所を誰が教える」

「そうだよな」

「音でわかるんなら、なにかできそうな気もするが」

「音は何かがぶつからないと立たないもんだ。そんなぶつかるようなものは相手だって目につくからな」

「そういえば前にハナツヒトさんが海辺で砂に紐を張って、馬を倒したことがあったっけ」

「ああ、あったあった。そんときはワカが海に飛び込んで相手が追いかけて躓いたんだよ。凄い勢いで前のめりに砂に頭を突っ込んで、二人はそのまま動かなかった。結局は死んだんじゃなかったかな、最後までは見られなかったけど」

「じゃあ、その紐を村の周りに張っておけば引っかかるんじゃないか？」

「木と木に紐がまいて繋がってちゃ、馬が入ってくるわけはないだろ。剣で切られておしまいさ」

「いやあ、その海と同じにうんと低いところに張るんだよ」

「そしたら、簡単に越えられちゃうよ」

「そうか、うーむ、あんまりいい手じゃないな」

「いや、いや、剣よりも低くして、馬の足にひっかかればいいんだよ」

「そしたら、オイラたちが歩くのに邪魔じゃないか」

「邪魔でいいのさ、歩くのはオイラたちじゃなければさ」

「それは？」

「だから、オイラたちが小屋へ帰るときに張るんだよ。そしたら誰か馬で来たってそれに引っかかるだろう」

「そんなうまくいくもんかね？　引っかかって馬が転んでもわからないよ」

「じゃ、それに何かつければどうかね？」

「つけるって？」

「音がするようなものをさ」

「え？　引っかかってから音？」

「そしたら、小屋の中にいてもわかるだろ」

「わかってもそこまで来たら、もう遅いよ」

「じゃあ、もっと離せばいいじゃないか」

「でもそしたら聞こえないと思うよ」

「うんと大きな音が……といっても、そんなものはないかあ」

「あ、そしたらさ、そこで鳴らなくても、小屋の中で音がすればいいんだよ！」

「どうして小屋の中で鳴るんだ？」

「その紐をずっとつなげれば大丈夫じゃないかな？」

セツたちは夜が明けるまで夢中で話した。

その結果をナカツモトとハナツヒトさんに言うと、では図と紐を持って実際に試してみようということになった。まず、図を中心に最初は全部に張ることを考えたが紐が足りなかった。

「東や北は張ってなくても大丈夫だろうよ。百軒は西からしか来ないから、西へ張ってみよう」

「どういう風にだ？」

「ほら、ここが村のはずれだ。砂浜はここまでだよ、海に杭を立ててそこから林の木まで何本か杭を打つんだ。それに紐を繋いでいく」

「でも、そうすると紐から小屋までも長いし、第一地面を這っちゃうよ」

「そうだな、どういう風にするかな？」

「どうだい、それにヤギを繋いでおくっていうのは？　どうせヤギも牛も小屋のそばに繋ぐんなら、そこにしても変じゃないし、百軒にしてみても不自然に感じないだろう」

「でも、そうすると変じゃないかい。砂浜にヤギがずっと繋いであるなんて」

「少し離しておくってのはどうかな」

「ああ、何もすべての杭に繋ぐことはないな」

「だめだよ、ヤギが動いたらそれだけで小屋の中が鳴っちゃうじゃないか」

「あ、そうかあ」

「やり直し、やり直し、さあ上手い工夫を考えようぜ」

「さてさて」

実際に杭を立てて、紐を繋いだ。さらに杭から木の幹にそれを延ばし西側にずっと紐が繋がった。

横に渡された紐からは何本かの紐が小屋に引き入れられた。浜辺の紐には海藻や魚の干物をいくつかぶら下げた。

小屋の中に引き入れた紐は板と棒がつながれて、紐を引くと結構な乾いた音がした。

セツたちはその紐をもっと西側に張ることにした、そして小屋を二つほど建てるとそこに交代で見張りを置くことに決めた。そして実際に馬を使って何度も同じことを繰り返した。

馬で来るものも徒歩で来るものも、ちゃんと紐に足が引っかかる高さにして、見張りはその音で起きると村の小屋と結んだ傍らの紐を思い切り引っ張って、草むらに隠れることになった。

村と小屋の距離は六十メートルほどで、小屋と杭も三十メートルくらいあった。コカドタの人たちは小屋からさらに北に隠し蔵を用意してあり、音が鳴ったら、何も持たずにすぐにそこへ逃げ込むようにしていた。

足跡をつけられないよう通常でもそこに穀類や干し魚、干し肉を運ぶ時もその草を踏むものはいなかった。

退避に関しては、ほぼ村の人々は安心するようになったが、それでは昔と余り変わりはない。ムギバンタの人々が百軒を抑えてくれるのは三年だ。

それまでに三倍の百軒を如何に倒すかを考えなければならない。マツリゴトを百軒にも守らせるにはどうすべきか。

実際に戦火を交えたわけではないので、三倍の百軒がどのくらいの力を見せるのか誰も想像できなかった。

「やるんなら、カドタから攻めたと思わせてはダメだ。相手の力もわからないのに、うっかりこちらの戦力を出すわけにはいかない。前にも念を押したのはそこだ」

ナカツモトの言うことをみんなじっと聞いた。

「まず二つに分ける。一組は穀類を持って交易に向かう。もう一組は西側へ大回りして百軒の西側から、小さくてもよいから何度も攻撃を仕掛ける」

人数は攻撃が十二人、交易が六人と決まった。

十二人は二ヶ月分の用意をして北へ向かい、百軒の目に触れぬよう慎重に西側に移った。十二人が出てから十日後、カカたちが交易に向かった、おそらく何も得られず取り上げられるだけだろうが、その間に百軒の情勢を探ることになっていた。


ナカツモトに率いられた十一人はカドタを出て十四日目にやっと海辺に出た。

そこは岩がごつごつして、カドタよりも波は荒かった。そのごつごつした岩は山すそのほうまで大小の岩が点在しつつ、競りあがった丘に繋がっていた。

カドタに比べてなんとなく荒々しい風景だ。山は近いけど川があまり見当たらないなとセツは思った。

川がないとそう長くはいられない。そう思いながら岩を登っていくと、岩の隙間から水は何箇所かから湧き出ていた。だが多くは川にはならずに、全体に湿地のような溜まり方をしていた。

ナカツモトはそれを見て、砂浜からずっと砂が下に多いんじゃないかと言った。折角湧き出ているのに皆吸い込まれてしまって、川にならないらしい。

「百軒が東に向かうのは、こういうことも理由なんだな」

丘の上に立って西を見たが、人の住んでいるような炊煙や海上での船らしきものも全くない。

眼を凝らしてみると北のほうには広大な森の中に相当離れた二、三箇所から、うっすらとした白い煙が糸のようにたなびいている。

「折角の海があるのに、これじゃあ誰も住まないのだな」

「魚だけじゃ生きていけませんしね」

「ああ」

セツたちは手近な洞窟を探し、当面のねぐらをそこに決めた。ねぐらから一番近い村はずれまで一日はかかる。

「どういう風に攻撃しましょう?」

「こういう地勢だから、まず彼らはこちらへは来ないだろう。だから我々が襲うというのは彼らにとって想像してはいないのは確かだ」

「では、どちらからどのようにしましょう」

「少し時間はかかるが北からにしよう。ここから一時間ほど北へ上り、そこから少し東へ行ってそこを最初の拠点としよう。つまり北にヒイではない別の村があると思わせる」

「どうするんですか？」

「彼らと同じように搾取を専門にする村がヒイに追われて南に下ってきて、村を作ったと思わせるんだ」

「でも、村で小屋を作るなんて、時間もないし無理でしょう」

「本格的に作るわけじゃない。相手に常駐しているなと思わせる程度でいいんだ」

「はあ？」

「常駐していると思わせれば、彼らはそう簡単に東へは行けない。その間に襲われる危険があると勝手に思い込ませるんだから」

「なるほど」

「そうすれば自ずから東へ行く兵士も少なくなる。ようするに敵の勢力が寸断される可能性が高まるんだ。少なくなればこちらが多い時に攻撃できるからね」

「百軒が本当はどのくらい勢力があるかはっきりしてからのほうがいいんだが、それを確認するには危険と時間がかかる。本当のところでは交易の六人も七割くらいは危ないと思っている」

　セツたちは洞窟から移動して所定の場所の草を刈り、周囲に杭を打って小屋を建てた。小屋は簡単なものだったが馬の足跡をなるべく多く残し、二十人以上の勢力があるように工作した。

四日目に初めて百軒の兵士たちを見つけた。

二人ずつの隊列を組んで二十人ほどの若い男たちだった。いずれも装甲はつけていたが冑はしておらず、何をしにどこへ行くのかもわからなかったが黙って小走りに北へ消えていった。

翌日も同じように二十人ほどが北へ向かっていった。

「明日も同じようなことがあったら、思い切って村のそばまで行ってみよう。六十人もいなくなればそこそこ手薄になるだろう」

だが三日目は何も起きなかった。そのため夕方になってセツとショウは徒歩で村に近寄っていった。

自分たちの村が襲われるとは夢にも感じていないようなたたずまいで、思いのほか簡単に一番端の小屋に近寄れた。暗くなった夜空が二人の姿を隠す。そっと萱の小屋により、耳をすませた。

中からはぼそぼそという音が聞こえるだけで中身は何だかわからない。何人がいるのかもわからなかった。

暗い中でも独特の建て方である竪穴式は三角形の先を平らに切ったような姿を四十ばかり数えることができた。

「意外と思ったより少ないような気がするが……」

「我々と同じように、何箇所かに分かれているのかもしれないぞ」

「うんそれは気をつけよう、しっ」

男が二人出てきた。どうやら若い男のようだ。

二人は木陰に行った。並んで立ちながら話をしている、何やらほっとしたような感じだ。

「全く何でもかんでも三人で決めたとおりじゃやたまらんよな」

「ほんとだよ、あいつらだって特に何かに秀でてるわけじゃない。たまたまムギバンタで剣を少し持ってきたからって、そんなに威張られたんじゃたまったもんじゃない」

「そもそも、なんであいつらは同じだけしかもって行かなかったのに、あんなに簡単に手に入れてきたんだろう」

「それよ、だからキミヂやオルさまたちが懐に入れたって言えるんだよ」

「本当だ、あの言い方はいくらなんでも言いすぎだ」

「それはキミヂさまたちを黙らせるためだろう。やつらは自分たちが村の実権を握るつもりなんだ」

「今だって結構好きにやってるじゃないか」

「なんでもすべて自分たちの好きにやりたいんだろう。力がつくとそんなもんだ」

二人は用を足し終えるとまた小屋に戻っていった。

「なんだか、もめていることでもありそうですね」

「勢力争いだろう」

「どちらが、優勢でどちらが正しいのかもわからないが、そういうことがあること自体、我々にとっては少し時間稼ぎになりますね」

「うん、でもカカたちはどうしたんだろう。もうここに交易に入ってきていてもいいころだが？」

カカたちは用意した穀類などはそのまま没収されて、三日ほど前に追い返されていたのだ。幸いそうしたものを持っていただけに、コイが背中を棒で打たれただけですんだが警戒されたことは間違いなかった。

百軒は自分たちの村のことを秘密にしたがっていることが明らかになった。

カカたちはこの村のことをどこで知ったのかと激しく問い詰められ、あくまでも道に迷っただけだと言い逃れた。交易などてんから受け付けない風に思えた。彼らは馬もすべて取り上げられ、北に半日ほど行った先で放り出された。

百軒は男たちを偵察に出し、周囲を警戒した。

セツたちが見た四十人の兵士たちはそのために村の周囲に陣取るためのもののようだ。

ナカツモトにもセツたちにもその状況はまだわからなかったので、それから三日後、十二人は夜間に百軒の北の端から急襲した。時間は短時間で姿を見せずに弓矢を何度か斉射しただけだったが、これは思いのほかの効果をあげた。

百軒はカカたちがどこかに自分たちの村の存在を知らせたと思ったらしく、周囲に散っていた男たちを集め、北に向かった。攻撃を受けたこととカカたちを北に追放したことが一緒に見えたらしい。追放したカカたちが仲間を連れて攻撃してきたと思ったのだ。

共同していないことはそのとおりだったが、事実はそれとほとんど変わらなかった。

「あのやつら、だから片付けちまえばよかったんですよ。それをキミヂたちが許すから仲間を呼んできたんですよ」

「そうだな、あの六人を片付けたら、キミヂたちにもそれなりの覚悟はしてもらわんと」

「西の岩場に追放しましょう。最低でも」

「ふん、あそこなら魚だけはあるからな」

ナカツモトは弓矢は大事にしないといけないと、三回ほどで打ち切ったがそれが意外な効果をあげたことには気づかなかった。そのため失った矢を少し補充せねばと一日を矢作りに費やしてしまった。カカたちを追いかけて北に進んだ四十人がいない絶好の機会だったのだが。

百軒の兵士たちは五日前にカカたちを放り出した地点に小さな小屋を建てることにし、そこを最北端の集会所とした。そして翌日から十人ずつに分かれ三方向へカカたちを探しに出かけた。

残った十人は小屋を建て始めていた。二日目に東へ進んだ一団が焚き火の跡を見つけた。辺りはよく見ると草を踏んだ跡がさらに東へ続いているように見えた。

「おい、ひょっとしたらあいつらカドタのやつらじゃないのか?」

「そんなことはないだろう。なんでやつらがのこのこと交易なんかすんだね、食うや食わずのやつらにそんな余裕はないだろう」

「そうだな、じゃ、どこのやつらだ？　東へ向かってるじゃないか」

「東ったって、やつらは海岸沿いに住んでんだぜ。これはそうも見えるが山に向かってるとしか見えんがなあ」

「まあトッ捕まえてみりゃわかるもんだ。今度はキミヂもオルもいないから、半殺しにでもすりゃ、いちころに白状するだろう」

カカたちの休息の跡を見つけた兵士の一団は自信を持ってその後を追っていった。その自信は蹄の響きや馬の嘶きに無頓着に急いだので、前方を行くカカたちの耳に聞こえ始めていた。

「おい、変だぞ。こんなところで馬の足音が聞こえる。ちょっと散らばって様子を見よう」

用心深いカカがコイやヌキを呼んだ。

「や、確かにあれは馬だ。それも結構近いぞ。三人ずつ左右に分かれてやりすごそう」

三人は濃い葉を繁らせている椎の木に登って身を隠し、三人はススキや萩に覆われた草地に潜んだ。

ほどなくして装甲に身を固めた百軒の兵士が十人ほど隊列を組んでやってきた。冑の中の顔はどれも若いが血の気の多そうな顔をしている。椎の葉陰で声を詰めて身を硬くしてやり過ごす。

しばらくしてから六人は集まってひそひそ声で相談をした。このまま東へ行くとカドタに出てしまう、そうなると余計まずい。

　彼らはカドタにはそうめぼしいものがないことを知っているので、盗まれるものはないが彼らの村を気づいたことには極度の警戒心を持っていることがわかったから、自分らが村にいることがわかったらややこしいことになる。

　百軒の勢力が最低でも六十人近くいることがわかったので、うっかり攻撃することもできない。セツたちがどういう仕方で攻撃しているかわからないが、十二人ではどうすることもできないと頭をかしげた。

「だが待てよ、今オレたちを探しにきたのは十人だった。残りが五十人。はて、この連中は、そのまま村に残っているんだろうか？　オレたちはそんなに簡単に後をつけられたんだろうか？」

　ヌキが首をかしげた。

「そうだな、そう言えばそうだ。もしオレたちを追っているとしたら、何のためだ」

「確かに、追うくらいならどうして解放したんだ」

「カドタを狙っているんじゃないな。何らかのことがあって一度解放したオレたちを探しているんだ。もしかするとセツたちが上手く攻撃したんじゃないかな？」

「うーん日にち的には合っているし、そう思いたいな」

「きっとそうだ。何人倒したかわからないが、やつらがオレたちを探しているってことは、セツたちと仲間だとふんでいるのかもしれない」

「セツたちはどういう攻撃をしたんだろうか？」

「どうする？」

「何がだ」

「オレたちも、もう一度戻ってみないか？」

「武器も馬もないのにか」

「小屋に火ぐらいかけられるだろう」

「オレはやりたい」

棍棒で背中をひどく打たれたヌキも言った。

「そうだろうが、まだ背中は治りきっていないだろう」

「何、ほんの打撲だ。もうそんなに痛くはない。オレのことをこんなに痛い目に遭わせやがって」

「どうする、みんなはどう思う？」

カカはさらに声を潜めた。

「オレは戻ってもいい。棍棒の一つだって役には立つだろう」

「うーん、だがなあ、危険は前以上だぞ」

カカは慎重だった。

「だからこそ行くんだよ。いいじゃないか、姿を見せれば危ないけど、夜そっと忍べばいいし、うまくいけば剣か槍のひとつはあるだろう。ダメでも火をつければいいじゃないか」

「でも、火をどうやってそこまで隠してもっていけるんだ？　途中で見つかる危険のほうが大きいぞ」

「深夜まで待つさ」

カカたちは一時間ほど話したが、男たちは戻ってくる気配は見えなかった。それもあった所為か六人は手ごろな棍棒をそれぞれ手に持ち、再度西へ向かった。

今度は慎重に少し分かれて進んだ。合図はムササビや鳥の声を真似て極短く瞬間的に声を交わしていった。

一日経ち、解放された近くに来るとざわめきが聞こえる。そっと探ってみると十戸ほどの小屋が出来て二十人から三十人ほどの兵士がうろうろしている。

「こいつはまずいぞ。やつらこんなところに陣を張っている」

「何をしようっていうつもりでこんなところに陣を？」

もとより、百軒はセツたちの弓矢攻撃を別の集落からの攻撃だと思っている。夜が更ける前に兵士は四十人を数えた。

「意外に多いな。何か話の内容がわかるといいんだが」

真ん中で火が焚かれ、大声で話し合う声が聞こえた。時々、連れ立って木立に向かうものがいるが酔っているらしく話はよく聞き取れない。

それでもかろうじてカドタとか弓矢という語が何回か聞こえた。それを推測するとどうやらセツたちが弓矢で攻撃したものかと思われた。

それにしてはセツたちはどこにどういう状態でいるのだろうか。ここで油断を見澄まして小屋に火をかけるのもいいが、どうせならセツたちと会って武器を手にしたいと思った。素手に棍棒だけではどうにも気が弱くならざるを得ない。

とうとう白々と夜が明け始めた。

百軒の兵士たちも見張りの数人以外はぐっすり寝込んでいるようだ。ここで弓があれば見張りを倒し、小屋に火をかけられるところだと武器のないことを悔やんだ。やはりセツたちを探すほうが先だ。

カカたちはそこから南の百軒の村に戻ることにした、おそらくセツたちはまだその近くにいるのではないか？


「どうだ、大分溜まったな。昨日やつらは誰も戻ってこなかった。連中が戻ってこないうちに一度攻撃してみたらどうだろうか？」

「そうだね、見たところ小屋は四十近くあるが、もう少しあるかもしれん。だけど四十人も出ていってるから、三十人程度かもしれないな。だとすれば攻めるほうが有利だ。三組に分けよう。二組は三人ずつで左右に散ってくれ。六人が裏から矢を射掛ける。彼らはそれで出てくるだろう。様子を見て左右から射掛けるというのがいいと思う」

人数が少ない場合は逆に広がって、場所を特定されずに本数は少なくとも繰り返し攻撃し、敵の集中を削ごうということにした。そのため敵がどの程度なのかはわからないのが不安だったが、この前出ていった四十人が戻ってきていないというのが一つの決断だった。

朝の静けさが次第に騒がしくなってきたのを見透かし、北に隠れたケンたち四人の矢は敵に驚愕をもたらした。

本数は一回に四本だが冷静にそれを見分けるものがおらず、左右からの追加が攻撃されることの少ない百軒にとっては、判断しにくかった。矢を受けて倒れたのは数人だったが、北へ行った仲間に知らせに走るものがそれだった。

百軒はほとんどが男で構成されていたが、残っていたのは老人と子どもが多かった。老人たちは矢の本数や方向を次第に見抜き始め、残っているものたちに指示を出し、北側の正面に狙いを絞りかたまっていけば相手は矢を番える余裕を無くすだろうと言った。

男たちがかたまり始めたのを見たナカツモトは、ケンたちに指笛で危険を知らせた。二人ずつ左右に散れ。

百軒の男たちは攻撃態勢を整え、槍を構えると大声をあげて一気に村はずれに走った。その横に回ったケンたちが加わって左右から矢が挟み撃ちのように飛び、集団になった兵士へ注いだ。

正面に狙いを定めるように言われた男たちはあえて左右を無視したが、その結果、村はずれまでに十人以上が矢の犠牲になった。村はずれのことおぼしき辺りの草はそう乱れていなかったが、セツたちの影も形も見えない。

兵士たちは不安げな顔で互いを見合った。老人たちは、左右からの矢を見ていたが、前より矢数が多くなったのに気づき、兵士たちに散開しろと合図した。二十人近くになった兵士たちはやや恐怖も交え、村の周囲に散らばった。

「いたぞ！」

矢を射ていた弓の高さが草の上にいくつか覗いていた。まだ、経験の少ない若い兵士たちだったので思わず見つけた際に大声をあげており、さらに仲間を集める為に叫んだ。

「こっちだ！」

その声はセツたちに次の行動を知らせるように思えた。

「逃がすなっ」

「追えぇー」

「殺せ！」

言葉は恐ろしいが指示・命令に基づくものではなく、戦いでの自然な叫びにすぎなかった。

セツたちはナカツモトからこういうときの叫びで、敵がどういう気持ちで動いているのかを何度も繰り返して経験させられていた。彼らは自分たちのことをまだほとんど把握できていない。

声は老人や反対側にいたマサやノブたちにも聞こえた。マサたちは矢を撃つのを止めた。

計画通り、セツたちは村の中に走りこんだ、敵を慌てさせるためだった。

村を走り抜けてマサたちの近くに逃げ込むと追いかけてくる敵に矢を絞った。体も気も緊張の頂点に達している、相手の数が思ったより少なかったことと、敵に主導権を取られていないことがセツたちを冷静にしていた。

十二人の誰もまだ怪我一つしていない。矢も十分ある。広場にはさらに十数人が矢を受けて倒れている。

ショウたちは今度は一箇所から一斉に十二本の矢を浴びせた。老人たちが弓を出して反撃してくる。年の割に水平に撃ち出す矢は力強く、ソラとテシが肩と胸を射抜かれて倒れた。

セツたちも懸命に撃ち返した。戦いは三十分余りだったろうか、村からの矢が少なくなった。

再び老人たちが集まっているようだ。残った若い兵士たちを呼んでいるように見える。

セツたちはその数を数えていた。およそ十七、八人のようだ。

そこへ馬が二頭引き出されてきた。男がそれに跨るといきなり走り出した。

「まずい、連中を呼びに行くぞ」

ケンが草むらから立ち上がり最初の男の馬に狙いをつけた。矢を放つ前にケンの肩に矢が当たり、ケンは横向きに倒れた。

マサが矢を放ったが馬に掠っただけで二頭ともあっという間に村から走り去った。

ナカツモトは怪我をした三人を運ぶよう言ったが胸に矢を受けたテシはもう息をしてい

なかった。

　セツたちは村から三百メートルほど東へ走ると身を潜めた。

「爺さんたちはさすがに冷静だったな。テシは残念だがもうダメだろう。ケンとソラの具合はどうだ？」

「痛いけど大丈夫です。掠っただけですから」

　そう言いながらも顔色が青かった。

「寝せておいてやれ。寒気がするから誰か上に何か掛けてやってくれないか」

　ナカツモトは自分の服を脱ぐとケンに掛けてやり、セツも自分のをソラに掛けてやった。

　二人は目をつぶったままだ。

「オレが見てます」

　マサが言うとそばに付き添った。ナカツモトはすぐそばでセツたちと輪になって、次の行動を練った。

「あの連中がどこかに行った四十人を連れて戻ってくるだろう。そうなったら、ここらは虱潰しに探される。その前に足跡をつけずに隠れよう。矢も大分減ってしまった。残念だがひとまず退却するほうがいいと思う。すまんが木の棒を四本用意してくれ。ケンたちを運ぶから」

「ナカツモト！　大変だ」

「どうした？」

「ケンとソラが息をしなくなったんです。二人とも口から泡を吹いて揺すっても起きないんです」

「毒だ」

ナカツモトはすぐに二人の横たわっているところに走った。二人はまだ生きているように見えたが、胸に手を当てると何の反応もない。ナカツモトは手首を掴み脈をとったが、少しすると手を放して首を振った。

二人を手早く埋めるとセツたちは馬の場所に戻り、大きく南を回って村から離れた。


「ああ？　村を誰かが襲った？」

「どこのやつらか判らんのですが、朝方いきなり矢が飛んできまして、私が出るときには十人ほどやられていました。どこのだれがあそこを知って攻めたのかは判らんのですが、キミヂさまがお頭たちに知らせろと言われたので飛んできました」

「よしすぐに戻る。どういうやつらかは誰も見ていないんだな？」

「はい、人数も不明ですが、撃ってくる矢の数からは二十人はいないと思います。でも、その攻撃は弓だけでした」

「狩猟を主にやっているやつらだな。山の賊が下りてきたんじゃないか？」

「よし、すぐに戻るぞ」

「ここはどうします？　誰か残りますか？」

「いや、いい、みんな戻る」

「わかりました」

四十人を率いたエドたちは一気に馬を走らせ四時間ほどで村に入った。

数人の男が槍を持ち、広場にはキミヂたち長老が弓を手にして座っている。その右のほうには十人ほどの男が横たえられていた。

「やられましたな」

「ああ、隙を狙ってきたんだろう。どうせどこかの山の連中だな。証拠に弓しか使わんかった。剣や槍を使える連中じゃなさそうだ」

「手ごたえはあったように思ったが、どこかに隠したのか見当たらなかった」

「すると何人か倒されたんですか？」

「おそらくはな。だが山のやつらは体力はあるし素早い。おそらく仲間が背負って逃げたのだろう。どうせ毒が回って死ぬんだから無駄なことだ。落ち着いて辺りを探せばどんなやつらか大体は見当がつくだろう」

「村は何人やられたんですか。あそこには十人ほどいるようですが」

「ああ、全部で二十二人やられた」

「よし、死体なんぞは捜さなくてもいい、山のやつらに決まっている。いまから西へ行くぞ、用意しろ」

「エド、どこへ行くんだ？」

「西の山ですよ。あそこのやつらは前々からここらをうろちょろしてたんだ。今度は一気に皆殺しにしてやる。さ、いくぞ」

「待て待て、早まるな」

「そんなことを言ってる場合か。どうせ相手の場所は大体わかっている。今から追えば村に逃げ込むのと同時だろう。焼き払ってやる、今後の安全のためにもな」

キミヂたちが止める間もなく、エドたちは戻ってきたときと同じように砂煙をあげて西へ向かった。

「相変わらず頭より感情に支配されているな」

キミヂはオルを振り返って頭を振った。

「そう、何も四十人全員で行くこともないと思いますがね」

「まあいいだろう。コセ、穴はもう全部掘れたか？」

「あと四つです」

「終わったら来てくれ」

「わかりましたよ」

「お頭、西のあの連中、また何でこんなときに攻め込んできたんでしょうかね？」

「知れたことよ、どっかでオレたちが出て行くのを見てたに違いない。そうでなきゃ、あんなにうまく攻め掛けることなんてできっこない」

「だとすると、山はもう食い物がそんなにないってことですかね？」

「そうだろうな。だからオレたちが代わって、ごく潰しどもを片付けてやるんだ。お礼にやつらが持っているだろう毛皮でも持ち帰ってやるか」

「ふっふっふ、そいつはいいですな。そろそろ寒くなるし」

「さ、いそぐぞ」


百軒の村を中心にセツたちと反対側にエドたちが散り、代わりに北から武器は棍棒だけのカカたちが村に向かっていた。

徒歩なので、一日近くかかって村の外れに着いた。小屋の数は残念ながら何も変わってはいなかったが、人の数がやけに少ない。数えても十人を少し超えるくらいだ。

馬を放してある柵のほうにも馬は数頭しか見当たらない。

「おやぁ、あの連中はまだ戻ってきてないのか？」

「変だな、何か前より静か過ぎないかね」

「暗くなるまで待とう」

カカたちは少し離れた草むらで日暮れを待ったが少し腹も減ってきた。

ナカツモトは矢も減ったたし、ここからなら三日ほどで帰れるのでとりあえずカカたちのことも気になるしカドタに急いだ。

村に着くと二人の男が草むらから出てきた。

「百軒かと思ってひやひやしましたよ」

クシュが両手を広げた。

「二十人ほど倒してきた。だが敵の毒矢でソラとテシがやられてしまった。カカたちは戻っているかね？」

「いや、まだ誰も戻ってきてないですよ」

「変だな、カカたちは交易だから、とっくの昔に戻ってきていると思ったんだが、何かあったかな？」

「何がって、もしや？」

「うん、オレたちが百軒からの道筋にはそうした跡はなかったんで、とっくに戻っていると思っていたんだが」

と、ナカツモトは繰り返した。

「もう一度百軒に戻るべきじゃないですか？」

「うん、そうかもしれない。本当はコカドタまで行こうと思ったが、矢と食い物は少し余裕があるかね？」

ナカツモトはクシュに聞いた。

「暇だから矢は毎日作ってる。食い物はあいにく干し魚ぐらいしかないが」

「それでいい、今日はここでゆっくりして明日百軒にもう一度行ってみよう。なんだかカカたちが心配だ」

「国を維持していくのは大変なんですね」

焚き火に当たりながら、セツはぽつんと呟いた。

「そうだ、一つの家族だって同じものはいない。それらの出来ることと出来ないことは、いつもそばにいるから何の不思議もなく行われている、それが普通だ。だが知らないもの同士では相手が何を欲しがり、何が出来ないか、そう、相手のことはほとんどわからないことばかりだ。それでも同じ村、同じ国なら言葉もわかるし、間に立ってくれるものも大体は好意的だ。敵意は少ない。しかし、他国や他の村のものたちがそうだとは残念ながら今はそう言えないんだ」

ナカツモトは誰に言うともなく話を続けた。

「だから、まず自分たちに共通なことはお互いわかり合い、守らなければならない。そう、掟だね、そう」

「そして、村を守るのは自分たちですね」

「そうだ、そして自分たちの村の明日のことがわかるものが、村を導く」

「戦いも百軒のように相手のものを見返りもなしに奪うというものもあれば、それを防ぐ戦い、それにそういうことをさせないための戦いもあるんだ。お前たちはその三つ目の戦いにこれから遭遇しなければならない」

「戦いをさせないための戦い？」

「まず、お前たちは自分たちの戦いの基礎を学んだ。そして自らの判断で当面の最大の敵百軒に戦いを挑んだ。もちろん正面切って戦ったわけではないが、敵をかく乱させたことは間違いない。いずれ彼らはここからの戦いと気がつくかもしれない。しかし、その前に、他国が百軒の行為に怒るようにもって行くというのがこれからの第三の戦い方なのだ」

「第三の戦い方とは？」

「お前たちもうすうす理解しただろう、百軒を相手にまともに戦ったって百年はかかるだろうってことがね。たしかに不意をついて二十人近く倒したことは事実だ。聞けばその前にも毒を使って二十人を倒したというじゃないか。だが、彼らがそれで壊滅したか、カドタへの襲撃を中止することがあったか、むしろそれ以上に過激になってきたのが事実だろう」

「はい」

「何故だかわかるか？」

「いや」

「彼らは生産の知恵を持っていないのだ。しかし、人は毎年少しずつでも増えていくものだ。しかもそれらが戦力になるには何年もかかる。必要なものは毎年増えていくものなんだな。そして一番簡単な方法でそれを手に入れていく」

「取られるほうはたまったもんじゃない」

　クシュが吐き捨てるように言った。

「そのとおりだ」

「先般、ヒイの長老がムギバンタに剣を渡して支援を願ったらどうかという話をしたのを覚えているだろうな」

「はい、そうでした」

「だが、ムギバンタは兵を出してはくれなかった」

「はい」

「ムギバンタにしてみれば当たり前のことだが、百軒とカドタの村の差が少しも分からぬからだよ」

「違いがわからない……んですか？」

「そうさ、百軒だってムギバンタに行く時はここらからせしめた穀類や肉、魚、あるいは土器などを運ぶだろう。それにカドタなどはこの前初めてムギバンタに行ったくらいだ。そうハナツヒトという男を除いてね」

「どうしたらいいんですか？　その第三の戦いにムギバンタに参加してもらうのは」

「まず、第一にムギバンタとカドタの取引をすることだ。カドタで出来るものを決まった時期にムギバンタに運ぶ。そして、そこで欲しがるもので自分たちに作れるもの、採れるものをたくさん探すことだ」

「つまり、ムギバンタの人たちにとって、カドタの我々が行くのが待ち遠しくなるようなものを探すんですね」

「そう、そしてそれを百軒にわからぬよう道も別に探しておくことだ」

「そうなるとムギバンタからも人が来るようになる、そうしていくうちにカドタはムギバンタにとって大事な村になっていくんだ」

「なるほど」

「ムギバンタにとって大事な村であることが決まれば、その大事な村を襲うものは？」

「ムギバンタにとっても敵ですね」

「そのとおり、しかし、これには何年もかかる。問題はその間にカドタが交易すらできないほど略奪されたり、殺されたりしないことだ」

「だから、こちらの兵力を訓練しながら殺されたり怪我で失ってはいけないということですね」

「そうだよ」

　初めてナカツモトは笑った。

「どうだい、そうできるかな？」

「頑張ります」

「ではまずどうする？」

「明日、カカたちを探し出します」

「そして弓矢や槍、馬の練習をさらにやります」

「百軒の兵士が動く前に見張りで動静を探れるようにします」

「そうだな、それぞれに得意なことや苦手なことがあるだろう。今晩はそれを話し合ったらいいいんじゃないか」

「わかりました」

「じゃあ、オレは先に寝るぞ」

カカたちは二晩粘ったが警戒が強く、小屋に火をかけるどころではなかった。そのため三日目に海辺を西に向かうセツたちを草むらの中から見つけると六人は走り出した。セツたちも思いがけないところでの出会いに驚いて六人を馬に乗せるとカドタに戻った。改めて、ケンとテシを祭った。残念ながら百軒の近くの松林の中に埋めたのだが、小刀で髪の毛を少し切り取ってきたので、それを墓に入れてやった。

冬にハナツヒトさんが熊の獲りかたを実践してくれた。大きなツキノワグマを四頭も狩ることができた。皮は丁寧に剥ぎ、肉は塩漬けや燻製にし内臓は犬たちの胃袋を満たした。

春になるとナカツモトはハナツヒトさんと何度か図を片手に北の山を散策していた。図にはマル以外にもいろいろな記号が記されていった。そして、その記号をくねくねと太い線が繋いでいた。だが、山をはさんださらに北側には大きなマルが二つ描かれていたが、そのマル同士は線が引かれていたにもかかわらず、山を境に南側ではぷっつりと途切れていた。

「やはり雪が溶けてからでないと、道は探しにくいな」

「そうだな、安全なのは西よりだが、そうなるとどこかで百軒と一緒になってしまうからそれは避けなければならない」

「あとどのくらい待てば消えるかな。七日くらいかそれとももう少しかかるかな」

実際に雪が溶けたのは二十日も経ってからであった。村の周囲では黄色い花が咲いているが、山の上ではやっと日陰に残るくらいだった。

道があるわけではないので下手に動くと却って道に迷ってしまう。それでも雪が消えると獣道などがときおりあったりして気をつけないといけなかったが、歩いた道には目印の杭などを立てていった。

三日で山の上に立つと、眼下に黒い森がまだ溶けない雪と混じっていたが、遥か先に黒い森でないような小さな緑の板のような模様が見えた。

「あの辺りがムギバンタでしょう。そのさらに先に翳んでいるのがヒイのある山だと思いますよ」

ナカツモトの鋭い眼は自分の生まれ故郷の山の形を懐かしそうに眺めていた。

「目標があそこであれば、一直線にここから行けるのが一番だが、何かあるかな？」

「山はいろいろ木や岩があるから注意しないといけないが、まず直線が基本でしょう」

「よし、どうだい。あんたの見方ではあの緑のところまでどのくらいかかりそうかね？」

「早ければ五日、もちろん整備されてからですがね。登り三日で下りが二日の距離でしょう」

「そうだとすればこちらが登り二日、下り一日で普通には四日往復で八日あればムギバンタと繋がるわけだ」

「そうですね。援軍が四日ですから、その期間保てれば何とかなるわけです」

「だが小屋で四日も守れんよ。せいぜい半日持てばいいとこだから」

「直接ぶつかった場合ですよ」

「そうだったな、四日隠れられれば何とかなるわけだ。そうであれば逃げ道はこの丘の近くが最適だということになるが」

「逃げるとき山を登るのは大変です」

「できればこの近辺に、三日から五日程度暮らせる隠れ家を用意できるといいんですがね」

「今の状況ではなかなか難しいよ」

「一年ほどかければ少しずつでも何とかなると思いますが」

「だってそうするとカドタで稲を作り、コカドタで採集や土器作り、干し肉やらいろいろやらねばならない。人手も食料もただでさえ散らばっているんだよ」

「ですがカドタは稲刈りまでですし、その後はコカドタが見つけられないことをびくびくしながらでは、ムギバンタの人たちの協力や信頼は得られませんよ。今回の道探しも、もともとはそれが目的だったわけですし」

「そのとおりかもしれん、住みやすいのは山のこちら側だが発見されにくいのは北側だな。その分運ぶ手間もかかるが、安全が第一だからつくるなら北側だ、それにそこからならムギバンタからの支援も近いし」

ナカツモトとハナツヒトさんが村に戻ってきたのは七日目の昼過ぎだった。

セツたちはカマセのじいさんに土器を習うもの、タネやクシュと一緒に干し肉や干し魚を木で蒸して燻製にするもの、弓矢をせっせと作るもの、山で毒セリやトリカブトなどの効果の強い毒を採集してくる男や蜂蜜を探している男などが、毎日を過ごしていた。

西のカドタで見張りをしているものたちとの交代に出ていくワカたちが笑いながら馬に乗っていく。

海辺に馬の足跡をつけぬよう、海の中を行くことがほとんどだった。砂浜を横切って草地に入る時は面倒だが、砂の跡を丁寧に均していった。

ナカツモトの話を聞いて、カマセのじいさんはため息をついた。この年になってもちいとも楽が出来ん。

じいさんは余り食が進まなかったが、みんな旺盛な食欲に悩まされていたので、この上さらに体力を使う山の避難小屋には顔を見合わせたが、二人の話にそれぞれが納得した。

「山の生活はいつどんな感じになるんですか？」

ジュンが子どもをあやしながら不安げに聞いた。

「基本はここだ。本当はここがムギバンタやヒイのように大きくなって、百軒が略奪の対象でなく交易を覚悟するのが一番なんだが、あそこの産物はよくて魚くらいだろう。しかも彼らは眼の前に魚が跳ねていても獲れる技量を持っているものは少ないんだ」

「そうなんだ、だから彼らは我々や辺りの村から奪ったものをムギバンタで武器と交換している。それしか頭にない連中なんだ」

セツたちは改めて村は一つでは成り立っていかない、面倒で手間のかかることに囲まれていることを話し合い、どうしてもムギバンタと交易を活かし、村の安定を図ることを村の最大の目標とすることにした。


翌日からナカツモトに連れられてセツたち十二人が山に向かい、交代にワカたちが山に入った。

一月も経たないうちに場所や避難小屋の大きさなどが決められ、二組に分かれて新しい小屋作りにとりかかった。

コカドタでもそうだったが、炊煙は一番発見されやすい危険なものなので、食料はそのまま食べられるように、燻製や煎ったどんぐりや干した木の実などをいくつも土器に入れて小屋の外に埋めておいた。

セツは山を見ているうちに、父さんたちの集落が意外に近いのではないかと思った。どこも同じような景色だったが、何か見覚えのあるような木や風景を見てショウにも聞いてみた。

「ああそうだね、どこでも山は似ているけど、オレも小屋の左手に見えた炊煙がムギバンタだとは思えなかったよ。何といってもオレたちがカドタに出てきたときの逆のような動きをしているからね。あの炊煙はセツの言うとおり、小屋から出ている炊煙だよ」

「やっぱりそうか」

「そうだよ、なぜなら位置が変わらないからね。狩りの人たちじゃないということだ」

「でも、あそこが巻向かどうかはオレにもわからないよ、違う村かもしれない。だけど炊煙を気にしていないからあそこは百軒に襲われたことはないんだろうね。もっとも巻向なんか襲うやつもいないけど」

「ムギバンタはあっちだろう。ほら、炊煙がうっすらとしているが太く見えるからな。多くの家があるんだろう。羨ましい景色だ」

「できるだけ早く、ああいうしっかりした村にならなければ」

「そうだよ、オレたちの子が安心して暮らせるためにも、今ここでしっかりしなければ何時まで経っても百軒に脅かされるだけだ。オレが怖いのはカドタもそうだが、やつらが田を耕しもしないがカドタに常駐するかもしれないってことだ。そうなるとオレたちは稲を失ってしまう。さらにはそれを耕すものを探しにくるだろう。うっかり炊煙を上げることもできなくなる」

「最悪は山に逃げ込むしかないことだね」

「そう、冬は食い物がない。五十人が生きていくことは無理だろう」

セツは村人の顔を一人一人浮かべて頭を振った。

守る！

小屋は五十人が最低でも七日は暮らせるだけの支度を調えることができた。セッたちは二十人ほどがそこに移り、小さな畑やヤギの囲い場を作った。

そこでの飲食は予備を使わずむしろそれを少しずつでも増やしていくようにした。

ナカツモトとハナツヒトさんは相談し、ここから一日の場所毎にもう一つ中継所を考えていた。

ムギバンタと交易するにしてもどこかで夜を明かさねばならない。頂上から眺めた距離は道が出来れば二日で行けそうだったので一箇所でもよいと思ったが、すべてが健脚の若者ばかりではないことを考えて二箇所にすることに決めた。

今日はその最初の道探しだ。

ナカツモトたちは曲がり角には目印のため必ず布を取り付けていった。

時には滝や崖に遭い、戻るときに大いに役に立った。

百軒がここを通る時までにはムギバンタのものが多く通ることを想定し、あえて布はつけたままにしておくことにした。最初の中継所は山から下りて、横に滝のある小さな空き地が選ばれた。

「何といっても水があることは大切だ。この川に沿っていけばムギバンタにもそう離れないところ辺りに着くだろう、いい目安になる」

そこでは普通に使う萱がなかったので白樺の木を何本か伐って丸太にし、上には草を葺いて覆った。周りは柱だけで湿気を防ぐため地面から一メートルほどの高さに丸太を並べた。

　広さは大人十人がゆっくり横になれるくらいだ、それと同じ大きさの小屋がもう一つと馬を繋いだり、土器を置くためにそれぞれ二戸建てられた。真ん中には一抱えもある岩を寄せ集めて焚き火用にしつらえた。

「この焚き火で心配なく煮炊きしたいもんだな」

「山のこちらだから心配はいらないと思いますよ」

「それに火を焚くのは夜だし、炎はこれだけ木に囲まれているから、山の上からでもわからないでしょう」

「ああそうかもしれない。でも念のため、戻るときにここで火を焚いて、山のどこから見えるかを覚えておこう」

　滝から流れ出した川は冷たい水に力を加え、北に流れていた。よく見るとときどき魚が光って見えるようだが、すばしっこそうで実際誰にも捕まえられなかった。

「おいしそうなのに残念ですね」

「何、今は時間がないが、かい掘りをやればなんとかなるだろうさ」

　川の幅はしばらくの間三メートルから四メートルほどを保っていたが、二日目の夕方には十メートル以上に広がり、流れもゆったりし始めた。

　山のほうでは木の間を流れていたが、次第に周囲の木はまばらになり幅が広がるころは草が左右に広がっていた。

「村に戻るときも、川に沿って上がっていけば、道に迷うことはなさそうですね」

「ああ、だが印はつけておけよ。そうそう、布はまだあるか？」

「ありますよ、大丈夫です」

その日の夕方近く、村を出てから初めての人影を見た。男は背中に籠を背負って被った笠をあげて不思議そうに見ている。

ナカツモトは男を見つけると、右手を挙げてその後掌を丸くして口に開けると男に向かって呼びかけた。

「おうい」

男は黙ったままその場に立っている。

ナカツモトは男を驚かせないように馬を降り、セツに手綱を渡すと両手を左右に広げ、満面に笑みを浮かべてゆっくり近寄っていった。

「こんにちは、村の人かね？」

「……」

「ここは、もうムギバンタかな、それとも……」

男は五十近くに見えたが、短い麻から出ている手足は骨ばって健康そうな茶色をしていた。少しうねった髪の毛は何本かの白い筋が入り、意外と背が高かった。

ゆっくりと背中から籠を下ろすと、ナカツモトに向き合った。奥に引っ込んだ眼は優しそうな光だった、それを見てセツはなんとなくムギバンタの人たちとうまくやっていけるんじゃないかと思った。

「ムギバンタはまだここから半日はかかる。このまま行っても道は暗いし、お前たちには見つけることはできんよ。だいたいどこから迷ってきたんだね？」

自分たちが山の向こうの海辺からやってきたことを話し、袋から燻製と干した魚を出して男の手に渡した。

「こういうものをムギバンタの人も食べると思ってね。できれば村に行きたいんだが」

男はナカツモトを見ながら包みを開いて、匂いを嗅いだ。

「熊だな」

「そう、オレたちが獲った熊だよ。干して炙ったもんだ。そっちはアケビに栗、どんぐりなんかを同じようにしたものだ。どうかね？」

やや心配そうに聞いてみた。

「熊はオレも知っている。熊を獲ったんなら内臓はどうした？」

「内臓？」

「ハラワタだよ、胃袋とかあるだろう」

「ああ、あれは犬が食べてしまった」

「ほう」

「ハラワタなんかをどうするんだね？」

「何だ、なんのために危ない思いをして熊を狙うんだ」

「何だって、一寸教えてくれないか？」

ナカツモトは自分がヒイの国のものだと名乗り、改めて男を草むらに誘うとセツたちにも馬を降りて、あと半日もかかるのではここで野営をするしかないと言った。男もそうしたほうがいいと頷いた。

川からいくつか丸い石を運び近くで枯れ枝を焚くと、持ってきた燻製をちょっと炙って男に勧め、自分も口に入れた。しばらく皆無言で噛み、パチパチと木が燃えはぜる音が続いた。

肉を呑み込むとナカツモトは男に向かい、ヒイでは熊は滅多にいないし、猪や鹿が多いがハラワタは煮込むくらいしか使わないと言った。

「なにしろ、いくらその日に獲ってもすぐに虫が飛んできて臭いがきついからね、適当なところは土器で煮るが、たいていは狩りに励んだ犬がその場で食っちまうさ」

「まあ、猪や鹿は内臓も少ないし旨くもないが、熊はな、そん中で内臓に妙薬になるものがあるんだ。滅多に獲れないからムギバンタの村の中だけでなくなっちまうからね」

男は淡々と話した。

「そいつはなんです、何かに役に立つんですか？」

セツが聞くと男は向き直って教えるように言った。

「熊のな、内臓をよく探すんだ。するとな、中のほうに黄色いのがあるんだ。こんなくらいの。そいつは切り離す時に傷つけると中身が出てダメになっちまうから、十分注意して取り出す。それをじっくり日陰で干していくとやがて黒くなる。そしたらそれを少し削って飲ませるんだ」

「誰にですか？」

「誰にって、多くは腹の弱い子どもによく効くんだが、余計に獲れたときなんかや体力のなくなった爺さまたちは涙を流して呑むよ。特に冬に穴籠りしているやつは臭みもなく、いい香りがするくらいだ。もっとも大変に苦いがね」

そう言うと男はもったいねえなあと呟いた。

セツはハナツヒトさんは冬にたいてい四、五頭は捕まえるけど、そんな話を知っているのかなと思った。でも、おそらく知らないいんだろうな、知っていたらハナツヒトさんのことだから、セツたちに教えてくれるだろうと思って、知らないこともあるんだなとおかしくなった。

急にあの薄い頭を照れくさそうに撫で回す姿を想像すると、自分が先に知らせてやりたい気持ちで一杯になった。ハナツヒトさんは普段は怖いけど、笑顔がとってもいいんだ。

「じゃあ、ムギバンタの人にとっては、その熊のハラワタってのは誰でも欲しいもんなんだ」

「そうだね、滅多に手に入るもんじゃないし、一冬で二、三頭も捕まえられれば大したもんだからね。もったいなかったなあ、犬に食われちまって」

男は苦笑いをした。

「もし、それをあんたたちが持っていたら、オレは二年はこんな格好で働かずにすんだのに」

「へえ、そんな小さいものが！」

「どうでしょう、ワシらが山でそれを獲った時そのなんとかというハラワタを取り出して運んだら、ムギバンタの人はワシらの村と仲良くしてくれるもんでしょうか？」

「そりゃこっちだって歓迎するね。昨年の夏はえらく暑くて子どもが何人も腹を壊して死んだから、それの取り合いに近い騒ぎが何度も起きたからね」

「わかりました」

ナカツモトは他にも何かムギバンタで少ないものや獲れないもの、必要なものなどを聞いた。

他にはあまりめぼしいものはなかったが、山国なので魚や塩はヒイから入ってくるとあった。それでも、北の魚と違った魚があれば見てみる価値がありそうだと笑った。

ナカツモトはそれとなく百軒からはどんなものが入ってくるかと聞くと、百軒は米も出来が悪いし、魚も普段は大したことはないが、たまに旨い米や干物を持ってくることもあると首をかしげながら言った。

ナカツモトはそれはおそらく他の集落を攻撃して盗ってきたものじゃないかと伝えた。

男も、そうかもしれないなあ、味も入れている袋もその時々によって全く違うからと頷いた。

そうか、では冬の間の熊と夏は塩と旨い干物を中心にしよう、そうナカツモトが言うと男は、それならムギバンタも喜ぶだろうと言った。

「だがね、それがちゃんと決められたころに、決められたものを決められた数だけ用意できないと交易は無理だよ。それが一つでも出来なければお前たちが来るのは自由だが、お互いの交流は難しいことになるのさ。何故ってお前たちがそれのうちのどれかが欠ければ、オレたちの村でまたそれを探さにゃならないからな」

そうだ自分たちが相手に期待するのもそれの裏返しだ、折角いろいろ用意してもムギバンタで鉄器や針なぞがなかったら何にもならないのだから。

交易というのは道さえ探せば相手も何か持って助けに来てくれると思うのは甘かった。

その晩はみんなまんじりともせず男に質問し、男も知っている限りのことを教えてくれた。なにしろ冬に一人で熊を四頭も仕留める連中を大事にしたいという気持ちが、男の舌を滑らかにしたようだ。

ナカツモトは男に、ここから川を一日ほど遡ると滝があり、そこに中継用に小屋を建ててあり、そこから一日山に登ると頂上のやや下に、五十人が七日は暮らせるだけの用意をした小屋があって、山を越えるとそこが海に近いコカドタという村だと話した。

男はそこまでは行ったことがないと言っていた。

男は塩と熊のハラワタ以外にはあまり眼を輝かせなかったが、それでも熱心に考えてくれた。

　男の名はタクミといい自分はムギバンタで独り者なので、いつでも自由に動けるからここで何晩泊まっても誰にも迷惑をかけないし、この近くで薬草と蜂蜜を採っているのだと紹介した。

　そう言って籠の中の草を取り出しそれを煮たり、潰したりして飲ませるのだと言った。

「だがねえ、草からのものなんで毒が強いものはすぐに効くけど、よくなるためには三月も半年もかかるんだ。長いのでは一年近くかからないと効果が現れないものすらある。薬草というのはそんなものなんだ。だから熊のハラワタのような早く効き目のあるやつは凄く喜ばれる」

　ナカツモトはそう言った話を聞きながら、盛んに頷いては持ってきた布に焦げた枝先で何やら記号らしきものを描いている。

　ひとしきり話も終わり、集めた枝も乏しくなったので火の始末を終えると、皆横になったがセツは頭の上に広がる黄金の砂のような星空を眺めていた。

　前に教わった四つの四角い星に似たそれよりも、横長の四つの光る星の少し上により赤く輝く星があった。

　朝になると男は、これから蜂蜜のある場所に行くので、そこは秘密だからここで別れたいと言った。

「じゃあ、今年の秋に塩と干物を持ってまたここに来る。そう北の空に大きな三つの星が並ぶ季節の満月のときではどうかね？」

ナカツモトが言うと男はそれでいいんじゃないかと言った。そして今から行けば昼までにムギバンタの入口に着く、明るければ道は大体わかるはずだし、二時間行けばちゃんとした道に出てそこから二時間で村だから、タクミに聞いてきたといえば、疑われないからと言った。

そして、訪ねるならムツオという男を訪ねるとよいと言った、国の長だという。

セツたちは教えられたとおり行くとほどなくしてムギバンタに着いた。青々とした麦畑が広がり、村は大きかった。

広い通りには子どもや犬、ヤギ、鶏などが乾いた土の上でうろうろしていた。男たちは麦畑に何人かいたくらいで外にはあまり見かけなかったが、人口の多さは熱気として存在感を現していた。

セツたちが見た百軒のように決まったような小屋ではなく、高い床で支えられたような木造もあれば、セツたちのような葦か何かで葺かれた小屋もあった。

セツたちが聞いたムツオという長がいるところは真ん中よりやや北に建てられた木造の小屋だった。そこにはあのアカボの爺さんやホウサンも座っていた。そこは、一メートルほど地上から離れたところに丸太ではなく薄い板のようになった木が敷かれていた。

セツたちはその周りにいた男に案内されて馬を降り、武器を渡すと燻製や干物の入った袋を持ってその床板に上がった。丸太の間に詰めた敷物と違った感触が妙に足の裏にくすぐったく感じた。

ムツオという男は意外と若い男で小柄だったが筋肉質で敏捷そうだった。

ナカツモトは途中で会ったタクミから聞いた話を交ぜて、ここに来た目的や持参した品やこれから交易をしたいこと、自分たちの特産は熊のハラワタと塩であることを言った。

ムツオはその間じっと黙って聞いていたが、ナカツモトの話が終わると、

「あなたはヒイの国のものだというから、ここムギバンタとは馴染みだと思うが、言われることはよく判る。交易についても私も前から百軒は適当な相手ではないと思っていた。だから今回の申し入れに対してもそれなりに歓迎している。だが、途中タクミから聞いたといわれた、交易の根っこはきちんとしてもらいたい。つまりあなたたちがここへ来ることは結構だが、こちらからそのカドタという村に行くにはなかなか難しいし、今の話ではそうした必要もあまり感じられないのだ。その点ではどうかね?」

セツは話してもいいかとナカツモトに聞いてからムツオに向かって言った。

「たしかに、私たちの村には塩や干物など大したものはないし、数も全部で五十人ほどしかいません。それに村の中でもこちらのようないろいろな仕組みもないので、はっきり言えば毎日がその日暮らしのようなことしか経験していません」

ムツオという男は黙ったまま鋭い眼で見続けている。

「ですがその日暮らしで作った米や魚などを、近くの百軒から年々兵士が略奪に来ます。

その数は村のものよりも多いし馬を操り、そしてここムギバンタから得た鉄剣や槍で威嚇します。そこで得た米や干物などをこちらに持ち込んでまた鉄剣や弓などを補強しています。百軒は自分たちの畑も作らず、常に周囲を狙っているのです」

「知っている」

ムツオのそばにいたポポという老人がしゃがれ声で応えた。

「私たちは何も村を助けてほしいとだけ言っているのではありません。私たちの村をここと同じようなしっかりした国にしたい。私たちはおいしい米を作ることもできるし、土器をより薄く滑らかに焼く技を持つものもいます。熊のハラワタを一冬で四頭も仕留めるものさえいます。弓矢の上手なもの、魚を追って海に何時までも潜れるもの、いろいろな力を持ったものがいるのです。しかし、残念ながら人数が少なく生産できる数も時間も不足しています。さらには百軒が年に何度も襲撃し時には殺されるものもいます。何時までもこれではどうすることもできません。私たちはその時間を少しでも使えないかと思ってきました。そしてこのナカツモトさんにヒイから来てもらうことができたのです。ヒイで確かに同じようなことを言われました。自分たちでまず村を立て直せ、そのやり方は自由だが、応援する為にそのやり方の基本を知っているナカツモトさんが力を貸してくれました。私たちは自分たちの村を誰かに守ってもらおうとしているのではありません。私たちの村と仲良く互いに必要なことを補完できるように、自分たちもなりたいと思ってこちらに来たのです」

「そうだろうな、お前たちの仕草を見ていれば、お前たちが侵略者でないことはすぐにわかった。だが単なる物乞いならそばにいようとなんだろうと、ここには不要だ。交易というものはお前の言うとおり互いに相手にとっていろいろな意味で必要なものが多く深くあることから始まる。互いに自信を持ち尊重し合うことだ。だから交易には信頼が必要だ。ウソをついてはいかん、それが全てだ」

ポポはそう言いムツオを振り返った、アカボの爺さんやホウサンも頷いた。

「よしお前たちの村に行ってみよう。ポポ、このものたちに小屋を用意してやれ。お前とお前、セツといったな。オレたちを村まで案内しろ。残りのものたちは村の手伝いをしながらこのムギバンタの仕組みをきちんと学んでいけ」

ムツオはそう言うとポポに二日後にここを出るから支度をさせろと命令した。

ナカツモトは床に頭を擦り付けた、慌ててセツたちも額を平らな板に当てた。

（来てよかった）

ムツオはそれを見て笑いながらホウサンはいろいろやることがあるので、今回はポポを助けに貸してやろうとアカボの爺さんに言い、アカボもそれがいいでしょうと言った。

「そうそう、熊を獲るときは胆に十分気をつけろよ。そうだお前たちでは最初はわからんだろうから、そのときはアビコとヨギを連れて行ってやる」

二日後、村を出てすぐにポポが聞いた、見た目は老人のようだがそれほどでもないようだ。

「お前たちの村の指導者は何という男だ」

「ハナツヒトさんといいます」

「ハナツヒト、ふん、彼はどういう男だ？」

「体格がよく、何でも出来る人です」

「ハハ、お前は指導者をそんなことで決めているのか」

「え？」

「お前たちの村の場所やそれを決めた判断や、種まき、狩り、家々の作りや家族、村人同士の取り決めや、その百軒との対応や収穫物の配分の方法、怪我や病になったときや、馬や家畜の取り扱い、まあいろいろな決まりがあるはずだ。それを適切に判断していくのが指導者だ。たんに体格がいいとか、何でも出来るからというのが基準になっては発展はしないだろう。何でも出来るのではなく、何でも出来る者を育てていかねばならないんだ。もし、その男が今日にも死んだらどうするんだ？　また大きな男を選ぶのか？　何でも出来るというのは凄いようだが、ではその男は一人で村を背負っていけるのか？　田を作っているそうだが、種まきから刈り入れまで一人でやってしまうのか？」

「えーと……」

「指導者というのは村のものの生命を預かっているものなんだ。今日や昨日が無事でも明日は何があるかわからない。それを安全に迎えられるように毎日を過ごすのが指導者の責務だ。そのためには嫌がることをやらせることのほうが多い。それでもそれを皆が喜んで取り組むように気持ちを変えてやるのが仕事なのだ」

道々、ポポはセツにいろいろ質問をした。ムツオとナカツモトはそれを笑いながら聞いている。ときには互いに口を挟んだりしながらも半日でタクミと会った中継地まで来た。

「そう、あいつはこの近くに蜂蜜や薬草を採りにきているんだ。あれも独り者だが、なかなかの男だ、無口だがな」

とりあえずそこでは糒を噛み、水を竹筒に詰めると休まずに馬を歩ませた。中継地から滝に着くには一日半はかかるので、途中でまた草を枕に一晩を過ごした。

セツはナカツモトにそっと聞いてみた。あれだけ指導者が大切だというのに、一人も村に残っていなくて大丈夫なのかと。

ナカツモトはそれが指導者のある国とないところの違いなのだと言った。

「普通、毎日が何も起こらなければいてもいなくても同じだ。違うところは何かが起きた時にしっかりした指導者がいる国は、たとえ彼がいなくても他のものがそれを代わりに行う。いない国はそのときは逃げ惑うしかないのだ。コカドタもお前の住んでいた巻向もまだ同じだな」

「百軒はどういう指導者なんでしょう?」

「あそこは指導者というより、頭だろう。盗賊団を率いる首領だから、自分たちの明日ではなく、いかに相手から獲物を奪うかが日々の課題なんだ。強いものがより多く盗る。だから一人一人は凶暴で強いし集団でも攻める時は強い」

「では、その首領というのは、一番強い男であることが条件ですね」

「初めはそうだろう。だが盗賊団の相手方が手強ければ彼らだっていろいろやり方を変えてくるだろう。それは狡賢さが加わるということになる。そういう首領を持ったところを相手にするのは厄介で危険だ。今のところはただ乱暴者の集団だと見ているが、この先それですむかはわからん」

「だからこそ、我々が強く、しっかりとした村にしていかねばならないのだ。それにまだ誰が見たってワシらが有利でないことは確かだ。だから百軒もそういう点でワシらに警戒はしていない。そう、いつでも好きなときに好きなだけ盗れると思っているからだね。だから今は相手が好きにやっているが、それに変に対抗してはならない。敵を油断させておくのも作戦の一つだ」

ナカツモトはカドタを強くしムギバンタにカドタの品物を売り込み、同時に相手にそれを気どられないように考えていることを話した。

「安全というものは簡単に手に入るものではない。いつもいつもみんなで力を合わせねばならないんだよ」

「わかりました。本当にありがたい限りです」

セツはナカツモトに頭を下げた。

「友だちじゃないか」

「ほう、急いで造ったわりにはしっかりした造りじゃないか。馬の置き場もちゃんと屋根が葺いてあるのはいいことだ」

「ここでは、どのくらいの人数を想定しているんだね？」

「二十人で二日と見ています。幸いそこが滝なので、水と魚は大丈夫ですので、実際にはもっと可能だと思います」

「まあ、ここで長く滞在しなければならない理由も思い当たらないから、そんなところでいいだろう」

「あの山の頂上から少し下ったところがコカドタの避難所です。あそこは五十人が七日以上退避できるだけの食料と水を確保しています。村の場所はまだ百軒には知られてはいませんが、彼らもカドタからどこかへ逃げたことはうすうす気づいています。カドタは稲を作っていますが、それと漁以外はすべて外していますので」

「そうだろうな。オレがそこの首領であっても、まずそこに生活臭があるかどうかは見ただけでわかる。今年から来年にかけては収穫をわざと少なくするだろうな」

「え？」

「それで、じっくりそこに居座ってお前たちを待つよ」

「一人捕まえれば、居場所を吐かせるのは簡単なことだからな」

「そんなに簡単にわかってしまうんですか？」

「自分たちで探すのは大変だ。ことにそこに出入りする足跡などは巧妙に消すだろうから探すことは時間も手間もかかる。誰か捕まえればいくらそいつが頑張ってもムダだし、何時までも誰一人見つからない保証はない。第一彼らが収穫の時期にだけ来ると思い込んでいるようでは余りにも簡単だ、危険だ」

「すると、カドタで稲を作るのは危険だということですね」

「ああ、いくら旨いものでも、作る前に捕まっては仕方がない」

「田は一年育てないと荒れてしまいます」

「お前たちがそういう育てる技を持っているなら、もっと違う場所を選んだらどうなんだ？　そういう場所はもうないのか？」

「今のところ、全くないんです。稲がないとほんとに子育てもできないんです。ここのところは毎年ほとんどを持ち去られてしまうので、まだ未熟なうちに大分刈ってしまうので生育も味も落ちているし、ことに発芽が良くなくなってきてます」

「そのカドタというのは、どのくらいの広さがあって、その稲にいいのはなにがいいんだ？」

「広さですか？　はて」

セツはカドタがどのくらいの広さで稲を育てているのかすぐには答えられなかった。

「なんだ、お前、守りたいといった田の広さもわからんのか」

ポポは驚いたように言った。

「すみません」

「まあ、それは誰かに聞けばすぐわかることだ。この男は実際に稲を作ったことはないのだ、一寸前までは山で走り回っていたと言ってたじゃないか」

タクミは自分より年上のポポの肩をぽんぽんと叩いた。ポポは丸くした眼を元に戻し、そうだったと笑った。

セツは何度もナカツモトに言われていた村の組織や、これからのことはそういうことも含んでいるのだと思った。

コカドタに戻ったら見る眼が違うようにしなければと。

「田はまあいい、むしろその種籾を大事にして育成しているものたちに他の安全な場所を相談してみたらどうだ。そうすればお前たちが失うのは漁の中身と塩くらいになる、塩なら海があれば時間をかけずに手に入れることができる」

巻向の山から出て田と海辺の広さに村づくりを見出そうとしていたセツにとっては、そこを棄てて別の見知らぬところではじめることに少々不安を感じた。なにしろ稲は山ではできないし、海辺を東に行っても山と海辺は重なるように続いている、だが今のように見る眼を変えれば思いがけない解決策があるかもしれない、とにかくみんなで考えていくことだ。

確かに収穫を期待しにくいうえに命の危険も高い土地にしがみついて、誰かの救援を待つというやり方を変えねばならない。しかし自分はそうするしかないとわかっても、実際カドタの人たちはそう簡単に思い切れるものだろうか？

セツはそう考えると、自分の頭をきちんと整理しないと、却って村人に混乱をもたらすだけに終わってしまうのではないかと不安になった。山に登っているときも周りを眺め、ポポやナカツモトと話しながら頭はそれが常によぎっていた。

「ここがそうか、ここも立派な隠れ家だな。お前たちの家作りは丁寧だ」

ムツオは柱や位置などを見ながら褒めた。

「これだけの腕があれば、どこでも暮らせるじゃないか。あとは田だけだ」

「田の他に気持ちがあります」

「ん？　気持ち、お前のか？」

「いえ、村の人たちです」

「ああ、そうか、確かにな」

「人の気持ちが一番なのはわかるが、それはあくまでも身の安全があってこそだろう。お前がみんなの安全のために動こうとしているんなら相手にそういう気持ちを起こさせるように説得できなければ、これからやることの意味もないことだぞ。命や安全はお前たちの村のものたちだけではない。近隣の村や国との協力を要求するなら、そういうものたちの気持ちも考えた上のことなのか」

「すみません、つい村のことばかり考えていたようです」

「いや、それは村のことを考えてではない。お前の自分を可愛がりたいという満足心があるからだ。それは誰にでもあるしあって当たり前だ。だがそれをこれから協力していくものたちの前で話し出したら、互いに感情に囚われた自己主張になってしまう」

セツは深呼吸した。今度は目の前に相互の村の人々が楽しげに行き来している風景が見えたような気がした。

二度、三度深呼吸を繰り返し、そばの水甕に柄杓を入れ頭から水を被った。

「すっきりしたかね？」

「はい！」

「それはよかった。じゃあ、ここはわかったから山をとりあえず越えよう。そうすれば明日の夕方にはコカドタに着く」

ナカツモトはそう言って馬に跨った。十五分ほど登ると頂上に着いた、さすがに頂上付近には樹木はないので見晴らしがいい。

そこからは下に緑の濃い森が続いていて、さらに白い線を境に青い海が広がっている。その左右は気持ち丸く感じたが水平線まですっきりと見えた。

遠くにいくつもの白い波が浮かんでは消え、消えては浮かびあがる、その水平線の上空には真っ白なでかい塊がいくつかじっと浮いている。よく眼を凝らすと白い波打ち際の手前に細く青い筋がちょこっと立ち昇って見える。西の方角には何も立ち昇るものはない。

行く時につけていた布を目印に山を下り始めると、周囲には木が覆いだし周りからは盛んに鳥の鳴き声が続く。四人がコカドタに着いたのは夕方になる前だった。

村からは絞った炊煙が五、六本、細々と上がっていた。

「あっ、誰か来るよ！」

小さな叫び声がした。村の子のようだ。

セツは馬を進め三人の男の子のそばに寄った。男の子たちは手に小さな棒を持ったまま
じっとしている。

「カドタのどこの家の子だ？　名前は？」

「奥のタミっていうんだ。これは弟のツチ、それから隣の子のミチル」

やや大きな六歳くらいの子が答えた。

「ああ奥のな、オレはセツだ。今お客さんを連れてきたんだ、お前たちももう夕方だ。早
く家に帰れ」

「はい」

男の子たちは馬の前に立って歩き出した。

ツチとミチルと言われた二人は入口までの短い道で何度も振り返ってはくすくす笑った。

「ここです。じゃあオジサン、また明日ね」

「おいおい、オレはまだ若いぜ、こら。家は三軒目だ。明日にでもまた遊びにおいで」

「じゃあね」

小屋の前にはもう入口の前でセツたちを見ていたハナツヒトさんや、カマセのじいさん、
カツ、タネ、カカに子どもを抱いたジュンやタケルたちが並んでいた。

「ご苦労さん、お客さまだね」

セツは馬を降り、寄ってきたワカとタケルに四人の馬を渡した。

外の炉からは何かを煮る香りが急な空腹を呼んだ。

小屋に入ると外の焚き火は消され、小屋の中に作られた炉に改めて薪が入れられ、敷物の上に座ったムツオやポポを囲んで紹介と食事が始まった。

「え？　あなたがムギバンタの！」

何度かムギバンタで鉄剣や鉄器を交換したハナツヒトさんは驚いたように眼を丸くした。

「あんなに大きな国の指導者がどうして、こんな小さな村に……」

「いや、国の大きさなど関係ありませんよ、どこでも大事なことは同じですから。話し合いをするために来たんですよ。国は守るものがちゃんといます」

「それにしても……」

「あなたのところはまだ数も少ないが、よいものたちが住んでいることがわかった。そして私らの国と仲良くしたいという。もちろん我々にとっても周りと平和に暮らすことは望むところだし、それにあなたたちの村が作るものも私たちにとっては欲しいものがある。そして大事なことはムギバンタに来たものたちが、誰一人ウソを言わなかったことと、この村づくりに一生懸命だったことだ。私たちはそういう村を大切にしたい。そして、このものたちが言う村の現在をよく見てみたいと思ったからここへ来たのだ」

「では、私たちの村と交易をしても……よいと」

「そうです。山を一つ越えるんでなかなか大変だが、こちらには塩も出来るし、山国のムギバンタにとってはそれもよいことです。ここと同じように北の山を越えればヒイに出る

し、実際ヒイとは西へ回れば遠回りだが道も整っている。あなたも何度かそちらを回って
ムギバンタやヒイに行かれたようだが」
「あの道はたしかに通りやすいのですが、ご承知のとおり途中に百軒がありますのでね。
そこの区間が危険なんで様子を見て一年に一度がやっとのところです」
「うん、それは知っている。百軒との道は彼らしか使っていない」
「すると、今後はやはり山を越えてということになりますね」
「まあ、山を越えるというのもそうだが、あの山の小屋に移って、ここでは短期間に塩を
作り、山の反対側で稲を作ったらどうかと思っている。安全を考えれば少しでも早いほう
がいいとは思っているが」
「ですが、五十人もの食料が山のものだけでは、残念ながら余裕がないのですよ。それに
塩や干魚は貴重ですし」
「うん、それは道すがら何度も聞いてきた。だがあなたはまだ見ていないだろうが、山か
ら下ったところ、一日かかったからここと同じほど離れているかな。そこに滝があるので
水には全く不自由しない場所がある。ムギバンタもその川の水を昔から使っているがね。
そこから水を引けば、おそらく村の人数くらい養える広さはあった」
　ムツオは自信たっぷりに説明した。
「では、あなたたちの考えでは、ここは塩と魚を定期的に獲ることにして、住む場所をむ
しろその中継地にして、そこに田を作ることを勧められるわけですね」

「早く言えばそうなる。見ればここは海辺から近いがそれだけに発見されやすい。いくら隠しても見つける方からすれば人の動きというものはわかってしまうものだ。ここの前のカドタが発見されている以上、彼らが探すのは東が八割、そこから北は二割程度と思うだろう。そのとおりお前たちは東に移った」

「そうかもしれないが……では、私たちがその滝まで移って田を作るとすれば当然二年間は穀物がないことになる」

ハナツヒトさんがポポに問いかけた。

「お前たちは百軒に八割持っていかれても、魚や木の実、それに鹿や猪の肉などで一年はしのげたではないか。もしお前たちがその滝のそばで開墾したら、そこはムギバンタからわずか二日の近さだ。ムギバンタには稲はあまりないが、麦ならある。それをしばらくの間貸してやってもよいし、麦なら翌年春に収穫ができる」

「それはすごい！」

思わずセツはハナツヒトさんに言った。

「ワシはみんなが餓えなければそれが一番だ。カマセさんあんたはどうかね？」

カマセのじいさんは自分に向けられたみんなの眼にやや気おされながらぼそっと口を開いた。

「ワシは生まれてからずっとカドタで過ごしてきた。親父や爺さまたちが腰が曲がるほど働いて田を作っていたし、小さな船で魚を獲ったりしてワシらを育ててくれた。ワシらはその田でまた米を作ってきた。何年か前から何度か盗賊が襲い始め収穫物を根こそぎ持っていかれだした。仲間で命を落としたものも多くなった。稲も前よりは育てにくくなった。ワシらはそれもあってここに移った。米はできないが気は落ち着く。ワシは子どもたちの笑顔を見ていたい。食うものなんか何でもいい、麦を貸してくれるというならそれでいいじゃないか。山を一つ越えれば塩も魚も何とかなる。道さえ見つけられないようにしておけば、百軒が馬を山まで駆ることもないだろう。ワシはこの誘いに乗りたい」

ポポもムツオも黙って頷いた。

「そうは言っても、住み慣れた故郷に戻ってこられないというのは辛いものだ。ワシの見たあの滝のある場所は住みやすそうだが、それはワシら海を知らないで育ったものの感じ方なのかもしれん。だがこの子たちも何時までも一つの村で一生を終えるという理由もないのだ。新しく村を作り新しい田や作物が新しい気持ちにさせてくれるかもしれん。五十人全員の気持ちがそういう方向で決まってくれるのがいいことだが、こういうことは全てのものの意見を聞いていてはまとまるものもまとまらない。そうしているうちに何時百軒がここを知って襲ってくるかは誰も予測がつかないことだ。誰だったかの話ではすでに彼らは村に女、子どもがいないのを不審に思い出しているということだったな。彼らがそう思うのもやがてはわかることなのだ。それにここが次第に大きくなれば人の気配は自ずからどこかに漏れていくものだ。あと一日、お前たちだけで相談したらいいだろう。ワシらが村づくりを手伝うことはできないが、支援はしてやりたい。それは期待してもらっていい」

ムツオが言って外へ出ていこうとした。

「待ってくれ、ワシらの村のことをそこまで考えてくれているのに、何でその話を聞いて一日を使う必要があるのか。今ここにいるものたちは新しい村に行くつもりだ。そうだな」

セツたちは大きく頷いた。

ことの成り行きにおずおずとしていたワカたちも一瞬遅れて、何人かがお辞儀をした。

「お願いします、そこで頑張りたいと思います」

「私も行く」

ムツオは座りなおし、ハナツヒトさんからぐるっと一人ずつ見つめた。誰もがその強い眼を見返した。

「わかった。では明日からこの村を出る準備をしてもらう。まず先行して滝のある場所にある小屋をしっかり作りなおすことだ。それには七日はかかろう。男の半分は二手に分かれてここの道具や収穫物を運ぶもの、先行して小屋を建てるものだ」

先行して小屋を建てる指導者はハナツヒトさんが選ばれ、コカドタを整理し女や子どもを安全に運ぶのはカマセのじいさんが担当になった。

両方の様子を見ながら出発や進行をナカツモトとセツ、ショウとマサが請け負った。

翌日、紐や刀など小屋を建てるための道具と簡単な食物を持ってハナツヒトさんやカツ、ワカ、タネ、カカなど小屋を作るのに慣れた男たちが出かけていった。ハナツヒトさんたちが出ていってから残された日はあっという間にすぎた。

カマセのじいさんは袋や土器を残された馬やヤギにしっかり括りつけ、山道で落ちないように何度も引っ張ったりして確かめた。

奥のタミやツミ、ミチルたち小さな子どもは自分たちがそれぞれ一番大事なものを言って、それを籠や運びやすい袋に入れてもらい、小さな子は親と一緒に手を引かれて歩きだした。

海辺に足跡を残さないよう草場を歩いたので時間は余計にかかったが、目印の布を見つけると案内をしているセツは後ろに続くものたちに大きく手を振った。カマセのじいさんたちは黙って黙々と左に曲がりだした。

「お兄さん、これから山に登るの？」

最後のほうを歩いていた男の子が笑いかけた。

「ああ、君はたしか」

「奥のタミだよ、ほらこれがツミ、ミチルはあそこを歩いてる」

「そうだったな。どうする、馬に乗るかい？」

「いや、いい。どこまで歩けるか試したいんだ」

「わかった。山はだんだん険しくなってくるから急いじゃいけないよ。頭が痛くなるからね、ゆっくり休みながら行くんだよ。疲れたら馬に乗せてあげる」

「ありがとう」

セツは今一度、ユキを駆ってコカドタに戻った。念には念を入れて後を付けられないようにし、忘れものがないかをもう一度確認しようと思ったのだ。

馬を木に繋ぎ、一度そこから周りを眺めた。呼べばまだ誰かがひょっこり顔を出しそうだ。まだ小屋の一つ一つに住んでいた温もりが残っている。

右手には深い山の緑、正面には狭い田の跡、やや左に萱を立てかけた懐かしい小屋が七軒、真ん中に炉を仕切った広場が広がっている。もうそこは何個かの石が置かれた空き地だ。

ピイッと鋭い鳥の声が消えると、また静かになる。セツは草を踏んで歩き出した。左からは少し強くなった波が繰り返しザザンッと砂浜に打ち付ける。その波に乗るように海藻が少しずつ砂浜をずり上がるように動いている。磯の匂いが強い。

草原から広場に出て七軒の小屋を順に見ていく。もう、割れて罅のいった甕以外どこにも何も残っていない。

一軒の小屋に蔓で編んだ籠があったが、半分ほど壊れていた。セツはそれを拾い上げて砂を払いながらくるくる回してまた棄てた。さっという音がして籠はまた同じような形で砂に半身を横たえた。

あのタミやツチの兄弟の家だろう、やや小ぶりで入口も少し小さい。中に入るとやはり狭かった。

セツは巻向の自分の小屋と何だか似ているような気がした。匂いも物も何も共通点はないのだが何だか懐かしい感じがして、父さんを思い出した。

座っていた砂から立とうとしてついた右手に何かが当たった。取り上げてみると角がいくつか目立つ白い貝殻だった。

何だ、貝殻かと思って棄てようとするとそこに何か描かれているように思えて顔をよせると、何だか眼のような点がありその巻貝の入口が口を開けているように見えた。何となく気になってそれを眺めているとそれは模様ではなく、確かに何かで描いたような感じだった。

あの子の忘れ物かな？　セツはそう思ってその白い貝から丁寧に砂を払い、懐に入れた。気をつけてよく見るとあと二つばかり同じようなものがあったので、それも丁寧に砂を払ってぶつからないようにそれは両手で持った。

小屋の狭い入口から外を眺めると、青い空がくっきりと見え海辺に寄せる白い波がその下を彩っていた。

ザザッ、ザザッ……。

繰り返し鳴る波の音は遠く聞こえたが入口から出るともっとはっきりと聞こえ、強い陽射しは眼に眩しかった。その小屋から見ると他の六つの小屋はより大きく見えた。

海辺にはつながれたままの小船が三艘、砂浜に上げられて船底を暑い日差しに曝していた。海辺はまださえぎるものがないので陽射しも明るさもはっきりしている。ギャア、ギャアというかもめの声が頭の上を通り過ぎていく。

セツはまた草に戻り、馬のところまで歩いていきユキに跨るともう後ろを見ずに、みんなの後を追った。中腹でジュンたちに追いつくとみんなそこで休憩をしているところだった。そこからは余り木もなくなっているので、海がよく見渡せた。

セツは途中で外した目印の布で丁寧に貝を包んでいた。タミを見かけたので歩いていってその包みのまま渡してやると、タミは不思議そうな顔をしてそれを受け取り、ゆっくりとめくると急にうれしそうな顔になった。

「オジ、あっとお兄さん、ありがとう、これ、どこで見つけたの？」

「タミの家の砂の中にあったよ」

「ああ、砂の中、そうだ、ぼく隠していたんだ。百軒が来たら宝物をみんな持っていかれるって、母さんが言ってたからね。でも、急いでいたんで、どこに隠したかわからなかったんだ。わっ、これはツミのだ、これがミチル、よかった、みんな諦めてたんだ」

「そうだろうな、大事にしな。しばらく海とはお別れだからな」

「そうだね、何時また行けるんだろう」

「なに、来年になればまた塩を作りに行かねばならないから、そんときは母さんに頼んでやるよ」

「じゃあ、約束だよ」

「いいとも」

「オジサン、ありがとう。ツミたちに渡してくる、じゃあね」

「ああ、オジサンじゃないよ」

「ごめん、お兄さん」


セツはショウのそばに行き、外してきた布を纏めて渡した。

「一枚でも眼についたら危険だからね」

「そう、来年行く時にはあってもぼろぼろになっちゃうから、そんときには役に立たないしね」

「誰も頭の痛いのや、体調の悪いのはいないかい？」

「うん、ゆっくり上がっているんで何度も休んでるから大丈夫のようだ。あと一時間くらいで頂上だからここでもう一度一休みしてるんだ。ここからは眺めが良くなるけど、これからは後ろ向きで見えないからね。みんなゆっくり見ているんだ」

セツとショウは並んで海を見下ろしていた。波打ち際の白い波はもう細い一本の糸のように見える。

頂上から少し下りた最初の中継所は最初から村人全員が避難できるように作られていたので、それぞれの小屋と同じように分かれて七つの小屋で一晩を過ごした。

山のこちら側なので炊煙を発見される恐れもなかったから、久しぶりに外で土器を炉に載せて塩味の野菜と干し肉を煮込んだ。

朝日を浴びながら北を眺めると眼の良いものは、遠くヒイとムギバンタを分ける山なみを見分け、その手前のムギバンタからの炊煙の大きさにやや興奮していた。

よくはわからなかったが、西の手前の森の中からもところどころ細い炊煙が二つ三つ立ち昇っていた。

「あの辺りが巻向だよ」

「じゃあ、あの炊煙は父さんたちかな？」

「そうかもしれないね。父さんは特に火を熾すのが上手だったから」

「元気でいるかなぁ」

「そのうち、会いたいね」

「来年くらいは会って驚かせてやりたいが、まだこんなもんじゃ父さんは驚かないよ」

「そうだね、まだまだだね。却って怒られちゃうよ、きっと」

半日ほどで滝に着いた。

すでに先行したワカたちが組み立てた小屋は前と同じ大きさだったが、別に二つ地面から二メートルほど高くした小屋が作られていた。

一つは食料を保存する倉庫で中には丸太で棚が作られ、いくつか土器が置かれてあった。

もう一つの小屋は丸太の間に草が敷き詰められて平らになり、そこに座りやすいような敷物が丸めて置かれていた。

「ここは？」

「これは、集会所というものだ。今までは狭い小屋か外だったろうが、これからは男たちだけでも大分人数が増える。全員が入る必要はないがそれなりの広さは必要だからな」

ポポが使い方を教えた。

「それで、炉がなくてもいいんですね」

倉庫には田を作るための木の板がいくつかあったが、ハナツヒトさんはカマセのじいさんと滝のそばで何時までも土をいじったり、舐めたりしていた。

セツたちが寄っていくと、舐めてみろと手に持った土を少し鼻先に出した。

「土を舐めるんですか？」

「そうだ、どんな味がするか言ってみろ」

セツとショウはおっかなびっくりその土をつまむと、舌先をそっと近づけてみた。舌先に土の小さい粒があたったがジャリッというだけで味もない。

「もう少し舌先に載せてみろ」

「なんだか、苦いような感じです」

「そうか、ピリピリとはしないか？」

セツはもう少し舌に載せてみた、ピリピリとはしない。

「ああ、いい土のようだ」

「山の土ではソバくらいしか出来ないものだが、ここは滝があるおかげで、何とかなるかもしれん。だが稲は手間がかかる。それにこちらは北側だから陽射しや温度が少し弱い。

すべてを田に変えても大変だろう。ムツオさんが貸してくれるという麦を少し育ててみたい、麦なら今からでも来年春には収穫ができるからな」

そう言うと、あそこまでを田にしてあの辺りに溝を這わして、西側の空き地は麦にしようということになった。

カマセのじいさんは滝のそばの濡れた辺りを何度か指で抉っていたが、うれしそうに声をあげた。

「ひゃっほう、ここは気に入ったよ」

「どうしたんだい、じいさん」

「ほれ、これをみろ、どうもそうじゃないかと思っていたんだが、ほらこれは土器によく合う土だ。周りには松も沢山あるし、いい土器を沢山焼いてやろう。そしたらムギバンタへ運んで何かまた珍しいものと交換してもらおう」

「何の土ですって？」

「これをよく練るんだ、何度もね。それで土器を作ると普通の土より肌理が細かいから薄くできるんだよ。薄ければ軽いから母さんたちも使いやすいだろう、そうだお前たちも手伝ってくれんか、どうもこの年になると土は重くてな」

「じいさん、何とか言ってオイラたちを働かそうっていつも考えてるんだ」

「そりゃ、そうだよ。ワシみたいな何でも知っているものがいなくなったら、お前たち土器から手ですくって食べなきゃならなくなるぞ。さ、少し運んでくれ、そうそうあの筵に一杯でいいからな」

「随分ありますよ」

「何、運ぶくらいは大したことはない。問題は運んでから水で何度もこねなきゃならん。それが大変だ、幸いここには滝からいくらでも水を取れるし、さあさあ何をぼうっとしている。そうそうお前たちにはあの松を切っておいてほしいな。炉で焼く時はたくさん薪を使うからな、驚くほどだ」

じいさんは急に元気になった。

「あのカドタで薪を焚いたら、すぐに百軒にもって行かれちまうから、いつもおっかなびっくり焼いてたもんだ。ここならいくら燃しても大丈夫だろう」

そう言ってノブやマサに命令して泥を運ばせた。泥は大きな壷の中で何度も洗われた。最初は表面に木屑やゴミがたくさん浮いたが何度か繰り返すうちに、水の中で青い土がのったりのったり重そうに動かされていた。じいさんはそれを何度か両手ですくって丸い切り株の上に載せて、自分も少し低い切り株に腰をかけて伸び上がっては腕を上下させて土をこねていった。

最初はじっとりしていたが何度目かには土自体が柔らかく伸び縮みするように動き、やがてじいさんはそれを切り株の上に置いて自分も座った。そして丸くしたボールのような大きさの土の塊を眺めていたが、真ん中から指を入れて時々水をつけては丸くしていった。

球体は平らになり次第にまた皿から縁が上がって碗のようになり、さらに今度は上のほうが寄っていくと中が空洞の壷が姿を現してきた。

「凄いねえ」

「そうだろう、これはワシしかできないはずだ」

「これをどう焼くの？」

「これはな、下にこういう丸いものをいくつか置いて、ころげないようにしなければならんから置く場所も大変なんだよ」

そう言いながらもカマセのじいさんは自分でも作りながら、ワカたちにも泥を分けるとやり方を教えていった。

いつの間にか周りには大小さまざまな碗や皿、それに壷が完成していった。

「もう、このぐらいでいいだろう。あんまり作っても炉に入らなくちゃ何にもならないからね。それに作っておくと罅が入ってだめになってしまうんだ。とにかくこいつはゆっくり中の水を抜かないとすぐにそこから罅が入る。そしたらもうダメだ。それで炉で焼く前に少しずつ水がなくなるように、そしてほら、ここの口が乾かないように、こうやって布をかぶせて、そこは少しだけ水を含ませるんだ」

「へえ、難しいんだね」

「そうさ、だからワシぐらいしかこれは出来んのだ。ためしにお前たちも何か作ってみたらいい、その土を使ってもいいよ。ただし、けんかはダメだ」

「はい」

「そうそう、それでいい」

じいさんはすこぶる機嫌がいい。

炉はワカたちが伐ってきた松の幹で小屋一杯になったころ火が入れられた。カマセのじいさんは泥でこさえた小屋の中で一人で丁寧に並べてから出てくると、そばに開いた小さな窓のようなところから中を覗いてふんふんと首を振った。

「よし、いいぞ、火を入れろ」

じいさんは火の入口にいるショウたちに合図した。

いよいよ火入れだ。まず細い枝と乾いた草にヤギの毛などを混ぜたもののそばで火が点けられ、ふうふう吹くと、ぽっと火がついた。

枝に火が移され炉の木が段々とくべられ燃え出した。

ショウたちはそれを炉にくべる。次第に火が回り始め、周りの壁も熱くなってきた。

じいさんは小さな口から何本か松の幹をくべた。ショウもセツも腕がだるくなるほど薪をくべ続けた。

蓋を開けるとオレンジ色の火が透明のように輝く。

「どのくらいで、できるんですか？」

大分くたびれてきたのでセツが聞くと、もうあと五、六本放り込んだらあとはそのまま蓋をして待てばいいとのことだった。

気がつくと小屋一杯あった松の木も残しているのはもう十束もなかった。

炉がすっかり冷えるには丸二日もかかり、その後カマセのじいさんは入口近くの灰を丁寧に掻きだして中へ入った。そして、外で待つショウたちに落とすなよとか、おおこれはいいとか、渡すたびに声をあげた。

全部で土器が四つ、甕が七つであとは碗や皿のようなものが村の人数分だけ取り出された。

甕は七つの小屋それぞれに水を貯めるために配られた。前の甕は重すぎて山を運べなかったのでコカドタに置いてきてしまったのだ。

ジュンは早速うれしそうにカツたちに言って滝から何杯も冷たい水を運ばせた。

「さあ、今日はおいしい夕飯だよ。楽しみにしてな」

「わー」

カマセのじいさんやハナツヒトさんたちもひげで覆われた顔をほころばせた。そのヒゲは灰でいたるところが白くなっている。

セツたちはジュンにどんぐりの団子をもらい、カカたちが取り組んでいる田を見に行った。その場所には長い紐が何本も張られている。ところどころに木の杭が少し離れて二本ずつ立っていた。

紐はだいたい十五歩くらい歩いたところで立っている杭に結ばれて、ほぼ四角っぽい形をしていた。二本の杭はその中に何箇所か立っている。

「あれは何するんですか？」

「あれは溝だ。川から水を引いて、田にはそこから畦を掘って水を引く」

「じゃあ、あの紐で囲んだのが田ですね」

「そうそう、これからが大変だがね。それに川の水が少し冷たいから一度どこかで貯めて水を温めないと稲にはよくない。いずれ木を伐って田を広げるとしてもカドタの半分くらいしか田にはできない」

「水をそのまま流せないんですか」

「そうだよ、冷たいと実を結ばないんだ」

「ボクらが飲む時は冷たくて旨いのに」

「やあ、大分整ったね。これならいい米ができるだろう。国から少し手助けをしてあげたいがその連中が来たらここの食料では持つまい。種まきは来年だから時間はある。みんなでじっくりかかれば何とかなるだろう。困ったときは手伝いによこすから連絡してくれ、じゃあ私らはこれで戻るから」

ポポはそう言うと小屋に戻っていき、セツも後を追いながらついていく。

ハナツヒトさんとカマセのじいさんが炉のそばで話しているところに近寄ると、ムツオとポポの二人は今からムギバンタに戻るからと言った。

「え、もうですか」

ハナツヒトさんがびっくりして聞いた。

「もう十日も国を空けている。もう少し早いかと思ったが国でもいろいろあるんで、とりあえず一度戻る。また折を見て来るから」

「でも、何のお礼もしていません」

「なに、友だちだ。気にすることはない」

「せめて今晩、食事だけでもできませんか」

「いや、ご馳走は次の訪問の時の楽しみにしよう。今から戻れば夕方には着くんでね」

ハナツヒトさんはセツたちに友だちがムギバンタに今から帰るんで、みんな集まるようにと呼ばせた。

みんなは田や山、小屋から出てきて広場に集まった。

ハナツヒトさんは小さな台の上に乗って、ムツオとポポが今からムギバンタに戻るので、みんなお礼を言うようにと話した。新しい村に移る決断をしてもらい、さらに十日も一緒に暮らしたのでセツたちは親戚のお兄さんとオジサンのような気がしていた。

「何、たいしたことではない。お前たちだって日々、何日間も離れて暮らすことはしょっちゅうだった。ことにカドタでの稲作、あるいは冬の熊狩りなどいくつもあるはずだ。これから来年の塩作りではもっと長い期間の別れもあるだろう、たいしたことではない。ワシらはこれでお前たちと別れるわけではない。ここはいいところだ。お前たちがここで立派な村を作っていくのを見るのはそれは楽しいことだ。少し落ち着けばまた来るし、何か困ったことがあればここから馬で一日の距離だ。何も遠慮はいらない。だが、生活をきちんとしてからでないと、ムギバンタに来てはダメだ。見ればあの甕や碗などは使い心地がよさそうだ。甕は少し重いがそういうものでもいいし、今までのような干し肉や熊の胆などは歓迎されるだろう。それを集めるには時間もかかるがな」

セツはムツオの言葉のなかに、これからの村の進むべき道がたくさん含まれていることに気がついた。

村でしかできないものをたくさん作ってムギバンタに行く。ムギバンタにあって、村のものが喜ぶものと交換してくる。

セツは村づくりというものの大切さと面白さが湧き上がってくるのを感じた。みんなが明るく仕事に出てよいものを作る、そしてそれを運んで知らない人たちに喜んでもらう。それが村にとってまた明日の励みになり、村の人たちの笑顔を呼ぶ。

やることは熊狩りや鹿狩り、塩作りに干魚や干し肉、いつも使っている土器や甕作り。なにも変わらないが一つ一つが目的を持って目の前に示されたような気持ちだった。

冬になる前に畑に麦を撒き、田は予定の半分ほどだったが土が掘り返されて草が肥料になるほどに鋤きこまれていた。

川からの水を貯めるための小さな池とそこから引かれた溝も水で一杯だった。そしてその表面に白い氷が張ったのはそれから間もなくだった。

それまでに周囲の松や木を伐り、根を掘り出しては少しずつ田を広げていった。二十人の男たちが毎日朝から働いたが、なかなか田は広がらなかった。それでも安全だという気持ちがみんなの顔に出て、辛い仕事が続いたし、いつも空腹だったが、時には笑い声もあがった。

鹿とウサギが思いのほか獲れたし、畑を荒らしに来た猪も思いがけない肉を提供してくれた。


ある朝、辺り一面は真っ白になり、いよいよ雪が降る季節になった。

「そうだ、雪が深くなる前にムギバンタに行って、熊の胆を上手く探せる人に来てもらわねばな。セツ、お前とショウとで頼んできてくれないか」

ハナツヒトさんはそう言って今年の春に手に入れた鉄製の槍を磨きながらセツを見た。

「はい、たしか……アビコという人と……」

「ヨギとかいっていたな」

「そうそう、でもその前にムツオさんやポポ、それにホウサンにも会ってきていいですか」

「そりゃもちろんさ。この鹿の皮を渡してくれ。丁度五枚ある。もう一枚はアカボの爺さんが寒かろうから特別に二枚渡してやれ」

田も畑も小屋ももう真っ白だったが、松や木の雪は半分ほどがもう落ちていた。セツとショウは鹿の皮や干し肉をたくさん積んだ二頭の馬を引いて出かけた。

馬の足跡は白い雪を剥がして黒い土をいくつも見せながら林の奥に続いていった。時々、上からばさっと雪が落ちて、何度か二人に当たった。最初はユキも大層驚いたが落ち着いて首筋を叩いて安心させてやる。

ムギバンタの辺りはまだどこにも雪は降っておらず、枯れた畑が林のはずれから村の入口近くまで続いていた。動いているのは放された犬ぐらいのものだ。

村の入口に立つ数人の男が訝しげに見ていたので、近くに寄って馬を降りるとやや警戒心が薄らいだように二人の男が歩いてきた。

「誰だ、どこから来た」

「山のほうから来たものです」

そのとき、セツはまだ自分たちの村の新しい名を呼ぶのを忘れていた。

「山？　山から何をしに来た」

男二人は急に槍を持ち直すと目つきも鋭く変わった。

「あの、こちらにムツオさんとホウサン、ポポさんがいると思いますが……」

「何で、その名を知っている」

「今年の秋にボクらあの山の向こうから滝へ移って新しい村を作ったんです。そのときにムツオさんとポポさんが助けに来てくれたんで……」

「？」

「おい、首長さまが秋に半月ほど出かけられたのはこいつらのことかな？」

一人が持っていた槍を肩にかつぐとまだ睨んでいる男に呼びかけた。

「コカダタとかなんとか、そんなところじゃなかったか？」

「そうです、コカドタというのがその前にいた村です」

「大丈夫だ、通してやろう。確かそんなことを前に聞かされている。よし、案内してやるからそのまま馬を引いてついて来い」

痩せた中年の男が先に立ち、睨んでいた若い男も道を空けた。

「大丈夫だ、首長さまの知り合いのものだ。すぐに知らせてくれ。そうだ、お前、名は何というんだ？　セツとショウ？　わかった」

立っていた数人の男は並んで道を空けた。睨んでいた男も門まで来ると眼を和らげて小屋に入っていった。

以前に通った広い通りは寒いので少し数は減ったが、何人もの人が忙しげに体をすくめながらよぎっていた。あの集会所が二十メートルほど先に見えた。

「長様《おさ》にお客さんです、コカドタのセツ、そしてショウという若い二人連れです」

男はそう声をかけると、ここで少し待っていろと言って戻っていった。

「ほうい」

大きな声がして入口の筵を開けて懐かしいホウサンがひげだらけの顔を出した。

「よく来たな。さ、馬はそこじゃなくてそっちの小屋につないですぐに上がって来い」

馬小屋には二人の男がユキと残りの馬を預かり、荷を下ろして運んでくれた。

「こんにちは。あのときはありがとうございました」

「さあ、入れ入れ。あいにくここでは火はこれしかないが、安全のためだ。結構暖かいからそばへ寄れ」

ポポとホウサンが立って二人を呼んだ。

奥にはムツオとアカボの爺さんが座っている。

「久しぶりだな、どうだ、村は頑張っているか？」

ポポが親しげに呼びかける。

「おかげさまで、あれから、みな毎日楽しく働いて今年どうにか田も少し出来ました。春には田植えをします」

「ふむ」

「お借りしている麦も蒔きましたので、ハナツヒトさんも春には随分と採れるだろうと言っています」

「そうか、よかったな。村の生活でも安全が一番だからな」

「それで雪も降りましたので、間もなくハナツヒトさんが熊を狩りにまた山に入ります。また勝手なお願いなんですが、熊の胆を上手に採れる方をということを頼まれましたのでまいりました。大丈夫でしょうか？」

「ああ、よく覚えていたな。ホウサンすまんがアビコとヨギを呼んできてくれ」

ホウサンが戻ってくると二人の男があとから入ってきて入口近くで正座した。

「お前たち、今年の冬は熊が獲れるそうだ。一緒に行って熊の胆の採り方を教えてやってくれ。なにしろこの村の連中は黙っているとそれを犬に食わせてやっていると聞いたんでな」

ポポはそう言うと思わずブフッと笑い、アビコとヨギと言われた二人はのけぞらんばかりに驚いた。

「本当に、犬にですか……？」

一寸、間をおいて右側に座った少し猫背の老人が聞いた。

「本当のようだ。だから今回は鹿と猪にウサギを持ってきてくれたが、今度はお前たちがちゃんと教えて、熊の胆を採ってきてくれるとありがたいと、長さまもおっしゃっていらっしゃるでな」

「はっ。では、是非私どもをご一緒させてください」

アビコ老人は正座のまま頭を下げ隣のヨギも深々と頭を下げた。

「よし、では出発はあと二、三日してからだ。それまで何か用意するものがあればコイジたちに言えばよい、下がって結構だ」

「あの、一つだけよろしいですか？」

「なんだ」

「その、熊狩りは、どなたとどなたが一緒ですか？」

「それはこの二人の首長のハナツヒトさんという方だ。昨年も四枚ほど熊の毛皮を持ち込まれた」

「ああ、あの昨年の熊皮ですね。わかりました」

二人はもう一度礼をすると出て行った。


「驚いていたな」

「それはそうですよ、誰でもそれを聞いたら、ましてアビコやヨギが本職とはいえ、二人合わせても年に三頭がやっとですから」

「やつら、畑を荒らす時はこんなにもいるのかというのに、肝心な時はどこにくらますのかまったくわからないですからね」

「本当にどこに隠れるんだか、どこかに穴を掘るらしいが足跡もないし、あのアビコですらなかなか探せない代物だ」

「今年の冬はどうだろう、五や六は期待できそうかな？」

「うーんと私にはなんとも……」

セツは頭を掻いてばつが悪かった。薪が燃えていないのに部屋の中はそう寒くはなかった。小ぶりの壷に赤い棒が何本か入っているだけだが妙に暖かい、それも最初は黒い棒が入るとパチパチと火花が飛んでいつの間にか赤く輝いてくる。

「これは何ですか？」

「え？」

「この黒い棒です」

「ああ、炭だよ」

「スミ？」

「お前たちのところでは炭を使わないのか？」

「だって炉にくべた木は、みんな燃えて灰になってしまいますから、何にも残らないです」

「はあそうか、そうかもしれんな。お前たちは燃す量も少ないから残るものもないんだ」

「何が残るんですか？」

「最初は燃え残りが出来るんだよ、それが次の火付けに素早くて便利だったんだ。なぜそういう燃え残りが出来るのか、偶然だと思っていたんだが、何度もそうしているうちによく見ると真ん中のほうが真っ赤になっている」

「燃え残りが燃えるって？　どういうことですか？」

「炎が出ているのは半分燃えている上のほうのやつだったんだ。火熾しの仕事をしている連中には当たり前だったらしいが、彼らも当たり前すぎて気がつかなかったのさ。それは土器を焼く時の窯の中でも似たようなことがあってな、何度か試してみたら燃えさしより硬いのが出来たんだ。今では初めからそれを焼く目的で窯をこしらえてある」

「どういうものなんですか、その窯って？」

「ここにはない。お前たちが来たときに右手に麦畑があったと思うが、そのさらに右手にある細い木の生えた山がある。そこに作られているんだ。良かったら明日にでも案内してやろう」

着いた先は村から一時間ほど歩いた山すそだった。

「ここだよ」

ポポはそう言うとヤースウと大声をあげた。

すると林の奥のほうからオウイという返事がして少し経つと、ひげだらけの大きな男が肩に太い木を何本も担いで笹を掻き分けて出てきた。

「やあポポさま、どうしましただ。炭が足りなくなってきましただか、それとも蜜かね？」

「いや、この子に炭焼きを見せてやろうと思ってな。何しろまだ炭を見たこともないって驚いていたもんだから」

「ほう、どちらの？」

黒ヒゲの大男はにっと笑ってセツたちを見た。

「コカドタのセツといいます、これはショウ」

「コカドタ？」

「あの左に見える山の向こうの村です。今は三ヶ月ほど前からこちらの滝のそばにいます」

「山の向こう、海の近くか？」

「そうです、コカドタは海のそばなんです」

「そうかい、でも海でも近くに山があれば炭くらい見たんじゃないかね」

「いえ、昨日初めて見たんです」

「じゃあ、今日はゆっくり見ていけばいい。残念ながら取り出すのはあとだから、出来ているものだけ持っていけ。あとで見てやる」

ヤスと呼ばれた黒ヒゲは、忙しそうに肩に担いでいた太い枝を少し盛り上がった土のところに置いた。

「出来ているのはあそこの小屋の中だ。最初にそれを見るかい」

そう言うと返事も聞かずに歩き出した。四、五人が立つともう一杯というほどの小屋には藁が敷かれ、その向こうに黒い棒がたくさん重ねてあった。

「これが炭だよ。いつでも運べる。蜜はそっちの甕の中だよ」

手にとって渡された炭は色が黒い割には重たくはなかった。これにどうやって火をつけるのかよくわからなくて聞いた。

「これは簡単にはつかないよ。普通に炉で薪を焚いてその上に少し載せておくんだ。どこかが赤くなったら、それであとはほっといても自分で燃えていくのさ。そうだな、これで大体一時間くらいは暖かいよ。一度ついたらそのあとはそいつに別のヤツを載せておけばいいし、使う必要がなかったら、こういう土器の中に入れて蓋をしてしまえば消えて少し残るかな。ただし蓋を忘れちゃ、みんな燃えてしまうから蓋は忘れちゃいけない」

不思議なものだ、よく見ると木だったころの節や木目もちゃんと見える。手についた黒い粉をはたいて窯のところに戻った。窯と言っても溝が掘ってあり、その端に二本の太い松の幹が間を少し空けて置かれている。

手前には大きめの岩が何個も積み重ねてあり、先も似たような形になっていた。ヤスという黒ヒゲはその松の上に何本も伐った枝を載せていく。どれも太さは五センチかそれよりやや太い、長さは膝の少し上くらいまでに切りそろえてあった。

見ると、見慣れた杉や楢など普通の木ばかりだ。それを細いのを下にして次に太いのを置くとまたそれの上に同じような細い枝を載せた。松の端から端まで並べると今度はその上に、辺りに落ちている小枝、落ち葉や枯れ草などを被せるとその木の周りにも積んでいった。

大体、藁を被って寝ているような形になった。それが終わると一休みだ。

初冬の柔らかい日差しがみんなの額に汗を浮かべる。黄色く枯れた草と青いままだがくたっとした草が交って平らになり座りやすい。

「これで終わりですか？　こうしておくと炭が出来るんですか？」

ショウがこんもりとした枯れ草を見て聞いた。

「いやあ、これからあの土を上にかけなきゃなんない。それが終わってから焚口、そうこっち側だ。そこに枯れ葉や燃えやすい枝が入ってるんでそれに火をつけてやる。後はその火を消さないようにどんどん薪をくべていく。そうすっと向こうの穴から一杯白い煙が出てくるから、中で火がついたころ、今度は焚口のに蓋をするんだ」

セツは炭は蓋が好きだなとくすっと笑った。そんなことに気づかず黒ヒゲは話を続けた、よほど炭を作るのが好きなようだ。

「蓋は最初に全部閉めちゃっちゃだめだよ、火が消えちゃうからね。出来るころにはあの先の白い煙が青くなってくるのが目安なんだ。そしたらもう出来たようなもんだ。時間はかかるけどね。今度は全てをしっかり蓋をして蒸らすことになる。どこかが空いてたら中でみんな燃えて灰になっちまう。オレもそれで大分失敗してな、ポポに随分怒られたもんだ。ハッハッハ、ワアッハッハ……」

いかにもポポに怒られてしょげている姿が想像できて、セツたちも何だかおかしかった。

「で、出来るのはいつごろなんですか？」

「全部冷えるまでには明日の昼ごろまではかかるよ。大変な仕事なんだ」

黒ヒゲはちょっと自慢そうに言ったが、ポポに隠れて目配せをした。

「あまり言うと、まだ足りないって怒られちまうからな。むしろ大変なのはそっちかな」

今度はセツたちも笑った、大きな黒ヒゲが動いたり小さくなったりして面白かった。

「コツは何といっても最初は風で火を上手く回してやって、白い煙が青くなったときに漏れをしちゃいけないってことさ。それが出来れば大体誰にでも何とかなるさ」

道具もいらないし材料はそれこそ取り放題にある、手順さえきちんと守れば冬中暖かく過ごせそうだ、セツとショウは手順を何度も確認し合った。

その冬も大分経ち、毎日雪が降るようになった。

セツたちは覚えてきたとおりやって炭を作った。さすがに黒ヒゲのようにはきれいではないが、一緒に来たアビコは上手いもんだと褒めてくれた。

実際、小屋で使ってみると最初は少々むせっぽいのと、時間が半分ほどで燃えてしまうのが難点だったが、薪を生のままで焚くより煙も出ず、火持ちも良かった。

時間が足りなかったので各小屋にはそう配ることはできなかったが、雪の合間を見て、落ち葉が濡れていなければ集めておいて何度か炭を作ることができた。

四、五日前より格段に寒さが厳しく雪が何日か降り続いたあと、空が久しぶりに真っ青に晴れ上がった、今日は熊狩りの日だ。

ハナツヒトさんは熊の皮を腰に巻き、アケビの蔓でこしらえた紐に鉄製の槍と山刀を吊るし、食料になる干した実と干魚を背中に背負った。あとに続くのはセツ、ナカツモト、ショウ、カツ、カカ、ワカ、それにノブとマサの総勢九人。それに熊の胆採りの名人ヨギとアビコの二人、そのほかに茶色と黄色の犬が二匹だった。

慣れているのはハナツヒトさんにヨギとアビコにナカツモト、それ以外はほとんどが初めてだった。

みんなは一列になって山に入っていく。

最初は雪に不慣れで山道をいく足が重かったが、何度か休むうちに次第に足も軽くなってきた。

半日ほど歩くと山は深くなり、大きな木の根元では雪が盛り上がっている光景が続いた。ところどころに三つの点々が山から谷、谷から丘へと判でも押したように繋がっている。

「あれはウサギだ、あいつを追う時は必ず谷へ向かって追いかけるんだ。山の上に追いかけたら、自分がウサギになっても追いつけない」

今回はウサギは目的ではないのでその光景は綺麗な図を残したまま、どこまでもいろいろな点線の模様を描いていた。

熊の巣穴はどこにあるのか全くわからない。

ハナツヒトさんに言わせれば、息抜きのための小さな穴があるというが、木の枝や枯れ葉が無数に散らばっているなかでは容易に見つかるものでもない。ましてみんな今回がほとんど初めてだ。

犬たちはそれでも何か匂うらしく、鼻先を雪面につけてはフンフン言いながら左右に頭を振り、尻尾を振る。

その近辺に木から雪の塊が落ちる、ばさっとか、すとっという様々な音を立てながら、ひっきりなしに落ちる。と、茶色の犬が腰を落とし、尻尾を足の間に入れながら耳を倒し、牙を剥いた。

う、う、うう……。

「どうした、いたか？」

ハナツヒトさんは犬の変化に気がつくと、手を挙げてみんなの動きを止めた。みんなは期待と緊張で固まった。

もう一匹の黄色い犬も同様だ。そのとき、ぱっと黄色い獣が飛び出した。

あっという間に笹の葉を潜ってどこかへ消えた、犬たちは一気に追った。

「ありゃ、イタチかテンだな。雪もこもっていないし変だなとは思ったがね」

犬たちは十分ほどで舌を垂らして二匹が戻ってきた。

「まだまだだな、休むにはまだ少し早い。もう少し先まで行ってみよう」

二回目の休息のあと、ふとハナツヒトさんは起き上がり槍を持った。眼に真剣さが甦ってきた。

犬も鼻先をあげて何か落ち着かない。しっと口に指を当てると、ハナツヒトさんはそろりと立ち上がった。

セツたちはどうしたかも聞けず、ただそのままだった。

ハナツヒトさんと犬は静かに足を運び笹薮をよけて雪の上を進んだ。まもなく姿が見えなくなった。

セツたちは顔を見合わせた。アビコとヨギはにっと笑い、二人ともやはり槍を持つとそっと立ち上がった。

「何が起きるんですか?」

ショウが小声で聞く。

「熊だ」

やはり小さい声でナカツモトが腕を押さえる。

「動くな、動くとやつが眼を覚ましてしまう。今はまかせてじっとしていろ」

握られたショウの腕は少し震えセツも背筋がすこし寒くなった。

人数は多いがなにしろ経験者は四人しかいない、ここは残った一人のナカツモトの指示に従うべきだ。

急にワンワンという犬の吼え声がし、やっという大声が何度かした。

「そう、そこだ。そのまま、そのまま」

「放すな、放すな」

「よし、もう一度オレがやる、よし」

「いいぞ、もう一度」

……ガウウウッ　ガッ　ガガッ……。

「よし、止めだ」

ワンワンッ……ワン……ヒィー。

「大丈夫そうだ。よし、みんないくぞ、槍を持て」

ナカツモトは掴んでいたショウの腕を放すと、槍を持って立ち上がった。

笹薮を越えると雪の吹き溜まりのなかに黒い熊が倒れている。

顔の辺りから真っ赤な血が白い雪を染めていく。剥き出しになった口からは赤い舌と黄色味を帯びた鋭い牙がのぞく。

「大きいなあ」

「もう、死んでますか？」

こわごわ寄ってみる。

「ああ、もう大丈夫だ、さすがに三人でやると手早いな、一人だったら大変だったよ」

ハナツヒトさんはそう言うと、じゃあ頼むよとアビコを振り返った。

アビコとヨギはそれぞれ大きさの違う山刀を取り出し、懐から出した灰色っぽい丸い石で刃先を何度かこするとすぐに解体にとりかかった。

まず、白い三日月の下に長い刃先を入れそっと下に引いていく。足までいくと刃を横にしてさらに引いた。

アビコの爺さんは刀を置くとヨギと熊の皮を持ってぐっと引いていく。黒い毛皮の下から青白いつるつるした皮が姿を現す。

「わあ、綺麗ですね」

血がほとばしると思っていたが、思いもかけず皮のままなので眼を見張る。作業はそこから素早かった。

アビコもヨギも手早く処理していったが、肝心なところではナイフを緩め血を出さないように説明していった。

最初に大きな茶色っぽい内臓が出され、次々に手際よく外されてそばの筵の上に置かれていった。犬たちはじっと座っているが、口の周りからはだらだらと二匹ともよだれを垂らしている。

「これだ、これだ、これが熊の胆だよ」

アビコは慎重にそれを取り出すと手の上に載せてみんなに見せた。黄色っぽい掌に載るぐらいの臓器だ。

それを取り出すとアビコは少し筵をずらして、犬たちによしっと声をかけた。二匹の犬はさっとその茶色い内臓に向かい、頭をぶつけそうになると互いにウウウっと威嚇しながら噛み付いた。

それから、ハナツヒトさんとナカツモトが熊の皮を丁寧に剥ぎ、セツたちは言うとおりに肉を切り分けていった。

肉は持ってきた布に丁寧にくるまれると、雪の中に入れて上の木の枝に目印をつけた。

熊狩りは一回に三日ほどかかり、一冬に何度も行われた。その冬の成果は何時もの倍近くになり、凍らせた肉は雪が溶けるころ運ばれて燻製にされた。

雪が溶け出すとアビコとヨギは三ヶ月にわたった滝の村の生活を終えてムギバンタに戻る日を迎えた。二人は熊の胆を大事そうに積み、たった一つだったが子どもが具合の悪い時に少し飲ませるとよく効くと言って置いていった。

二人が帰ってしばらくすると麦畑の周りに虫がひらひらと舞う季節になった。畑の近辺には黄色い花がぱらぱらと咲いている。それを見ると、カマセのじいさんとナカツモトは滝のそばの水をためた池に行き、何度も手や足をその水に浸した。

ある朝、その池の端を棒でつつき、板で押しだすように土をどけると水が田に入った。翌日は少ないながらもそれぞれの田に水が光っている。

今日は田植えだ。小屋のそばで蒔いてあった青い苗を両手に持ち、田に入ると少し冷たく感じたが、すぐに慣れて指先にはさんだ苗を植えていった。

田はカドタの三分の一くらいだったので二日で苗を植え終わった。山からの風が植えられたばかりの細い青い葉を揺らし、皆が一斉に同じ方向に揺れる。

「水が冷たいからどのくらい育つかな」

カマセのじいさんがナカツモトに聞く。

「大丈夫だろう、ここは少し山に近いがヒイでもそういう場所はある。ヒイはさらに北だし条件は変わらないと思うよ。夏にちゃんと暑さがあればよい実がなるだろう、まあ半年先だがね」

「そうだな、ふおっほ」

何時ものご機嫌な笑いだ。

「もう少し経ったら塩を作りに行かなければならないな。今年の冬は予定以上に肉が獲れたから塩が足りなくなっちまった」

ハナツヒトさんが二、三日前にジュンに言われていた。

そうか久しぶりにコカドタの海に行けるな、もう一年になるのかとセツは思った。

このところ、田植えも終わり狩りにも間があるので矢作りをしたり、土器や皿を作る毎日が続いていた。


「これが馬？　随分足が太いじゃないか、こんな動物はいないぞ」

「だって、それ以上細くするとみんな折れちゃうんだよ」

「そう、猪は足が短いから、ほれ、こんなもので大丈夫だ」

「あたしにウサギさんを作ってよ」

「ウサギなんて全然強そうじゃないから、オレが馬を作ってやる」

「ウサギがいいいんだけどなあ」

「だめだめ、そんなもん」

「じゃあ、カマセのおじいさんにたーのもうっと」

「そうしろ、そうしろ」

「どうだ、いいカッコだろ」

「うわ、随分寸胴だな」

「でも、これなら簡単には壊れないぞ」

「前のもそうだったな。じゃあその上にオレたちが乗っているのが作れっか？」

「うーん、どうかなあ」

「ほう、これは馬だね。セツが作っているところをみるとユキだな」

「そうでーす」

「足は太いほうが丈夫だけど、こうやって下を細くしてやると速そうに見えるだろ」

「わ、ほんとだね」

「おお」

「じゃ、オレも」

「なんだ、お前のは背中になんかくっついてるぞ」

「鞍だよ」

「みんな、ナカナカ上手いな。ほう、これは小屋だな。なかなか良く出来ている」

「これはハナツヒトさんの勇姿です」

「え、これが？」

「そうだよ、いいでしょう」

「でも、眼も口もまん丸だな。そんなに強そうには見えんが」

「こっちはどうです」

「これは？」

「百軒の兵士です」

「なんでまたそんなのを？」

「これをいくつか作って矢の的にするんですよ」

「それにしちゃ、小さくないか？」

「だって遠けりゃ小さいでしょ」

「なーるほどね」

「それで冑を被せてるのか」

「そう、目つきもこんなだったでしょ。細くてみんな冷たそうな」

「そうだな、じゃオレも作って的にするかな」

冑を被った百軒の兵士は皆どんぐりを横にした葉っぱのようで、十個ほど作られた。頭に彼らの被っている冑を載せ安定するように腰を大きくして、その下の足も丸く筒のようにしたので安定している。

足先の細い馬も四個、小屋は二つ、ウサギも三つほど作られて広場に並べられた。小屋は支えをちゃんと作ると折れてしまうのでそのまま壁のようにした。光を浴びると薄茶色の馬や兵士が生きているように光を受け入れ、存在感を現す。

セツたちは広場に集まり、馬の背に作った塩を入れる袋や塩水を汲む柄杓や水用の竹筒などを括りつけていた。

「たんと採ってきておくれよ。今年の冬はもっと肉も獲れるだろうしね。料理にも使うから、余ることはないから」

ジュンが子どもをおぶってハナツヒトさんに笑いかける。

「おう、なんでまた夏に雪が降ったんかいっていうほど運んでくるから」

「頼んだよ」

「ふふ、さあ、じゃ一寸の間留守にするけどしっかりな。そんじゃカマセのじいさん、あとは頼んでいる声がするほどみんな伸びてるわ」

「お前さんたちが帰ってくるころには、田の草が早く取ってくれと頼んだよ」

「草じゃなくて稲だろ」

「ふおっほ、そうじゃそうじゃ」

ハナツヒトさんに続いてナカツモト、ユキに乗ったセツ、そしてマサ、ノブ、カツなど全部で八人が頂上を越えてコカドタの海辺へ塩と魚を獲りに出かけた。

ショウは風邪をこじらせてクシュと留守番だ。カカやワカ、タケルたちはすでに朝早くから田で草取りや昨年捕まえて羽根を切った鴨や鶏の世話で忙しい。

頂上からは変わらぬコカドタの青い海が眺められ、どこか潮臭い磯の香りを吹き上げては鼻をくすぐる。西のほうの景色も変わらず、筋一本も上がっていない。

「百軒は結局、カドタで米でも作り出したかな」

「彼らが泥にまみれてる姿は、想像するとおかしいですね」

「冑を被ったまま苗を植えたら、頭が先に田についちゃったとか」

「やりかねないぞ。やつらなら槍で草取りをして、どうもうまく取れないんだなあ、なんて」

下りだったので一日で海辺まで着いたが警戒のため、いきなり小屋には向かわなかった。七つの小屋はしんとして物音一つしない。聞こえるのは繰り返す波の音と空を舞う水鳥に、林から聞こえるセミやそれを追う鋭い鳥の叫びくらいだ。

一時間くらい森の陰で様子を見、ハナツヒトさんはナカツモトと歩いて小屋に向かった。

二人が小屋を覗き込んではまた次に向かい、奥のやや小ぶりの小屋から出てくると手を振った、誰もいない。

セツたちは最初の二つの小屋に入り、その日は置いていった甕に水を満たし、麦の粉や木の実を棚に置いた。それが終わると海辺に行って砂場に穴を掘り、そこへ海藻を敷き詰めると海水を何度も何度も汲んだ。

最初はすぐに吸い込まれやがて吸い込みが弱まって海水が溜まり、また吸い込まれた。昼ころまでそれを続け一休みとなった。

これから毎日この往復ばかりだ。

最初の二日は筋肉痛と全身疲労でさしもの若さでも大変だったが、三日を過ぎるころには筋肉がこなれてきた。

最初の海藻が焼かれたのは七日後で塩は掌に二杯採れた。まだ砂が混じっているので何度か谷の水と麻布で漉したりして、出来た塩は袋に詰められては棚に置かれていった。

肉を塩漬けにするだけでもウサギほどの大きさが必要で、袋の半分は使う。

一月経って袋が大分貯まり、とりあえずセツとマサが棚の袋を整理していると、海辺から大きな声が聞こえた。

「何だ？」

今までにない声の出し方だ、異様な気配を感じて二人は小屋の入口に潜んだ。声に続いて馬の嘶きのような音もする。二人は手に武器もないので顔を見合わせた。

誰かがここを襲っている。入口から顔を覗かせると離れた海辺で馬に乗った兵士が剣を上げては振り下ろす仕草を繰り返している。

二人は入口から出ると様子を見るために小屋伝いに走った。

海辺には二、三人が倒れている。馬に乗った男たちは十人はいて、皆装甲に身を固めている。

今、馬に挟まれて抵抗しているのが誰かはわからないが数人で一人を攻めているようだ。残りの数騎は海辺を走り回っている。

また一人が倒れた。その倒れた背中に槍の穂先が食い込み、セツは眼をつぶった。

何秒か何分か……。

セツが眼を開くと、大声をあげてマサが砂浜を走っていく。二騎が気がついて槍を構えて突っ込んでくる。

セツが見たのはマサの背中に見えた茶色の槍先だった。刺した兵士は槍を離すと少し走って止まり、マサはそのままうつ伏せに倒れた。兵士はその槍をぐりぐりと回しながら抜き取ると、上にあげて走り回っている男たちを呼んだ、馬が一頭誰も乗せずに走り回っている。

男たちは砂で出来た壁を思い思いに蹴散らした後、西へ向かって走り去った。

余りのことにセツは呆然とした。

襲われた。しかも倒れているのは五人だ、一人は間違いなくさっきまでここにいたマサだ。

では、残りの四人は？

セツは何故マサが飛び出していったのか見ていなかったのでわからなかったが、ここで自分も出ていったらこのことを知らせるものがいない。ぐっと我慢して一度眼をつぶり、すぐに開いた。

白い波が砕ける海の中に黒いものがポツンと浮かんだ。それは次第に近寄ると海の中から立ち上がった。

海藻を被ったような頭に大きな体の男、続いて小柄な男。大きなほうはハナツヒトさんに似ている、では小柄なほうは？

二人を見ると今度はセツが走り出した。七十メートルくらいに近寄るとそれは紛れもなくハナツヒトさんとナカツモトだった。その先から何度も咳をしながら上がってくるのはカツだ。

では、倒れているのは？

近寄ると冑が脱げた装甲をした若い男だった。敵だ、しかもそいつは大きく息をしている。

海から上がったハナツヒトさんとナカツモトはセツを見つけると大急ぎで上がってきた。

「どうしたんですか！」

「塩を焼く煙を見つけられたんだ」

「やつらは偵察していたらしい」

「そこで、この海藻を焼く煙を見つけたんだろう。オレたちは海水を汲む為に海のそばにいたからすぐに潜ったんだが、ノブたちは砂場にいたから間に合わなかった。それでも一人を叩き落としているのを見たがどうすることもできなかった。余りにも早かったし武器を持っていなかったのが失敗だ、油断しきってしまった」

ハナツヒトさんもナカツモトも全く不意を突かれたことで、仲間を四人も失ったことに呆然としていた。

「まだこいつ生きています。殺してしまいましょう！」

セツは落ちていた剣を拾いに走ろうとしたが、冷静さを取り戻したナカツモトが叫んだ。

「殺すな！」

セツは拾った剣を持って止まった。

「すぐにここを引き揚げよう」

「こいつも連れて行く」

「塩はどうします？」

「持てるだけでいい。すぐに戻ろう」

「いや、それはよくない。彼らがさらに来るかどうかをじっくり確認しよう、でないとまた今までと同じになる」

ナカツモトが言った。ナカツモトはまず残った四人を小屋に入るように言った。

砂浜から直接小屋に向かわず、西に向かいそこから草を踏んで大回りして戻った。小屋は海辺からは見えない。

一番手前の小さな小屋、タミたちが生活していた小屋だ。そこに男を縛り猿轡《さるぐつわ》を嵌めて目隠しをした。

「彼らは偶然とはいえ、ここで塩を作っていたのだとは思っていないようなんだ。漁の流民がここに流れ着いて海藻や魚を焼いていると思ったらしい。そうであれば幸い小屋も発見されていないようだから、今度は彼らがどうするのかを見極めなければならない」

そう言うと縛っていた男の猿轡を外した。若い男はどこかに怪我をしているらしく荒い息をしていた。

「お前、名前はなんだ、なんという名だ」

「……トウト……」

男は苦しげに答えた。

「トウト、お前たちはなんでいきなり襲ったんだ」

「オレたちが狙っていたカドタのジジイどもがどこかへ消えちまったんだ。畜生め、どこに行きやがったかいまだにわからねえ」

「カドタ？」

「お前ら魚臭いやつらに聞いたって仕方がねえ、オレたちはいらいらしているところだったし、見たところ武器も持っていないでのんびり火なんか燃してるから憂さを晴らすには丁度よかったんだ。くそ、オレだけおいて逃げやがって」

「お前はそのカドタとかいうところのものなのか？」

「ばかいえ、何でおれがあんなちっぽけな地べたを這い回るヤツと一緒なものか。オレは百軒のものだ」

「百軒とはなんだね？」

「ここから西へ四日ばかり行ったところの村だ」

「そこが、なんでカドタの爺さんたちを探すんだ？　何か渡したいものでもあったんかね？」

「渡すものなんか何もない。そろそろやつらの収穫物が溜まったころだったんで、いつものとおり来たんだが、去年突然みんな消えちまった。今年は戻っているかと春先から探していたんだ」

「で、見つからなかったらどうしようとしてるんだ、その百軒とかいう連中は」

「栢山を一度襲ったんだが、手ひどくやられた」

「何でお前たちは自分たちで何も作らないんだ」

「何だお前、お前に言われることじゃない。だいたい、魚臭いやつは魚を獲ってりゃいい話だ。とにかくこの縄をほどけ。仲間が探しに来る時はもう遅いぞ」

「ほう、仲間にお前の首から下だけでお前だとわかるのかな？」

「え？」

「お前、トウトとかいったな。お前は今、この場で手足を縛られていることを忘れるなよ。おい、ちょいとこのトウトとかいう意気地のない弱虫の好きなところをナイフで削ってやれや。そうだな最初は足の指先からいくかな、それとも手にしようか。いや、その高すぎる鼻でもいいし、格好のよい口をもう少しひらいてやるか。それともみんなで同時にやろうかの。そうだそうだ、お前、トウトが自分で好きなところを教えてくれ、そのほうがお前もうれしいだろう。時間は四日、いや百軒まで弱虫共が一度戻れば八日はかかるから、それまでたっぷり……」

「うわっ、おい、ウソだろ。止めてくれ、何でもする、何でもするから」

「ほう、口だね、じゃあ口にこの刃先を当ててるからな。あんまり動くと動かす手間がいらんからいくらでもしゃべっていいぞ」

「うわあ、ほんとに勘弁してくれ、勘弁してくれ」

冷たい刃先が口に当たるとトウトという男は緊張のあまり気を失ってぐたっとしてしまった。

口先から刃先を外し腰にしまうとナカツモトはしっかりした口調を崩さず、

「さて、こいつは根性がないから味方にしても必ず裏切るのはよくわかる。こいつの仲間でしっかりしたヤツはいるかな。敵を倒すには中に入って内側から攻めるのが効果が高い。どうも百軒はまだ自分たちで米作りをすることに目覚めていない、うまく栢山の国が百軒を滅ぼしてくれればいいのだが、強い相手には手出しをしないのがこういう連中のやり方だからな」

ハナツヒトさんも頷く。

「そうですね、ほっておけば益々どこにでも攻撃を仕掛け続けるんでしょう」

「栢山で手ひどいめにあったというが、どの程度やられたんだろう。もともと兵士は残っているのも合わせれば六十人程度だと言われていたが、せめて半分となったら何とかなりそうだが」

「いや、それは何人になってもいざ攻めるとなればきついと思いますよ。今までのことから想像するにヒイもムギバンタもよほどでないと支援はしてくれません。そのよほどというのがこれだということがはっきりすれば別ですが、それ自体今の我々にできる状態かどうかもわからんのです」

「で、あんたはこの先どうしようと？」

ナカツモトは答えた。

「ここで待って、次にくる百軒の兵士を何とかもう一人か二人捕まえる。そして、そいつらを滝の村へ連れて行き、一年間ワシらと暮らさせる。百軒の連中に外から言って聞かせてもおそらく変わることはあるまい。毒をもって毒を制すだ」

「彼ら自身が毒ということですか」

「そう、人間は自分で体験したことは他人に話したいものだ。特に仲間で尊敬されることは、兵士たちなどでは日々憧れの対象となるからね」

「わかりました。ではあと二人何とかしましょう」

ナカツモトはまずこの男に猿轡をはめ木に縛り付けておき、その周りに穴を掘り縄を何本も垂らす。その縄は先が丸く輪になっており、足を入れると踏んだものの重みで締まるようにしてあった。重みをかけるには穴に小枝をめぐらし木の葉をかけておくのだ。

ナカツモトたちは似たようなもので猪などを捕まえると結構ひっかかると笑った。用意が出来ると塩を村まで運び、代わりに矢とカカたちの増援を頼んだ。

彼らがおそらく来るとしても前回と同じ十人程度だろう。弓を持って隠れていれば同じ人数でも断然有利だ。それ以上来たら隠れていれば良い。

カカたちが来て準備をしているとその二日後、見張りのタケルから合図があった。六人の兵士たちが馬で向かってくるという。

人数が少ない理由はわからなかったが、あのトウトと関係があるのかもしれない。すぐに村の木にトウトを縛って目隠しと猿轡を噛ませた。

木のそばで火を焚くと煙が上がり、砂浜のほうから大声が何度もして馬の足音や息遣いが聞こえてきた。

「何だ、こんなところに小屋があるじゃないか、やつらこんなところに隠れていたのか。

よし一軒ずつ当たろう」

　普通なら村には人が逃げても鶏や犬がうろうろしているのだが、百軒の連中は小屋を見つけたことに気を取られ、誰もいない不自然さに気がつかなかった。

「おい、煙はあっちだ」

「よし」

「あ、トウトだ。何だあのやろうあんなところで縛られてやがって、なんだ？　あの縄は？」

「原始人どものまじないだろう。よし、アサガとユウラ下ろしてやれ」

　言われた二人の男は馬から降りてトウトに近づく。そばまであと二メートルのところでいきなりアサガの膝がかくっとして崩れ、すぐに足を上にして宙に逆さに浮いた。あっと思う間もなく次はユウラが同じようにぶら下がった。

「気をつけろ！」

　命令していた隊長が前足を上げた馬をなだめた瞬間、シュッという響きがこだました。矢は集まっていたところに三方から襲い、たちまち隊長が三本の矢を受けて転げ落ち、馬の三人にもそれぞれ矢が集中した。二人は落馬し、一人は馬を返して逃げ出した。

　宙に浮いた二人は頭を下にぶら下がって揺れている。林から矢を番えたまま出てきたセツたちは逃げた男が戻ってくるには時間がかかると思ったが、先鋒隊だとすぐに本隊が来ることを懸念して手際を急いだ。揺られている二人は棒で殴り、半分気絶した状態にしてぐるぐる巻きにするとすぐに馬の場所まで運び、馬に乗せて出立した。

山の中腹まで急ぐと少し休んだ。しばらくすると見張りをしていたタケルが追いついてきた。

「うまくいったようですね。一人慌てて走ってきたから、ゆっくりしたところでよく狙えたから撃ち落としましたよ」

「おう、ご苦労」

「そうか、本隊が続くようには見えなかったか？」

「見える限りではいませんでしたよ。そいつは逃げおおせたと思って馬を緩めたんでしょう。馬は鞍を外して山に放しました」

「うん、では村に戻ろう」

村に着くと三人とも元気を取り戻していたがどれも若い男だった。やはり回復が早い。話をさせないように一人ずつ隔離した。

最初に捕まえたトウトは怪我をしていたので手当てから入った。あとからの二人も打撲ではあったが一人はこぶ、もう一人は三つほど青あざであった。

ナカツモトは青あざの男を小屋に運び入れた。

「お前、名前は？」

男は観念しているらしく意外に素直な態度だ。

「オレはアサガ、あのデブはユウラという」

「お前たちはあそこに何をしにきたんだ」

「オレたちは冬の為の食料を探しにきた。どういうわけか今までいた村が消えてしまったんで探していたんだが、頭たちが漁民を見つけたんでそいつらに聞こうとしたらしかったが、油断してトウトが落馬したというじゃないか。それで打ち殺そうと思ったらしいが抵抗が激しかったんで、魚とりにしてはおかしいと思って村へ仲間を呼びに行ったんだ」

「では、どうしてお前たちが来たんだ？」

「トウトの馬を探すためだよ。魚とりに馬は必要ないからそこらにいると思ってね」

「その頭っていうのはどこへ行って、どのくらいで戻ってくるんだ？」

「村までは走れば五日だが、まあそんなところじゃないか」

「必ず戻ってくるのか？　また何人くらいだ？」

「そりゃ、戻ってくるだろうよ。人数はわからん」

「お前たちは百軒なのか？」

「よく知ってるな」

「それで何人いるんだ」

「何がだ」

「兵士の数だ」

「ほう、お前たちこんな山奥で何をしようって聞くんだ？　関係ないじゃないか」

「お前たちがいる限りどこも迷惑なんだ！」

カツがいらいらした言い方をした。

「ふん、お前も威勢だけはいいな。おれが縛られているからか」

カツは殺されたテシとは長い友だちだったので、いきなり男に殴りかかろうとした。

「待て、今さらこいつを殴っても何も変わりはせん。お前が落ち着かねば何も始まらん」

そう言われてもカツは憤懣やるかたない顔をしていたが、やがて頷いてまた座った。

「ところでなアサガと言ったな、お前は力があるようだな。どのくらいあるんだ?」

「こいつくらいなら四人は簡単なものだ。なんなら今からここで見せてやってもいいぞ」

「なにお!」

「まあまあ、お互いにこれからここで暮らして仲間になるんだ、何もぶつかり合うことはない。オレたちの共通の敵はそこにあるその小さなものだ」

二人はきょとんとしてナカツモトの指差すものが何かを探った。

「見えないかね、そこだよ」

そこには小さな麦の粒が小さな皿に載っていた。

「?」

「何ですか?」

二人だけでなくみんなが首をかしげた。

ナカツモトは少し時間を置いて口を開いた。

「これは麦の穂だ。米と同じようにこれもむけば中に麦が入っている。小さなもんだろう?」

「……」

「お前たちはこれを大事に育てている」

「そしてお前たちはそれをこのものたちを殺してまで盗ろうとする。その元がこれだ」

ナカツモトは指先を伸ばし、眼に撃ち込むようにぐっと差し出した。

「お前たちにとっては盗むための邪魔になっているはずのもの。この滝の村のものはすでにこの麦や米と戦っている。今年の麦は我々のものではない。半分はあのムギバンタから借りたものだ。さらにここの水は貯めておいてもカドタと違って水温がまだ低い。だから米とも戦わねばならぬ。お前、アサガ、お前たちは米を作ったことがあるのか!」

アサガはうろたえた。

「お前たちは米は人を傷つければ盗れるものだと思っている。お前たちはヒイの山にいた猟師の末裔だろう。お前たちが獲った獲物に何か祈りを捧げたことがあるはずだ」

「……あります」

「そうだ、お前たちは得た獣にすら祈りを捧げて、神に感謝と惧れを抱いたのに、お前たちに米を盗られたものたちを傷つけてきたのだ。時には殺した」

アサガは下を向いた。

「そんなことにお前たちはその体力を使ってきたんだ。一体いつまでそうする気なんだ、現に隣の栢山では随分怪我人が出たと聞いたぞ」

「どうしたらいいんでしょうか」

みんなが黙り込んだあとアサガが顔を上げて聞いた。

「そう、おまえ自身はどう思う？　これから何と戦うべきか、戦う相手がわかったようだな」

「私はもう百軒に戻りません。許してくれればここで米と戦ってみたいと思います」

「その気持ちは揺るがないな」

「はい」

聡明そうなアサガは自分の置かれている立場を悟った。大きな声でナカツモトに向かい、次にそばにいたカツにすまないことをした、知らなかったがこれから気の済むまで殴ってくれと頭を下げた。

カツは驚いて後ずさった。

「縄を解いてやれ。アサガは今から滝の村の新しい住人だ。明日からもりもり働いてもらう」

「なにしろ四人力だそうだ、田がうんと増えるぞ」

カカが両手を打ち鳴らした。カツが縄を解きだした。腕を擦りながら、アサガは両手をつくと深くお辞儀をした。

「じゃあ、アサガはカツの小屋で生活すればいい」

「私に二人を説得させてください」

「逃げるんじゃないだろうな」

カツがびっくりして身構えた。

「大丈夫です、私も兵士でした。ウソだけはつきません」

「カツ、信頼してやれ」

「すまん、つい疑ってしまった」

「いや、こちらが間違っていたんです。そう思われて当たり前です」

翌朝、三人は夜明け前に起きてきた。青あざが少し薄くなっていた。

傷も少し回復したトウトは小柄だったが、彼も筋肉質で敏捷そうだった。小太りのユウラと三人で夜遅くまで語り合い、若いだけに納得も早かった。

彼らも周りからの略奪がカドタの逃避に続いて、栢山で大敗を喫したことが将来に不安をもたらしていると感じていたと話した。

まだ、弓と剣くらいしか知っているものはないが、自分たちが盗った米も、父親たちが獲った鹿や猪の肉と同じように考えていたことを間違いだったと言い、特に村に身よりもないから心配かけることもない。だからここに置いてもらえたら何でも言うことを聞いて働くという意志を示した。

「口だけではないな、お前たちが本当に作物を作るとしても相当辛いことだぞ。特に稲はまだ寒い時期から土くれを掘り起こし、畦を作り、苗を植えるし草を取る。いずれも腰が曲がるほどだ、馬に乗っていたお前たちにそれができるかどうかだ」

それに応えて三人は自分たちはまだ若い、たとえそれで曲がったとしても今までのことを思えば曲がっても当たり前ですと言った。そうは言いながら実際に草取りを一日やったその翌日は三人とも腰が痛くて動けなかった。

だが、セツたちは三人に絶えず声をかけジュンは温かい汁碗を運んだ。ナカツモトは笑いながらアサガたちに呼びかけた。

「お前たちの気持ちはわかったが、草取りも少し動いたりしないと同じ格好でやっているとどうしてもそうなってしまう。一人は草を取り一人は運び一人は休んで交代しても時間はたっぷりある」

三人は腰の痛みをさすりながら神妙に聞いた。

「お前たちの村でどういう形でいろいろなことが進められているのかは、なんとなく掴めたよ。誰か指導者がいて、それの命令が絶対的に同じことをさせるんではないかね？」

「そうですよ、それが正しいことだと教わりました」

「だからお前たちは武器を使う以外は何も知らないのだ。生産の喜び、生育するのを待つ喜び、収穫の喜びそして感謝。いつも目の前にあるものを盗る、それはその瞬間は満足だろう。しかし喜びが続くまい。たとえばお前がお前より良いものを手に入れたら羨むことはないか？」

ナカツモトはみんなに聞こえるように言った。三人は思い当たることがあるのか同時に頷いた。

「それは自分の働きを喜んでいないということなんだよ。自分の働きというのは、たとえ体が疲労しても心に喜びが残るということなんだ。今お前たちは腰が痛いだろう、だが仕事をやめたいとは思わんだろう」

言われてアサガたちは不思議な気持ちになった、確かに腰は痛いが早く田で草取りをしたいという気持ちがどこかにあったからだ。

それがなんでそんな気持ちになったのかわからなかったが、ナカツモトの言うことにその答えがあることに気がついた。

草取りを終え、土器作りや木の実採り、そしてウサギ狩りやその燻製作り、魚獲りなどに加え、小屋の強化や高床式の食料庫のための木の切り出しなど毎日が眼の回るような展開だった。

「いつも、こんなに大変なんですか？　いつ終わるんですか？」

「終わることなんてないよ、こうやっていつも何か必要なことが待っているんだ。以前、お前たちが襲って半分も持ってこられなかった塩もそうだ。塩は大切なんだが、山では採れない。どうしても海で海藻を焼いたり手間がかかる。塩がないと家畜が食欲を無くすし、肉は燻製しか保存できない。それには木と手間が必要だが、塩につければ何時までも持つ」

「塩のことはすみませんでした。今でもあるならひとっ走り取ってきましょうか？」

「いや、もうないだろうよ。何といってもお前たちの元の仲間じゃないか。めぼしいものは全てないよ」

アサガは頭を掻いた。

季節は夏になった。小太りだったユウラも連日の作業で筋肉質に変わり、トウトの傷もすっかり癒えた。

「どうだい、田の草も大分綺麗になったから、今日は狩りに行こう」

ハナツヒトさんが言うと朝飯を食べていた連中は解放されたように声をあげた。

「そういえばアサガたちの弓の腕はどうなんだね？」

「弓なら任せてくださいよ。鹿の眼と眼の間を射抜けますよ」

「ほう、それは凄い。鏃はどんなものを使うんだね」

「ムギバンタで作っている例の鉄製ですよ」

ハナツヒトさんに手渡す。

「やあ、やはりムギバンタのは違うね。我々にはまねが出来ないな」

「でも眉間を狙わなければ、ボクらのでも腹は射抜けますよ」

「ワッハッハ、そうムキになるなセツ。獲物が一頭でも多く獲れれば、ジュンたちが喜ぶ。今日はどうだ、三組くらいに分かれて獲物を競い合ってみようか。どうだね」

「わー」

三日にわたる狩りではセツたちの組、ワカたちの組とクシュたちの三組にそれぞれ鉄の鏃を持つアサガたちが分かれて加わった。

　成果は鹿が二頭、猪が四頭、ウサギが二十羽、そのほか山鳥や野鶏などがいた。

「やはり、少し塩が足りないようだ、今回はとりあえず全部燻製にするしかないな、これが終わったらもう一度塩を作りにいかねばならないな」

　今度はセツたちも十分武装していくことになった。海藻を焼く煙が百軒の見張りの眼に留まるのはもうわかっているので、逆に相手が来てもこれを討ち取ってしまうほうに工夫を凝らした。

　第一は人数だ、見張りを三人に増やし襲ってくる数を見分けるやり方を考えた。それには煙に色をつけることが考えられた。そのため、燃える焚き火にいろいろなものを投げ込んでみては白と黒煙以外に色が出るように工夫したが、上空に上がるに連れて白との見分けがつかなくなるのでそれは出来なかった。

　また、白でも黒でも上に布を被せ一時遮断してポッポッと間を置くようにした。

「見損なったらどうする？」

「いや、ワシらの数より多かったら、二度三度に袋を被せりゃいい。そしたらすぐに山に隠れる。一本のままなら待ち伏せするというのでいいんじゃないか？」

　結局、白い煙でも黒い煙でもまっすぐ昇った時は弓矢で攻撃して安全とした。

　今回塩作りに参加するものは二十人だから十二人が弓矢を持って隠れることになり、相手が五人以下のときがまっすぐに決まった。それ以外のときは八人が速やかに山に隠れることにした。

アサガたちも行きたかったが、最初は自分たちの仲間を討つことに躊躇があってはいけないとハナツヒトさんが主張したので、アサガたちは支援にまわり、馬を狙うことで参加することになった。

五日目に白い煙が上がった。海藻を焼いた二日目だ、やはり百軒は絶えず見張っていたらしい。

ワカたちの白煙を見たセツたちはすぐに小屋や木陰に陣取り対戦の用意をした。ほどなく、五人の男たちが馬に乗ってやってきた。偵察に来たようで後ろから上がる煙もそのままだった。

先頭の男が燃えている海藻のそばまできて辺りを見回しているが、強い警戒はしていないようだ。矢を引き絞っていたナカツモトが放とうとしたとき、アサガが待ってと言った。

ナカツモトは矢を収め不思議そうにアサガを振り返った。

「あれは兄のツキジです。彼となら話が出来る」

「だが、他に四人もいるぞ」

「ここからではわからないけど四人のうち二人はわかります。良ければ私に話をさせてください」

ナカツモトはアサガの眼を見て頷き、セツたちに攻撃を待つように合図した。

アサガは弓矢を置き、少し離れた場所まで行くとそこから手を振って馬の男の前に進んでいった。馬の男のそばで何か話している姿が続き、そのあといきなり男が剣を抜いた。

「まずい！」

セツが小さく声を出した。

剣は砂に落とされた。兄という男は馬から降りた。すぐに後方から四騎が走ってきた。馬を降りた二人を囲んで何やら話が続く。冑を被っているのでよく見えないが体つきはどれも若い男のようだ。

やがて、一人が馬を降りた。降りた男と馬上の三人は激しく言い争っている。すると馬上の三人は次々に剣を抜いて三人に切りつけた。

最初に切りつけられたのは兄と言われた男だったが振り下ろされた剣を掴むと、ぐっと引き、抜いた男はそのまま砂に頭から突っ込んだ。

残りの二人は今度はアサガともう一人に切りかかった。ぱっと赤い血が飛び散ると同時にナカツモトはすかさず矢を射た。

続いて撃った矢に驚いて馬上の二人は剣をしまって走り出した。逃げ足は速く、あっという間に砂地を西へ走り去った。うまくいけば見張りのワカたちが仕留めてくれるかもしれないが、セツたちは急いで砂浜に駆け下りた。

「大丈夫か！」

ハナツヒトさんの大声が響く、薄くなった頭の毛が後ろに流れ、二人の男はぎょっとした様子で立ちすくんだ。そばに行くと二人は道を避けた。

ハナツヒトさんが倒れているアサガを抱き起こした。

「大丈夫、肩を切られたが傷は浅い」

立っていた男が言いながら、腰についている袋から何か脂のようなものを取り出して、

「のいてくれ、ちょっと薬を塗りたい」

と冷静に言うと肩の布をもっていた小刀で裂いた。血はまだ出ていたが、肩の皮を掠ったらしく脂を塗るとしばらくして血が止まった。

「すまんが、あの小屋へ運んでくれ」

男は別の男とセツに向かって言うと、ハナツヒトさんとナカツモトを相互に見ながら、

「私はツキジというものだ。弟のアサガが世話になっていたようだ。簡単だったが弟から話は聴いた。だがこの男はジャバというが私とジャバはアサガの言うとおり、まず話を聞こうと思った。だがあの三人は我々を裏切り者だと言って攻撃したのだ。彼らはまだ若いからそう思ったのだろう。やがて二十人は引き連れてこよう。だがこうなった以上は、我々は村の裏切り者となったし、弟も一緒だ。まだあなたたちを信じているわけではないが、協力したい」

「それはいきなりでは仕方がない、話は後だ」

ナカツモトはハナツヒトさんと頷きながら言った。

「早いほうがいい。わしらは今二十人はいるが、どうしても塩を作らねばならない、それにはあと三日はかかってしまう。二十人の装甲者が来たら、同じ数でも勝てる見込みはな

い。残念だがもう一度引き返して様子を見なければならないだろう」

「いや、今からそうしても馬の蹄のあとや弓矢を見れば、いくら上手く動いても跡を追われるのは明白だ。どうだろうか、ワシらも協力するから、ここで百軒を迎え撃ったほうが早いし、おそらくそれしかないと思う」

ツキジはそう言うと戻ってきた男に同じように言った。

「私もそう思います。前からこの場所はいろいろ調べていました。さらに先に行くと柳の木があるはずです。そこの木を目指してそこから左へ曲がるところでいくつかの馬の足跡が前後に無数にあるのがわかっています。おそらくその先にも道があるのかもしれません。百軒も今は兵士は四十人になっています。栢山を攻めて三十人以上倒れてしまいましたからね。おそらくアサガの話では全員が来ると思います。ここで戦うほうが村には危害が及ばないと思いますよ」

セツは背中に冷たいものが走った気がした。ハナツヒトさんとナカツモトはどうすると顔を見合わせた。武器は少ないし二人を入れて二十二人だ。

確かにジャバの言うとおり、山から下りて柳を目印にしていたが以前より通りやすくなっていることにやや不安を感じていたのも事実だ。百軒は仲間を失い、カドタの米も失いややや焦りつつも今までより凶暴になりつつある。

村を守るためにはここで何とか食い止めようということになった。攻めてくるまでに七日はかかる、ナカツモトはワカに村へ戻り男と武器を連れてきてくれと命じた。ワカは馬を走らせた。

セツたちは小屋や山陰などに枯れ木や草で柵を作り、木と木の間にいくつもの蔓を這わせた、馬の足を止める為だ。焦りはあったが、決められたことをこなしていると四日目にワカがクシュたちを連れて戻ってきた。

総勢は四十人になり、矢や槍、剣もどうにか間に合った。そこで、ナカツモトはやや危険だがといって見張りを出した。

カカたちが見張りに出てから三日目、西に白い煙が上がった。弓矢を持つ手が汗で濡れる。自然に食いしばったあごがカクカクと鳴る。

「前と同じだ、肩の力を抜け」

ナカツモトがそう言ってセツの肩をぽんぽんと叩く。笑い返そうとしたが顔がひきつったのが自分でもわかる。

馬の蹄が響く。声はしないがぐっと空気が重く塊で押し寄せるようだ。つばを呑もうと思ったが上手く呑み込めず、のどに塊がつかえたようだ。

「来たぞ」

ナカツモトの声がした。

兵士たちは砂浜に一列に並んだ。数えると三十人を少し超えている三十二、三人か？

数はこちらのほうが多い、セツは深呼吸した。いつの間にか震えは止まっていた。

兵士たちは馬に乗ったまま何か言い合いながらこちらに向かってくる。馬に乗った姿が以前より大きく見える、何人かは昼にも関わらず松明を持っている。

「よく狙え、相手の胸ではなくていい、馬でもいい。標的は大きいことを頭に入れろ。そうすれば気分は焦らずともすむ」

ツキジが戦う前にみんなに何度も言った言葉を繰り返しぶつぶつと呟いた。

「敵は大きい、必ず当たる。焦るな。引き付けろ、引き付けろ」

敵は小屋の近くまでやってきた。先頭の一人が右手に持った松明を小屋の壁に放り投げた。しばらくすると小屋の壁から白い煙が上がり、海辺に近い最初の小屋がオレンジ色の炎に輝いた、ハナツヒトさんの小屋だ。

「撃て！」

ナカツモトの声が響き、小屋や木陰から白い煙に隠れて矢が降り注ぐ。不意を突かれた百軒はたちまち数人が転げ落ち、何頭もの馬が矢の痛みに乗り手を振り落とした。兵士たちは自分たちより多そうに感じる矢に恐怖心が募ったか、闇雲に剣を抜いて大声で走り回るものが出始めた。馬に乗ったものがそれらに大声で何か叫んでいる。

ハナツヒトさんの小屋がドドッという音を出して崩れ落ちた。黒い焦げた何本かの棒が残ったままだ。続いて二番目のセツたちの小屋が崩れ、最後のタミたちの奥にある小さい小屋も崩れ落ちた。

辺りは白い煙が立ちこめ、そのなかで装甲した兵士たちとナカツモトたちが必死に戦っている。血しぶきが飛び、槍で突き伏せられるものが悲しげに絶叫した。

怒号が飛び交い、剣が光り、槍が突き出された。兵士たちは装甲に身を固めていたが、馬から降りるとその動きがセツたちに比べてやや遅かった。

セツたちはナカツモトが教えたとおり二人、三人で一組となり敵に向かった。そのため、残りの敵が残された何人かに集中的に襲い掛かり、戦いは互角に近かった。

だが、夏の暑さは装甲の堅い兵士たちに次第に疲れをもたらし始めた。疲れてへたり込む兵士、傷ついてうめくもの、次第に立っているものも少なくなってきた。

そのときを待っていたかのように手の空いたものたちが小屋の裏に一斉に散った。兵士たちは少し追ったが、軽いセツたちは草の中を四十メートル以上走った。

その木陰に置いてあった矢を手に取ると、すぐに身を屈め数人単位で組を作って矢を注いだ。追ってきた装甲に何本もの矢が立ち、兵士たちは次々に倒れた。

やがて静寂が訪れた。

立っているものはもう十人もいない。

セツは辺りを見回した。すぐそばに敵がいるのではないかという不安で周り中を何度も何度も。

そして、麻の服をまとったものだけだとわかるとへたへたと膝から崩れ落ちた。

「しっかりしろ、大丈夫か！」

野太く掠れた声がした。薄目をあけるとひげが眼に入った。

「ハナツヒトさん……」

「よくやったぞ、みんな、敵はもういない、全部倒した」

「みんなは無事ですか？」

「大分やられた。まだ誰が無事なのかはわからんが、今、ワカたちが一人一人確かめている。お前も傷がなければ手伝え」

そう言われてセツは起き上がろうとしたが立てなかった。

「お前も怪我しているのか？」

どこも痛くはなかった、だが足に力が入らない。

「大丈夫です、立ちます。先にみんなのところに行ってください」

「よし、大丈夫だな」

「はい」

戦いは二時間近くかかったようだ。それでも夏の陽射しは一向に傾く気配はなくじりじりと照りつけ、どこから現れたのか大きな青と金色のハエがぶんぶんと飛び出した。

ハナツヒトさんやナカツモトたちは怪我人を木陰に運んでいる。セツもようやく起き上がり、手伝う為に歩き出した。

気がつくと左手がぶらっとして自由に動かない。見るとひじのところが変に曲がっている。痛みとも重苦しさともいえない不思議な感覚が左腕から頭に響き、また座り込んだ。じっとしていると痛みが増してくる。

草地にいくつもの穴が掘られ、遺体はそこに入れられた。

すべてが終わるころにはすでに陽は大きく西に傾いていた。我慢できない痛みに声を殺していたが、声に気がついたツキジがハナツヒトさんとやってきた。

「大丈夫か　セツ？」

「うう、あ、左腕が……」

「左？　どれ」

ツキジはセツの左腕を見た。

「ああ、これは筋が外れているな。痛みはここだけか？」

「は……い……」

セツはどうにか答えた、そう答えながら急激な吐き気が襲ってきた。

「よし、ハナさん、あんたこいつを後ろからしっかり押さえていてくれ。こいつは筋を戻せば痛みは薄らぐから」

そう言ってツキジはセツをハナツヒトさんにしっかり押さえさせると、セツの左側に回り、曲がった腕を持ってえいっと力を入れた。

コキンというような音がして激痛にまた気を失った。気がつくと左腕が動かない。

「？」

セツは首を曲げて左腕を見た。麻の紐が少し幅広く腕を押している。そう見えたが、痛みは少なくなっていて、腕はその麻紐で板に括りつけられていた。

群青色の空には無数の星が瞬いている。セツはそのまままた眼をつぶった。

朝起きると痛みはすっかり消えていた。ワカが碗に何かを入れて持ってきてくれた。食欲はなかったが、少し口をつけた。

周囲はあまり音もしないが、落ち着いたような動きが感じられる。昨日飛び回っていた金バエも今日は一匹もいない。

セツは縛った腕を支えて起き上がると馬や人が集まっているところに行った。

「おう、もう大丈夫か？」

気づいたハナツヒトさんがやってきた。

「ツキジがお前の外れた関節を元に戻してくれたんだ。会ったら礼を言いなさい」

「はい、ツキジさんは今？」

「カカたちと西へ行った。三十三人もいたからもうほとんど兵士はいないはずだが、こちらも十六人に減ってしまった。大変な痛手だ。もし百軒で働けるものがいれば、それらを村に呼べるかを確認しに行ったのだ。あと六日くらいはかかると言っていた。ワシらはそれまで塩を作って待つことにしてる」

セツは二日後に、板を外してもらった。最初はひじが固くて伸びきったままになっていたが、半日後には痛みも消え前と同じように動かせるようになった。

小屋はもう直せるだけの葦や枯れ枝も少なくなり、二軒だけが小さく雨避けに建て直された。夜露や雷雨は折角の塩を流してしまうからだ。

ワカやショウたちは塩を作る合間に小さな小船で魚を釣りに漕ぎ出した。

七日目にツキジたちが戻ってきた。数人の男と十人ほどの女が後に従っていた。

「これで百軒の人たち全部かね」

「いや、何人かは残った。特にエドは全く応じなかった。たとえ一人になっても村を出ないと言うんだ。何人かもそれに従った。その代わりワシは干物を渡しておいてきた。彼らがまた暴力を振るうなら、こちらも今度は容赦しないと言ってきた。武器を棄ててくるなら村に来てもよいと勝手に約束してきたが、良かったかな？」

「それでいいと思いますよ。ワシらも二十四人も減ってしまったので、稲刈りに人手が極端に足りない。今度は人の攻撃より寒さや嵐からの攻撃を防がねばならないからね」

戦いは次の戦いのための男たちの力を奪った。

毎年、刈り入れの時期にはカドタでは大風が吹いて折角の稲が倒れて水に浸り、穫り入れに大変な苦労が要求されていた。まもなくその季節がやってくる。

今年は山の反対側だからどのような風や水が襲ってくるかわからない。

装甲を外した兵士たちはみな目つきは鋭いが、気のよさそうな口元で見た目は安心できた。それにこまごましたことに役に立つ女たちが一度に十人も加わったのは心強かった。

それから三日、たっぷりの塩と干物が馬の背に載せられ、滝の村に向かって歩き出した。

柳の木までくるとナカツモトはそこに木の板を縛りつけ、滝の村への道筋を残した。頂上から西方を眺めると、遥かに雲だか煙だかわからない白い塊が真っ青な空に細く繋がっていた。

女たちの中にはその方角に向かい手を合わせて拝むものもいた。

気になっているとアサガが、

「村に別れを告げたんですよ。女は過去のことに拘らないけれどそのためにきちんと百軒にけじめをつけたんですよ、我々男と違って彼女たちは外との往来をしませんからね」と言った。

村にいることのほうが少ないセツたちにとっては不思議なことのように思えた。


その秋の台風は思ったより雨風は少なかったが、山の林は数箇所で崩れ落ちた。幸い、頂上への道は木も少なかったので大きな被害はなくてすんだ。

田の稲も夏の陽射しが水を温ませて初めての穂を実らせた。カドタの三分の一ほどの面積だったが収穫は半分に少し足りないほど穫れた。

山には、木の実やキノコがなり、毎日小さな籠に一杯になった。

百軒の若者たちもそうした収穫の面白さに加え、食料を自分で採ったり作ることに自然の喜びを感じるというものが増え、稲刈り後の最初に行われた収穫への感謝の際に、百軒で行われていた祭りをしたいという話がされた。

「祭りって、あのマツリゴトと同じですか？」

ショウがナカツモトに聞いた。

「そうだな、大きなところではたいてい祭りが行われる。良い祭りもあれば悲しいことを忘れる為の祭りもある。祭りはまだ滝の村でもやったことはないが、百軒を入れて彼らがそれをやりたいというのは、二つの村がやっと平和な一つの村になった証拠だろう。それを毎年きちんと仕切ることが村の基礎を作ることになる。そろそろ我々の村にもそうしたことを仕切るものが必要だ」

「戦のときだけでなく、平和なときこそ指導者は必要なんだ。誰でも自分の生命や米をどう守るかには真剣だが、村全体があってこそであることを忘れてはいかん。そうしなかった百軒は我々の村の数倍の力があったが、今はもう数人の狩人たちに戻ってしまった」

ハナツヒトさんが言った。

「やあ、これで私の役目も終わったようだ。今年の祭りには大いに飲んで、来年の田植えがすんだらヒイに戻れる時期が来そうだ」

ナカツモトがそう言うとセツは驚いた。

「ウソでしょう、ナカツモトさんはずっとこの村にいなけりゃダメですよ、ねえ」

「そうとも、ナカツモトさん、あんたがこの村の最初の長だ。この村をここに移してくれたムギバンタのムツオとポポ、あんたをこれまでワシらに貸してくれたヒイのアカボさんたちにはワシが来年回って断ってくる」

ハナツヒトさんはナカツモトの肩を強い手で掴んだ。

「あんたがいなくなったら、百軒がまた山を越えてきますよ」

ツキジとアサガの兄弟が笑った。

ナカツモトは頭を掻きながら、じゃあみんなワシの腰をどうしても曲げたいというんだなと腰を叩いたが、腰はしっかりしていた。

翌日、ナカツモトはまだ若い役人だったから腰が曲がる振りをしても誰も本気にしなかった。

ナカツモトは高床の小屋にハナツヒトさんやツキジやアサガ、ワカやタネ、タケルやカカたちにショウやセツを集めた。

「いいかね、昨日は炉の周りで皆が思い思いのことを言った。それはそれでいいことだが、それらのなかで決めたことがどうなっているのかをみんなが知らなければならないんだ。それを決める場所はここだ」

ナカツモトはその場所で何をどうしていけばいいのかを教えていった。

「そして決める日は満月の晩だ、だが非常に急ぎの時は三人以上のものが集まって欲しいとなったらそれはその日でもよい。また、全てのものが賛同することが望ましいが、どうしても考えが一致しないことも出てくる。そうしたときは一応みんなの意見を聞き、ワシが決める。ワシがいない時はハナツヒトが決める。ハナツヒトがいない時はクシュ、クシュがいない時はツキジ、あんたが決めてくれ。誰もいなくなってしまったときはアサガ、ショウ、セツお前たち三人で相談しろ。もし三人もいなくなってしまったら、ワカ、お前はムギバンタへゆけ。そしてムツオかアカボに頼んでその順番を伝えて、向こうの判断を仰ぎ、それをお前の口から伝える」

ナカツモトは続けた。

「これは取り決めだ。だから毎年米も肉も塩も昨年よりよければ変える必要はない。だがそうでない場合は指導になんらかの過ちがあったとみていい。そのときは順番を変えることだ。変え方はここでみんなの考えに一番近いものがなればよいと思う。指導者はそれで決まりだ。あとは収穫物の分配やいつタネを蒔いたり、収穫したりするかを決め、小屋や田の修理などに誰がどれほど参加するかだ。そして一年の感謝の印である祭りを行う、これが季節の終わりだ、そして雪が溶けた最初の満月が季節の始まりとする」

セツはこれが前から言われていた掟だと思った。やっと村に指導者が出来、掟が出来た、あとはきちんと日々を送ることだ。

セツたちは三十人ほどの若者で構成された村を守る組に入り、月に五日は広場や森で馬を駆ったり、弓や剣の練習をすることになった。他の村や国を攻めるのではなく村を守るためだ。

三十人のうち五人は頂上や西、北に道案内も兼ね見張りとして常駐した。

セツはジュンに頼まれて蜂蜜を探しにいった。

炭焼きのヤスが東北の方向で毎日炭を焼いている、今ではヤスに負けないくらい上手に焼けるようになったが、蜂蜜はヤスのほうが断然うまく見つけている。土器を馬に括って四人で北へ向かい二日で右に曲がってしばらく行くと、懐かしい黄色い花を咲かせる木が見えてきた。

黄色い花はまだ咲いていないが、草や小さい花は満開だ。その周りには白や黄色の蝶がひらひらと飛び交い、つい馬の上でうつらうつらしてしまいそうになる。

秋ではないので炭小屋からは煙も出ておらず、人の気配はなかったが、ヤスはどこか近くへ出かけているらしく、道具の多くが外に出ていた。セツは馬を降りて、手近の木に繋ぐと小屋に近づいていった。

「お！」

いないと思った小屋から大きなヤスが黒いひげにまみれた顔を出した。

「こんにちは」

「？」

「セツです、滝の村の……」

「ああ、炭を習いにきた、ムギバンタのポポと一緒にきたっけな」

「ポポさんです」

「そうそう、ポポさんだ。今日はまたどうしたんだね、こんな遠くまで」

「蜂蜜の探し方を教えてもらおうと思ったんです。ああ、そう、これはお土産です、米と干物と塩です」

「や、これはありがたい。そろそろ切れそうなんで二、三日中にムギバンタまで行かねばならないところだったんだよ、ありがとう」

よっこいしょっと言って袋を小屋に運び、袋はそのままもらってもいいかいと聞いた。

「出しちゃったらみんな床にこぼれますよ」

セツは笑った。ヤスはひげを震わせて、そうそうと言った。その晩はキノコ汁に塩をまぶし、干物を焼いた。

翌朝、ヤスはセツの肩を抱いて白い花に向かわせた。

「そう、そう、ほらあそこに蜂が見えるだろ。あれは偵察しているんだ。あいつが巣に戻るのをちゃんと眼で追うんだ。眼を離したら見失うぞ。コツは両目で追うな、お前の利き目で追え。いつも反対側は自由にさせておくことだ。オレが見本を見せてやる」

ヤスはじっと蜂を追いかけ、手足はまるでそこに眼が付いているかのよう笹や草を掻き分けていった。

「ほら、あそこだ。大体やつらはどこも同じようなところに作るから、いつもそれに合うような場所を頭に入れておくんだ。万が一蜂を見失っても、その方向にある木を思い出せば三回に一回は見つけられる。な、あそこでワンワン飛び回っているだろ」

確かに大きな枯れた木の根元がうろになっていて、その暗い穴から小さな蜂が何匹も飛び出しては入っていく。

ヤスは背負ってきた草の束を抜いてカチカチと石を鳴らして火をつけると、それを手の先にして、巣に近づけていく。白い煙がだんだん巣に近づいていくと急に蜂の数が多くなった。

「刺されるなよ、飛んできたら束を振って追い払え。ゆっくりやれよ、それからやつら、その先から腕を伝って狙ってくるからいつまでも腕を伸ばしたままじゃ危ない」

「イテッ、あいってて、刺された！」

ショウが頭を抱えて逃げ出した。地面に頭を擦り付けている。

セツは一寸気になったが自分にも周りに飛んできているので、草を振り回した。白い煙が辺りに漂う。その中から黒い小さな塊が何匹も飛び出してくる。

「アイテッ！」

いきなり左の腕に火の粉がくっついたような痛みに襲われた。慌てて草を落とし、右手ではたくと小さなミツバチが潰れていた。草の煙が静まるころ蜂は大分少なくなっていた。

それでも、ヤスは何度も変えて念入りに巣をいぶし、ようやく動いているのは地面に落ちてもがいている蜂くらいだった。ヤスは山刀で蜂の巣の八割ほどを切り、両手で何度かねじるとぽろっと巣が取れた。黄色い蜜が少し垂れた。

「全部取っちゃうとまた大きくならないからな、こうして少し残すんだ。これが蜂蜜採りの基本だから、注意するんだぜ」

ヤスが巣を運びセツたちもあとに続いた。四人も刺されてしまった。

ショウは頭が腫れたよと二箇所に泥を塗っていた。セツは両腕が赤く腫れ上がっていたし、ヤスも足を二箇所刺されていた。

「なんだ、みんな刺されちゃったんだ」

「でも痛かったなあ、まだ触ると痛いぜ」

セツは巻向からウサギ狩りに出たときに刺された痛さと同じくらいだなと感じていた。あのときは冷たい川の水で冷やしたので早く治ったから、今度も水に浸したかったが、あいにくここは山の中だからつけるものは持ってきた熊の脂だった。切り傷には効くんだよと昔からオトウが大事にしてきたものだ。

「お前は、しょっちゅう飛び跳ねているからこいつは一番の味方だ。大事にせいよ」

オトウはそう言って小さな袋に入れてくれたものだ。それをそっとすくって左腕に当てる。赤味に触るとまだ痛い。

「蜂の痛みはしばらく続くから、みんなこれを舐めて裏でゆっくり休んでいけ」

ヤスは蜂蜜を壷から出してみんなにくれた。

びっくりするほど甘い。

「帰るまでに、ワシが分けておいてやるから、そうそう、それにこの蜂の子は炙るとめっぽう旨いから、こいつを炙っておいてやる」

セツたちは痛む箇所を気にしながらも、大漁の成果にジュンたちの喜ぶ顔が浮かんで、自然にほほが緩んだ。木の陰は涼しい風が通る。

セツはショウと並んで横になって空を見上げた。真上にある白い雲がゆったりと西から東へ動いている。

あれ？

あの雲……。

ハナツヒトさんの頭みたいだな、あれはカマセのじいさんの痩せた姿に似ている……。

……

「おうい、節生、いつまで寝てるんだ。眼がとろけちゃうぞ」

荒木先輩らしい声が聞こえる。

暑いなあ、あの雲はのんびり涼しそうでいいなあ……。

「おう、起きてたか、悪い悪い。また土器が出たぜ、今度のは家のようだ。へたくそな造りでな、まるで子どもが作ったような形だ。貴重なものだができればかっこいいほうが見栄えがしていいんだがね。ここのは全体的にあんまり上手いのはないな。実用的なのは実に薄手で上手くできているのに、馬や家や人はほんとにへたくそなんだ。珍しい場所だよ」

先輩は一人で言って、マエダに呼ばれて今行くと声をあげた。

「そうそう、節生、お前寝てるときに蜂が飛んでたぞ。お前、蜂には気をつけろよ。この間も研究者が一人刺されてアナフィラキシーショックで死んだからな」

「大丈夫ですよ、私はまだ生まれてから一度も刺されたことないですから」

「ばーか、一度に二回刺されたって同じことだ。まあ、ここら辺には巣がないだろうから心配することたないがね」

「そうですよ、さてまたマエダが叫んでますね。あいつはほんとにタフですね」

「よし、あと二時間がんばろうや。何か出てくるかもしれんて」

マエダは手に白い貝のようなものを持って振っている。


何だか知らないが、こまめによく見つけるやつだ。


貝殻なんか見つけてもしょうがないのに。

浜辺にいくらでも打ち上げられている、荒木先輩にどやされるぞ。

節生は座っていた砂浜から腰をあげてみんなのほうへ歩いていった。

節生の座っていた砂が少しずれて、薄茶色の丸い埴輪のようなかけらが三センチくらい外に出た。これもあんまり巧くない茶色の足の欠けた馬のような形をしていた。

本当に埴輪かな、ここまではマエダも探しに来ないだろうな。


「暑い……」

完

著者プロフィール

神沢 としあき（かんざわ としあき）

東京都出身。
千代田区立小川小学校卒業。
浦和市立本太中学校卒業。
埼玉県立浦和高校卒業。
中央大学商学部卒業。
電通・銀座パーキングセンター各勤務。

趣味は油絵（帆船・軍艦）。
著書：『原始人ターチの冒険』（2017年　文芸社）

甦えるセツ

2024年4月15日　初版第1刷発行

著　者　神沢 としあき
発行者　瓜谷 綱延
発行所　株式会社文芸社
〒160-0022　東京都新宿区新宿1－10－1
電話　03-5369-3060（代表）
03-5369-2299（販売）

印　刷　株式会社文芸社
製本所　株式会社MOTOMURA

ISBN978-4-286-25177-6